岩 波 文 庫

32-405-3

ヴィルヘルム・マイスターの修業時代

(中)

ゲ ー テ 作
山 崎 章 甫 訳

岩 波 書 店

Johann Wolfgang Goethe

WILHELM MEISTERS LEHRJAHRE

1796

目　次

ヴィルヘルム・マイスターの修業時代（中）

第四巻

第一章

ラエルテスは窓辺に立ち、肘《ひじ》をついて、もの思いにふけりながら野原を眺めていた。フィリーネが忍び足に広間を通り、彼にもたれかかって、その生真面目《きまじめ》な様子を笑った。

「笑いごとじゃないよ」と彼は言った。「時が過ぎるってのは嫌なものだね。すべてが変わって、終わってしまう。見てごらん。ついこのあいだまで、ここには立派な陣営があって、天幕《テント》はどれも楽しそうで、そのなかには活気があった。あたり一帯が厳重に警備されていた。それがいまはみんな一度に消えてしまった。しばらくは、踏み荒らされた麦藁《むぎわら》や、煮炊きに掘った穴の跡が残っているだろう。それもやがて、みんな鋤《す》き返されて、あんなにたくさんの逞《たく》ましい男たちがここいらにいたってことは、老人の頭に残るだけだろう」

フィリーネは歌い始め、ダンスをしようと言って彼を広間へ引っ張って行った。「通り過ぎる時間のあとを追いかけることはできないんだから」と彼女は言った。「せめて、わたしたちのところを通り過ぎるあいだは、美しい女神として、楽しく、気持よくあがめましょうよ」

二人が二、三回旋回《せんかい》するかしないうちに、メリーナ夫人が広間を横切った。フィリーネは意地悪く、彼女をダンスに誘い、妊娠で醜くなっている体を思い出させようとした。フィリーネは彼女の後姿《うしろすがた》に、「妊娠している女だけは見たくないわね」と言った。

「だけど彼女は、子供を楽しみにしてるんだぜ」

「だけど、なんてみっともない服なの。短くなったスカートのゆらゆらする前襞《まえひだ》を見た？　動くたびに彼女の前をぶらぶら歩いて行くじゃないの。あの女には、ちょっとでも自分の体つきを考えて、みっともないところを隠す工夫も業《わざ》もないんだわ」

「放っとけよ。時がくればよくなるさ」

「木をゆすぶったら子供が落ちてくるといいんだけどなあ」とフィリーネは言った。

男爵が入ってきて、今朝《けさ》早く発《た》って行った伯爵と伯爵夫人の名において挨拶をつたえ、いくつかの贈物を渡した。ついで、隣室でミニヨンの相手をしていたヴィルヘルムのところへ行った。ミニョンはひどく親しげな、なれなれしい態度で、ヴィルヘルムの両親や兄弟や親戚のことをたずね、そのためヴィルヘルムは、家族に便りをしなければならない義務を思い出した。

男爵は、伯爵夫妻の挨拶を伝えるとともに、伯爵が彼の演技や、韻文化の仕事や、舞台関係の努力にたいへん満足しておられたと言った。ついで、伯爵のお気持のしるしだと言って巾着《きんちゃく》をとりだした。美しい布地をとおして、新しい金貨の魅惑的な色がきらめいていた。ヴィルヘルムはあとずさりし、受取りをこばんだ。

「いいですか」と男爵はつづけた。「この贈物は、君が使った時間にたいする償い、君の骨折りにたいする感謝であって、君の才能にたいする報酬ではないのです。われわれは才能によって名声を得、世間の好評を買います。しかし同時に、勤勉と努力によって、われわれの必要を満たす金《かね》を手に入れますが、それは当然のことです。なにしろわれわれは精神だけで生きてはいけませんからね。なんでも手に入る町にいるのなら、このわずかな金《かね》を、時計か指輪かなにかに変えるところです。しかしいまは、この魔法の杖《つえ》をそのままお渡しします。これで、君にいちばん好ましく、また役に立つ宝石でも買って、われわれの記念にとっておいてください。しかしこの巾着も大事にしてください。ご婦人方が自分で縫い取りをなさったのです。入れ物によって、中身にもっとも好ましい形をあたえようとなさったのです」

「失礼ですが」とヴィルヘルムは言った。「この贈物を受け取ったものかどうか、戸惑い、きめかねております。受け取ると、私のしたささやかなことが無になってしまうような気がしますし、仕合せな思い出を自由に楽しむことができなくなります。金《かね》はなにかを片づけるのには結構なものですが、私はご当家の思い出のなかから、そっくり片づけられたくはないのです」

「それは違うね」と男爵は言った。「君が繊細な気持をお持ちなのは結構だが、君は、伯爵が君にひどい負い目を感じられることを望みますか。伯爵は細かい気配りと、公正であることを最大の名誉とされる方です。君がどんなに骨折ったか、伯爵の意図を実現するのに君がどれほど時間をさいたか、伯爵は見のがしてはおられない。それどころか、いくつかの準備を早めるために、君が自腹を切ったこともご存知なのだ。伯爵の感謝の気持が君に喜んでもらえたと断言できないなら、どうして伯爵の前にまた顔が出せますか」

「自分のことだけ考え、自分の感情にだけ従うことができるものなら」とヴィルヘルムは答えた。「あなたがどれほど理由を並べられても、この結構な有難い贈物を受け取るのを固くお断りするところです。しかしこの贈物によって当惑しているいま、この贈物が、私がこれまで家族にたいして感じ、いろんな、ひそかな悩みの種《たね》になっていたもう一つの当惑から、私を救ってくれることも事実です。私は金《かね》と時間について報告しなければならないのですが、そのいずれもあまり倹約したとは言えないのです。しかしいま、伯爵さまの有難いお志のおかげで、奇妙な脇道に迷いこんだためにあたえられた幸運について、安心して家族の者に報告することができます。こういう場合、繊細な良心のようにわれわれに警告する細かい気づかいは、より高い義務のために犠牲にして、父の前に威張って出られるように、あなた方の前に恥をしのんで立つことにいたします」

「奇妙なことだが」と男爵は答えた。「友人や後援者のほかの贈物なら、有難く喜んで受け取るのに、金《かね》となると不思議に躊躇《ちゅうちょ》するものですね。人間の本性《ほんせい》には、そうした良心のとがめを好んで生み出し、念入りに育て上げるそれと似た特性がいろいろとあるものですね」

「名誉に関するあらゆることも、それと似てはいないでしょうか」ヴィルヘルムはたずねた。

「ええ、そうです」と男爵は答えた。「ほかの偏見についてもね。われわれがそうした雑草を抜き取らないのは、ひょっとして、大切な植物を一緒にむしり取る恐れがあるからです。しかし、どういう偏見を抜き取ることができるか、抜き取らねばならないかを心得ている人がときどきいるのはうれしいことですね。例えば、宮廷劇場のためにいくつかの芝居を書いて、君主の大喝采を得た機知豊かな詩人のことを考えると楽しくなりますね。太っ腹な国王はこう言ったのです。『あの男にはたっぷり褒賞《ほうしょう》をとらせなければならん。宝石を喜ぶか、金《かね》を受け取るのをいとわぬか、聞いてまいれ』すると詩人は、彼一流の冗談めかした調子で、使いにきた廷臣にこう答えたのです。『有難い思召《おぼしめし》に厚く御礼《おんれい》申し上げます。陛下は毎日私どもから金《かね》を取り上げておられるのですから、陛下からお金《かね》をいただくのをなぜ恥じなければならないのか解《げ》しかねます』とね」

男爵が部屋から出て行くや否やヴィルヘルムは、思いもかけず、労せずして——と彼は思った——手に入った金《かね》を数え始めた。美しく輝く金貨がしゃれた巾着からころげ出たとき、彼は、われわれが晩年になってようやく感じる黄金の価値と尊さが初めてわかったような気がした。彼はそれを数えてみて、とくにメリーナが、立て替えてやった金《かね》をすぐにも払うと約束したのであるから、フィリーネが少年をよこして最初の花束を求めたあの日と同じくらいの、いや、それ以上の現金を持っていることがわかった。彼は自分の才能をふり返ってひそかに満足し、彼を導いてくれた幸運をいささか誇りに思った。そこで彼は自信をもってペンを取り、家族の困惑を一挙にとりはらい、彼のこれまでの行動に最善の光を当てるような手紙を書き始めた。本当の話は避け、意味ありげな、神秘めかした表現で、彼の出合ったことをほのめかすにとどめた。懐中《かいちゅう》の豊かなこと、彼の才能による収入、貴顕の恩寵《おんちょう》、婦人たちの愛顧、広範囲にわたる知己《ちき》、肉体的、精神的練磨、将来の希望など、蜃気楼《しんきろう》でさえ織りなしえないほどに、奇妙で驚くべき空中楼閣《ろうかく》を築き上げた。

手紙を書き上げたあと、この仕合せな恍惚《こうこつ》状態のなかで、彼は、長いあいだ独《ひと》り言《ごと》をつづけ、書いた内容を繰り返し、活動的で立派な未来を思い描いた。多くの高貴な軍人の例は彼をふるい立たせ、シェークスピアの作品は新しい世界を開いてくれた。伯爵夫人の唇からは言い知れぬ炎を吸い取っていた。このすべてが影響をあたえずにはすまないし、またそれを生《い》かしたいと思った。

主馬頭《しゅめのかみ》がやってきて、荷作りは出来ているかとたずねた。困ったことに、メリーナのほかは誰一人荷作りのことなど考えていなかったが、すぐにも出発しなければならなかったのである。伯爵は数日分の旅程は、一座の全員を送らせようと約束していた。馬はすでにきていて、それほど長く待たしておくわけにはいかなかった。ヴィルヘルムは自分のトランクのことをたずねてみたが、メリーナ夫人が断りもなく占領していた。金《かね》の返却を求めると、メリーナは金《かね》を用心深くトランクの底につめこんでいた。「わたしのにまだ入るわよ」とフィリーネは言って、ヴィルヘルムの衣服を取り上げ、ミニョンに残りのものを持ってこさせた。ヴィルヘルムは仕方もなく、なるがままに任せるほかはなかった。

荷物を積みこみ、出発の用意をしているとき、メリーナが、「綱渡りや大道芸人の旅みたいに見えるのは嫌ですね。ミニョンに女の服を着せ、竪琴弾きの髯《ひげ》は早速《さっそく》そってもらいたいですね」と言った。ミニョンはヴィルヘルムにしがみつき、勢いこんで、「あたしは男の子よ。女の子になるのはいや」と言った。老人は黙っていた。フィリーネは、この機をのがさず、保護者である伯爵の一風変わった持前について、二、三愉快な話をした。「おじいさんが髯をそったら、リボンに縫いつけて大事にとっておくことね。どこかで伯爵にお会いしたらすぐ取り出せるようにね。だって、伯爵がおじいさんをひいきにしてたのは、この髯のおかげなんですもの」

皆が彼女をせきたてて、この奇妙な話の説明を求めると、彼女はこう言った。「伯爵は、役者がふだんの生活でも、その役を演じつづけ、その性格をもちつづけるのが、イリュージョンにとってたいへん役に立つと思っていらっしゃるの。だから伯爵は『うるさ型』をかわいがっていらしたんだわ。そしておじいさんがつけ髯を夜の舞台だけでなく、昼間もいつもつけてるのは利口だって仰しゃるのよ。そして、あのつけ髯は本物みたいに見えるって、とても喜んでいらっしゃったわ」

ほかの者たちが伯爵の思い違いや、奇妙な考え方を笑い物にしているとき、竪琴弾きはヴィルヘルムを脇へ連れて行って、別れを告げ、直ちに立ち去らせて欲しいと泣きながら頼んだ。ヴィルヘルムは彼をなだめ、誰にたいしても彼を守る、髪の毛一本さわらせはしない、ましてや髯をそるような真似《まね》はさせないと断言した。

老人は感動し、その目には不思議な炎がきらめいていた。「そんなことで立ち去ろうというのではありません」と彼は言った。「もう長いあいだ、あなたのそばにいるのを自分でとがめていました。私はどこにもとどまってはいけないのです。不幸が私に追いついて、私と一緒にいる人をそこなうのです。私をお連れになっているとろくなことにはなりません。なにも聞かないでください。私は私のものではないのです。私はどこにもとどまることはできないのです」

「それじゃあ、あなたは誰のものですか。誰があなたにそんな力をふるうのですか」

「旦那さま、私の恐ろしい秘密にふれないでください。止《と》めないでください。私を追いかける復讐は、この世の裁き手のものではないのです。私は冷酷な運命にとらえられているのです。私はとどまることはできないのです。とどまってはいけないのです」

「いまのあなたのような状態で、あなたを行かせるわけにはいきません」

「私がためらっていると、お世話になったあなたに、恩を仇《あだ》で返すことになります。あなたのもとにいれば私は安全です。しかしあなたが危険になります。あなたのそばにいるのが何者なのか、あなたはご存知ないのです。私は罪ある身です。しかし罪より不幸の方が大きいのです。私のいることが幸運を追いはらい、私が近寄ると善行も力を失うのです。不幸の霊が私に追いつかないように、私はさ迷い、一箇所にとどまってはならないのです。不幸の霊は私をゆっくり追いかけ、私が頭を横たえ、休もうとすると姿を現すのです。私は去るよりほかに、お礼のしようがないのです」

「奇妙な人ですね。あなたは、あなたにたいするぼくの信頼と、あなたを仕合せにしたいというぼくの希望を、そう簡単にぼくから奪いとることはできませんよ。ぼくはあなたの妄想の秘密に立ち入ろうとは思いません。しかしあなたが不思議な因縁《いんねん》や前兆の予感のうちに生きているのなら、あなたの慰めと勇気づけのためにこう言いましょう。ぼくの幸運にあやかりなさい、あなたの黒い霊とぼくの白い霊とどちらの霊が強いか、見てみようじゃありませんか、と」

ヴィルヘルムはこの機会をとらえて、なにかと慰めの言葉を述べた。というのは、しばらく前から彼は、この不思議な道連れのうちに、偶然か、あるいは摂理によって、大きな罪を背負いこみ、いまもなおその思い出を引きずっている人を見るような気がしていたからである。数日前にもヴィルヘルムは老人の歌を立ち聞きし、つぎのような詩句に気づいていた。

朝《あした》の陽光《ひかり》は、その炎もて、
清らなる地平を染む。
されど、なべて世の美わしき姿も、
罪ふかき汝《な》が頭上に砕け散る。

老人がなにを言おうと、つねにヴィルヘルムはさらに強固な論拠を持ち出し、すべてをいい方向に向け、大胆に、心をこめて、慰めの言葉を述べたので、老人もまた元気をとりもどし、妄想を捨てたように思えた。

第二章

メリーナは小さな、しかし裕福な町に、一座とともに落ち着きたいと考えていた。すでに彼らは伯爵の馬で送ってもらえる所まできていた。そして、さらに先へ行くために別の馬車と馬を探していた。ところで、旅費はメリーナが引き受けていたが、例の如くひどいしまり屋ぶりを発揮していた。一方ヴィルヘルムは、伯爵に貰った美しい金貨をポケットに持っており、それを楽しく使うのは当然の権利と考えて、家族に送った立派な決算書のなかに、すでに得々《とくとく》としてそれを書きこんだことはきれいに忘れていた。

ヴィルヘルムは師友シェークスピアを、同時に、非常な喜びをもって自分の名づけ親と考えていたので、それだけにいっそうヴィルヘルムと呼ばれることを喜んだ。* また、そのシェークスピアから一人の王子のことを教えられていた。その王子は、しばらく、身分の低い、しかも質《たち》の悪い仲間と交《まじ》わり、高貴な性質にもかかわらず、まったく放埒《ほうらつ》なこの連中の粗野な、穏当ならざる愚行を楽しんだ。これは、ヴィルヘルムの現在の状態と比較することのできる理想像として、大いに歓迎すべきものであり、また、抵抗しがたいほどに愛着を感じていた自己欺瞞は、それによって、異常なまでに容易なものとなった。

そこでまず服装のことを考えた。チョッキを着て、必要な時には短いマントを羽織《はお》ることにすれば、旅行者にはうってつけの衣装だと思った。編んだ長いズボンと編上靴《あみあげぐつ》は、真に徒歩旅行者らしい服装と思えた。つぎに絹の飾り帯を手に入れ、初めは腹を温めるという口実のもとに胴に巻いた。その代りに、窮屈なネクタイは首からはずし、細長い綿モスリンを二、三枚シャツの襟《えり》につけさせたが、幅が広かったので、古代の襟飾りそっくりに見えた。焼却をまぬかれたマリアーネの記念の品である美しいネッカチーフは、綿モスリンの襟飾りの下にゆるく巻かれた。派手なリボンと大きな羽根のついた丸い帽子をかぶると、扮装はすっかり出来上がった。

女たちはこの服装がとてもよく似合うと断言した。フィリーネはうっとりとしたようなふりをして、彼が、自然の理想に少しでも近づくために惜し気もなく切り落した美しい髪を貰い受け、それによって彼女は、巧みに自分を売りこんだ。気前がいいために、ヘンリー王子風にほかの座員とつき合う資格を得ていたヴィルヘルムは、まもなく、自分からすすんであれこれと馬鹿げた遊びを始め、ほかの者をけしかけた。フェンシング、ダンスはもとより、その他さまざまな遊びを考え出し、浮かれるままに、手当り次第《しだい》安酒をしたたかにあおった。フィリーネは、こうしたでたらめな生活のなかで、女を寄せつけぬヴィルヘルムの隙《すき》をひそかにうかがっていた。しかし彼のことは、その守護神にゆだねることにしよう。

皆がとくに面白がった遊びは、これまで世話になり、面倒を見てくれたひとびとの真似をし、こき下ろす即興の芝居であった。なかには、いろんな貴族の所作《しょさ》の特徴をよく覚えていて、その真似をして、ほかの座員の大喝采を得る者もいた。フィリーネが、彼女の体験を集めた秘密の文庫から、彼女の聞かされた愛の告白中の選《え》り抜きのものをいくつか披露した時には、一同、笑いと意地の悪い喜びにとどまるところを知らなかった。ヴィルヘルムは彼らの忘恩をとがめた。しかし彼らは、自分たちがあそこで受けた扱いを、それでもって、しこたまお返しをするんだ、大体からして彼らの扱いは、われわれが自任しているような功績ある人間にたいして、あまりいいものではなかった、と反論した。ついで彼らは、連中が彼らをいかに軽視し、いかに冷遇したかを訴えた。嘲笑とからかいと物真似がまた始まり、それはますます辛辣《しんらつ》な不当なものとなった。

それにたいしてヴィルヘルムは、「君たちの言葉から嫉妬《しっと》や利己心がすけて見えるのはいいことじゃないね」と言った。「彼らの人柄や境遇を正しい観点から見てもらいたいね。生まれ落ちるとすぐに、人間社会のなかで高い地位に置かれるというのは特別なことなんだ。引き継いだ財産によって、きわめて楽々と生きてゆける人たちは、こう言ってもよければ、人間のあらゆる副次的なものに、幼い時から豊かに取り巻かれているので、たいていこの財宝を第一の最大のものと考えることに慣れ、自然からあたえられた人間性の価値がわからなくなるのだ。貴族は、身分の低い者にたいしても、貴族同士のあいだでも、外面的にすぐれているか否かで態度をきめる。彼らは誰にたいしても、その称号や身分や衣服や馬車を誇ることは許すが、その功績はけっして認めようとしない」

この言葉に一同大いに喝采をおくった。そして、功績ある人がつねに軽視され、貴族社会では自然な心のこもった交《まじ》わりが露《つゆ》ほども見られないのは、実に不愉快だと言った。とくに貴族社会における交際については、絶える間《ま》もなく話がつづけられた。

「その点についても彼らを悪く言うのはやめ給え。彼らはむしろかわいそうな人なんだ。彼らは、ぼくたちが最大の幸福と認めるあの幸福、自然の豊かな内面から溢れ出る幸福を味わう高い感性を持ち合わしていることは稀《まれ》だからだ。ほとんど、あるいはなにも持っていないぼくたち貧しい者だけが、友情という幸福を豊かに味わうことを許されているのだ。ぼくたちは恩寵によって恋人の身分を高めることも、好意によって昇進させることも、贈物によって喜ばすこともできない。ぼくたちはぼくたち自身しかもっていない。この自分の全体をぼくたちは捧げなければならない。そしてその自分にいくらかでも価値をもたせようと思うなら、ぼくたちはその自分という富を、友人にたいして永遠に保証しなければならない。これはあたえる者にとっても、あたえられる者にとっても、なんという喜び、なんという仕合せだろう。誠実さはぼくたちをなんという仕合せな状態に置いてくれることだろう。誠実さはたまゆらの人生に、天上の確かさをあたえてくれる。誠実さこそがぼくらの最高の財産なのだ」

彼がこう言っているあいだに、ミニョンは彼のそばに寄り、きゃしゃな腕を巻きつけ、頭を彼の胸にもたせかけていた。彼は手を彼女の頭に置き、話をつづけた。「貴族にとっては、ひとの気持をとらえることはたやすい。ひとの心をわがものにするのは易々《いい》たることだ。優しい、気持のいい、少しばかり人間的な態度だけで奇跡を呼び出す。そして、ひとたびとらえた心をつなぎとめておく方法にはこと欠かない。ぼくらにはすべてが手に入ることはめったにないし、なにをするのも彼らよりは困難だ。だからぼくたちが獲得し、なしとげたことにより大きな価値を置くのは当然のことなのだ。主人のために自分を犠牲にする従僕の例はまったく感動的だ。シェークスピアはそうした従僕を見事に描いている。この場合、誠実は自分より偉い人と同等になるための、高貴な魂の努力なのだ。従僕は絶えざる献身と愛によって、いつもは給料をはらってやっている奴隷としか考えないのを当然のことと思っている主人と、同等になるのだ。そうだ。献身と愛とは、卑しい身分の者のためにのみあるのだ。彼らはこの美徳なしではいられないし、またそれは彼らによく似合う。金《かね》で容易に恩返しできる者は、また容易に感謝の念をまぬかれようとする。この意味でぼくは、偉い人は友人は持ちうるが、友人になることはできないと主張できると思う」

ミニョンはますます強く体を押しつけた。

「そのとおりだ」と仲間の一人が言った。「ぼくらは彼らの友情なんかいらないし、欲しいと思ったことも一度もない。しかし、彼らが芸術を保護しようと思うのなら、もっと芸術に通じてもらいたいね。ぼくらがいちばんうまく演《や》った時でも、誰一人聞いていなかった。なにもかもひいきばかりだ。ひいきな者は気に入るが、気に入るのが当然の者はひいきにされなかった。下《くだ》らん、無趣味なものが注目され、喝采されるのは馬鹿げているよ」

「ぼくの言ったことには、意地悪や皮肉があったかもしれないが」とヴィルヘルムは言った。「それをのぞけば、芸術も愛も同じだとぼくは思うね。なにか完全なものを作り出そうとする人は、ひたむきな情熱をもちつづけなければならないし、芸術家が望むような関心をその作品に抱こうとする人にも、同じことが求められる。しかし散漫な生活を送っている世俗人にどうしてそれを求めることができよう。

いいかね、諸君。才能は美徳と同じだ。人はそれをそれ自身のために愛するか、あるいは完全に捨て去らなければならない。しかしその二つともが、危険な秘密のように、ひそかに鍛え上げるのでなければ、認められることも、報われることもないのだ」

「目のある人がおれたちを見つけるまでに、餓え死にしちまうよ」と隅から誰かが叫んだ。

「そうすぐ死にゃあしないよ」とヴィルヘルムは言った。「ぼくの知るかぎり、人間は生きて働いてさえいれば、十二分《じゅうにぶん》とはいかなくても、なんとか食っていけるものだよ。くよくよすることはないさ。ぼくたちが困り果てていたとき、思いもかけず、うまい具合に拾い上げられて、食わしてもらったじゃないか。ところで、なに不自由ない今、なにか稽古をして、少しでもうまくなろうとしているだろうか。関係のないことばかりして、小学校の生徒みたいに、授業のことを思い出させるものはみんな遠ざけようとしているんだ」

「ほんとにそうよ」とフィリーネが言った。「これじゃ無責任だわ。なにか作品を選んですぐ稽古しましょうよ。大観衆の前に立ってるつもりで全力をつくすのよ」

長く考えるまでもなく作品はきめられた。それは当時ドイツで大当りし、いまでは忘れられてしまった作品の一つであった。二、三の者が口笛で序曲を吹いたので、皆が自分の役を思い出した。芝居が始まり、注意をこらして最後まで演じたので、実際予想以上の出来であった。互いに喝采し、めったにないほど上機嫌になった。

芝居が終わったとき、誰もがことのほか満足していた。一つには、時間をうまく過ごしたからであり、一つには、誰もがとりわけ自分に満足することができたからであった。ヴィルヘルムは長々とほめ言葉を述べた。彼らは陽気に楽しく話し合った。

「いいかね、諸君」とヴィルヘルムは言った。「ぼくたちがこういうふうに稽古をつづけ、せりふの暗記や、舞台稽古や、公演を、機械的に、義務か手仕事みたいに繰り返すのでなければ、ぼくたちはずいぶん上達するにちがいない。音楽家だって、皆が一緒に練習すれば、どれほど多くの称讃を得、自分も楽しみ、呼吸が合うことだろう。彼らは、めいめいの楽器を合わせるのにどれほど努力し、どれほど正確に拍子をとり、どれほど微妙に音の強弱を表現できることだろう。ほかの者が独奏している時に、出しゃばって伴奏し、得意顔をしようなどと思う者は一人もいない。誰もが作曲家の精神と意図にしたがって演奏しようとする。誰もが、巧拙の差はあっても、自分に課せられているものをうまく表現しようとする。ぼくたちも音楽家と同じように、正確に機知豊かにことを進めなければならないのではなかろうか。なぜなら、ぼくたちがたずさわっている芸術は、どんな音楽よりもずっと繊細で、人間性のもっともありきたりで、しかももっとも珍しい現れを、情趣豊かに楽しく表現することを使命としているからだ。稽古はいいかげんにして、公演の時には気分まかせ運まかせというのは実に嫌なものだ。ぼくたちは、お互いが満足するように、互いに調和し、いわばお互い同士でまえもって保証し合える程度においてのみ、観衆の喝采を期待するということ、そのことに最大の幸福と満足を求めるべきではなかろうか。舞台監督は、オーケストラの指揮者ほど自信がもてないのはなぜだろうか。オーケストラでは、誰もが、外的聴覚に耳ざわりな失敗を恥じずにはいられないからだ。ところが、内的聴覚にとって恥ずかしい、やむをえない失敗も、許せない失敗も、それを認め、恥ずかしいと思う俳優なんかめったに見たことがない。舞台が綱渡りの綱のように、下手《へた》な者はその上に立とうと思わないほど、細ければいいと思うね。ところがいまの舞台では、誰もがその上で腕をふるう能力があると自惚《うぬぼ》れているのだ」

一同この苦言を快く受け入れた。誰もが、ついさきほど皆が一緒になってあれほどうまく演じたのであるから、自分のことを言われたのではないと確信していたからである。それどころか誰もが、さきほどやったように、旅行中も、一座がつづくものなら将来も、楽しく練習をつづけようということで一致した。しかしこれは、愉快な気分と自由意志の問題であるから、みだりに座長が口をはさむべきではない、ということになった。彼らは、良識あるひとびとのあいだでは、共和制が最善のものとされていると考え、座長の職は回り持ちとし、皆のなかから選び、つねにその下に一種の評議会を置かなくてはならないと主張した。彼らはこの考えに夢中になり、早速《さっそく》実行に移そうと考えた。

「旅行中諸君がそういう試みをしようというのであれば、ぼくはなにも反対はしません」とメリーナは言った。「しかるべき土地に着くまでぼくは喜んで座長の職をしばらくゆずりましょう」彼はそうすることによって、いくらかでも倹約し、いろんな問題を小共和国、あるいは暫定《ざんてい》座長におしつけようと思ったのである。そこで一同は、この新しい国家の形態をいかにして最善のものにするかを、勢いこんで相談し始めた。

「これは移動国家だから、われわれは少なくとも国境紛争には悩まされないね」とラエルテスが言った。

一同直《ただ》ちに本題にとりかかり、初代座長にはヴィルヘルムが選ばれた。評議会も選任され、女性にも議席と議決権があたえられた。議案が提出され、否決されたり可決されたりした。こうした遊びのうちに時間は知らぬ間《ま》に過ぎた。こうして楽しく時間を過ごしたので、誰もが実際になにか有益なことをし、この新しい形式によって、祖国の演劇界に新しい展望をひらいたように思った。

第　三　章

さて、ヴィルヘルムは、一座の者が上機嫌なのを見て、戯曲の詩的価値について彼らとも話し合えると思った。そこで、翌日みながまた集まったとき彼はこう言った。「俳優は作品をおざなりに眺めて、最初の印象で判断し、よく吟味もしないで、好きだの嫌いだのと言うが、これでは不十分だ。感動したり、楽しんだりするだけで、作品を評価しようなどとはまったく考えていない観客はそれでもいい。しかし俳優は、作品についても、それをほめたりけなしたりする理由についても、説明できなければならない。そして、作者の考え方や、作者の意図に立ち入ることができないなら、どうしてそんなことが望めよう。ぼくは、作品を一つの役から判断し、一つの役をそれだけで見て、作品全体との関連で見ていない誤りに、最近非常によく気づいたのだ。そこで、君たちがぼくの話を喜んで聞いてくれる気があるなら、その例をひとつ話してみよう。

君たちはシェークスピアのあの比類ない『ハムレット』をもう知ってるね。館《やかた》でぼくが朗読して、君たちは大変満足した。あれを上演しようということになって、ぼくはなにげなくハムレットの役を引き受けた。ぼくは、もっとも力のこもったいろんな箇所や、独白や、魂の力と精神の高揚がいきいきとのびやかに展開され、激しい感情が情感豊かに描かれている場面を暗唱し始めて、その役を研究しているつもりになっていた。

またぼくは、王子の深い憂愁の重荷を、いわば自分の肩に引き受けて、その重荷を負いながら、いろんな気まぐれや奇行の不思議な迷路を通り抜けて、王子のあとを追って行けば、間違いなくその役の精神に入りこめるものと思っていた。そう思って、せりふを覚《おぼ》え、稽古し、そのうち王子と一体になれると信じていた。

ところが、そうやって進めば進むほど、全体を頭に描くことが困難になり、しまいには全体を見通すことはほとんど不可能なような気がしてきた。そこでぼくは作品を一気に読み通してみた。するとまた、困ったことに、ぴったりしないところがいろいろと出てきた。ある時は性格が、ある時は表現が矛盾するように思えた。そしてぼくは、ぼくの役柄全体を、あらゆる食い違いやニュアンスのままに表現する調子を見つけるのは、ほとんど絶望だと思った。こうした迷路のなかで長いあいだ空《むな》しい努力をつづけたすえ、ついにぼくは、一つのまったく特別な道を通って目的に近づこうと思った。

ぼくは、父王の死以前のハムレットの性格を示すあらゆる手がかりを探したのだ。この悲しい事件や、それにつづく恐ろしい出来事とは切り離して、この興味ある青年はどういう人物であったのか、これらの事件がなければ、どういう人間になっていただろうかということに目を向けた。

この王家の花は、繊細に高貴に萌《も》え出、父王の直接の影響のもとに育っていった。正義と王侯的品位の観念、正義と礼節の感覚が、高貴な生まれの自覚とともに育まれていった。彼は王侯、生まれながらの王侯だった。そして善良な人がなんの妨げもなく善良でいられるように支配したいと願っていた。端正な容姿、礼節をわきまえた人柄、好ましい心ばえ。彼は青年の模範、世の喜びとなるはずだった。

オフィーリアにたいする愛も、人目をひくような情熱ではなく、甘美な欲望の静かな予感のようなものだった。騎士としての訓練にたいする熱意もかならずしも彼本来のものではなく、むしろこの意欲は、ほかの者にあたえられる称讃に刺激されて、強められ高められるといった程度のものだった。感性が純粋だったので、誠実な人をよく見分け、友人の開かれた胸に、率直な心情を静かに味わうことを楽しんでいた。芸術や学問においても、ある程度まで、良きもの、美なるものを認め尊重することを学んでいた。無趣味なものを嫌い、その繊細な心に憎悪が芽生えることがあっても、ぬかりない不実な廷臣をさげすみ、嘲笑的に扱うにとどまった。人柄は沈着で、態度に飾り気がなかった。安逸を喜ぶことなく、かといって、仕事に貪欲《どんよく》というのでもなかった。のんきな学生生活を宮廷でもつづけているようだった。彼の快活さは、心情よりも気分から生《しょう》ずる快活さだった。すぐれた社交人で、寛大で、謙虚で、親切だった。侮辱を許し忘れることはできたが、正義と善と品位の枠を越えた者とは、けっして交《まじ》わらなかった。

この作品をもう一度いっしょに読めば、ぼくの言うことが正しいかどうかわかってもらえるよ。少なくとも、ぼくの意見を、例をあげて、残らず裏づけできると思うよ」

一同ヴィルヘルムの話に大喝采し、これで、ハムレットの行動の仕方を説明する見込みがついたと思った。誰もが作者の精神に立ち入るこのやり方を喜び、自分もこのようにしてなにかの作品を研究し、作者の考え方を明らかにしてみようと思った。

第四章

一行《いっこう》は数日だけある町に滞在しなければならなかった。するとたちまち一座の何人かがちょっとした恋の冒険にまきこまれ、とくにラエルテスは、近くに領地をもっている貴婦人からしきりと水を向けられたが、彼はひどく冷たくあしらい、不作法な振舞いにさえおよんだので、フィリーネに散々《さんざん》にからかわれた。彼女は機会をとらえてヴィルヘルムに、哀れな青年が女性全体を敵視するようになった不幸な恋の物語をした。「この人が女性を憎むのを悪く言ってはいけないのよ」と彼女は言った。「だってこの人は、女にひどい目にあわされ、女に飲まされるんじゃないかと男がいつも恐れているありとあらゆる悪いことを、ひとまとめにして飲まされたんですもの。考えてもごらんなさい。二十四時間のうちにこの人は、恋人になり、いいなずけになり、良人《おっと》になり、寝取られ男になり、病人になり、やもめになったのよ。こんなひどい目にあった人なんていやしないわよ」

ラエルテスは不愉快そうに、苦笑《にが》いしながら部屋から出て行った。そしてフィリーネは、持前のひどく愛らしい調子で、十八歳の青年がある一座に加わり、十四歳の美しい少女を見初《みそ》めた話を始めた。彼女はちょうどそのとき、座長と仲たがいをした父親と一緒に旅に出ようとしていた。たちまちその少女にぞっこん惚れこんだ彼は、あらんかぎりの口実を持ち出して、留まるように父親を口説《くど》き、挙句《あげく》はその少女と結婚する約束までしてしまった。婚約者として楽しい数時間を過ごしたあと、結婚式をあげ、良人として仕合せな一夜を過ごした。ところが彼の妻は、翌朝彼が稽古に出かけているあいだに、その育ちにふさわしく、間男《まおとこ》をはたらいた。彼は恋しさのあまり帰りを急ぎすぎたために、彼女のもとの恋人を自分のベッドに見つける羽目《はめ》になったのであった。かっとなってなぐりかかり、恋人と父親を相手に渡り合ったが、結局は彼の方がいくらか傷を負って引きさがった。父親と娘は夜のうちに旅立ち、彼は二重に傷を負ってあとに残された。まずいことに、世にも下手《へた》くそな軍医のところへ連れて行かれたために、爪は黒ずむやら、目はただれるやらの体《てい》たらくで、この恋の冒険は幕をとじた。ラエルテスは気の毒だわ、神さまのお創りになったこの世で、いちばん立派な青年なんですもの、とフィリーネは言い、ついで、「とりわけまずいのは、あのかわいそうなお馬鹿さんが女を憎んでいることよ。女を憎んでて、どうやって生きて行くつもりかしら」と言った。

メリーナが入ってきて話の腰を折った。馬車の手配はすっかり整った、明日の朝早くには出発できると告げ、馬車の席の割りふりを言い渡した。

「親切なお方がお膝にのせてくださるなら、窮屈だって、お粗末だって、わたしは満足よ。ほかのことはどうだっていいわ」とフィリーネは言った。

「これで結構」と入ってきたラエルテスは言った。

「こんなの嫌だね」とヴィルヘルムは言って、急いで出て行った。彼は、メリーナが断った大変乗り心地のいい馬車をもう一台自腹で借り受けた。割りふりがやり直され、快適に旅行できるのをみな喜んだ。そのとき怪しげな知らせが舞いこんだ。彼らが行こうと思っている道筋に追剝団《おいはぎだん》が出没し、なにが起こるかわからない、というのである。

　この知らせはあやふやで、疑わしいところもあったが、町のひとびともひどく気にしていた。軍の配置からすれば、敵の軍隊が出没することも、味方の軍隊がこんな後方に留まっていることも、ありえないと思えた。しかし誰もがやっきになって、彼らを待ちうけている危険はたいへん大きいと述べたて、道を変えるようにと言い張った。

　多くの者が不安になり、恐れた。そこで新たな共和制にしたがって、この異常な事態について協議するために一座の全員が集められた。ほとんどの者が、この町に留まるか、災《わざわ》いを避けて、ほかの道を行くべきだという意見で一致した。

　恐怖にとらえられていなかったヴィルヘルムだけが、熟慮を重ねてきめた計画を、たんなる噂にもとづいて放棄するのは恥ずべきだと考え、皆に勇気を出すように説いた。彼の言い分は男らしく、説得力があった。

「これはまだ噂にすぎない。こんなことは戦時中にはいくらもあることだ。分別のある人たちは、こんなことは本当とは思えない、いや、ほとんどありえないことだと言っている。こんな重大な問題を、あやふやな噂話できめていいだろうか。伯爵が指示し、ぼくらの旅券にも書いてあるコースがいちばん短いし、いちばんいい道だと思う。この道を行けば、君たちは知人にも友人にも会え、歓待も期待できる町に出られる。回り道をしても町へは行けるだろうが、悪路に出合うかもしれないし、さんざん道に迷うかもしれない。季節はずれのこの時候に、そこからぬけ出す望みがあるだろうか。そのあいだに、どんなに時間と金《かね》を無駄についやすかしれやしない」彼はさらに多くを語り、問題をいろいろと有利な面から述べたてたので、皆の不安は薄らぎ、勇気が出てきた。彼は正規軍の軍規についてあれこれと言って聞かせ、落伍兵や烏合《うごう》の衆など取るに足りないと言い、危険さえも好ましく楽しいもののように述べたてたので、一同すっかり気が晴々《はればれ》としてきた。

ラエルテスは最初からヴィルヘルムの側《がわ》に立ち、おびえも逃げもしないと断言した。やかまし屋の老人は、少なくとも彼一流の仕草で、賛成の意を現した。フィリーネは一同を嘲笑し、メリーナ夫人は、臨月も近いのに、生来の気丈《きじょう》さを失わず、ヴィルヘルムの提案は男らしいとほめたので、メリーナは反対することができなくなった。もともと彼は近道をとることに賛成で、近道を行けば大いに節約できると考えていた。そこで一同《いちどう》心からヴィルヘルムの提案に賛成した。

そこで皆は、万一にそなえて防戦の用意を始めた。大きな猟刀を買い、美しい刺繍《ししゅう》のあるベルトで肩にかけた。ヴィルヘルムはさらに二挺の小型ピストルをバンドにさした。ラエルテスは前から立派な猟銃を持っていた。こうして一同は大はしゃぎで出発した。

二日目に、この辺りに詳しい御者たちは、森陰の高台で昼休みをしようと申し出た。村は遠いし、天気のいい日はいつもこの道をとるのだと言った。

天気もよかったので、一同早速《さっそく》この提案に賛成した。ヴィルヘルムは急ぎ足で、先頭に立って山道を歩いて行った。途中で出会った誰もが彼の異様ないでたちに目を見張った。彼は速い足取りで満足げに森をめざして登って行った。ラエルテスは口笛を吹きながらあとを追った。女たちは馬車に乗ってのろのろと進んだ。ミニョンは、一同が武装したとき自分も買ってもらった猟刀を得意気に肩にかけ、皆の横を駆けていた。帽子には、ヴィルヘルムがマリアーネの思い出の品のうちから残しておいた真珠の首飾りが巻いてあった。金髪のフリードリヒはラエルテスの猟銃をかついでいた。竪琴弾きの恰好がいちばん平和であった。長衣《ちょうい》の裾《すそ》をバンドにはさみ、いつもよりくつろいだ様子で歩いていた。節《ふし》くれだった杖《つえ》をつき、竪琴は馬車に残してあった。

多少苦労して頂上に登り着くと、そこが御者たちの言っていた場所であることがすぐにわかった。美しいぶなの樹にかこまれ、陰になっていた。なだらかに傾斜した広い牧草地は素晴らしい休息地であった。囲いをされた泉には清らかな水が湧《わ》いていた。向こうに、はざまと森の背のあいだに、美しい、楽しい展望が開《ひら》けていた。谷間にはいくつか村や水車が見え、平地には小さな町があった。遠くにのびる別の山並がやわらかく視線を遮《さえぎ》って、眺望に一段と楽しい趣を添えていた。

最初に着いた者はあたりに席を占め、休息し、火をおこした。こうして忙しく立ち働き、歌をうたいながら、残りの連中を待った。彼らもしだいに到着し、その場所と、美しい天気と、口にも言えないほど美しい眺望を口々に称《たた》えた。

第五章

これまで彼らは室内でも、たびたび仲よく楽しい時を過ごしたけれども、いまは当然のことながら、比較にもならないほどに浮き浮きした気分であった。ここでは開《ひら》けた空と美しい風景に誰もが心を洗われるようであった。お互いを身近に感じ、このような素晴らしい所で生涯を過ごせたらと思った。狩人《かりうど》や炭焼きや木こりなど、仕事のためにこのような恵まれた所に住まうひとびとを羨《うらや》ましく思った。しかしなによりも羨ましく思ったのはジプシーの魅力ある暮しであった。仕合せな無為のうちに、自然のあらゆる冒険的な魅力を楽しむことのできる不思議な人たちを羨んだ。そして自分らの暮しがいくらか彼らに似ているのを喜んだ。

そのあいだに、女たちはじゃがいもをゆで、持参《じさん》の料理を開いて、食事の用意を始めていた。いくつかの深なべが火の横に置いてあった。一同グループごとに樹々や茂みの下に陣取った。彼らの奇妙ないでたちとさまざまな武器が彼らに異様な外見をあたえていた。馬は脇で餌をはんでいた。馬車を隠せば、この小さな一団の様子は、幻想的なまでにロマンチックであった。

ヴィルヘルムはかつてない満足を味わった。ここは放浪の民の集落であり、自分がその頭《かしら》だと空想した。そしてそのつもりになって皆と言葉を交《かわ》し、この一瞬の妄想をできるかぎり詩的に描きあげた。一同の気分は高まった。食い、飲み、歓声をあげ、これほど素晴らしい時はかつて味わったことがないと、繰り返し言い合った。

気分が高まるにつれて、若い連中はじっとしていられなくなった。ヴィルヘルムとラエルテスは剣をとり、舞台に立っているつもりでフェンシングの稽古を始めた。二人は、ハムレットとその相手が悲劇的な結末をとげる決闘の場を演じようと思った。二人とも、この重要な場面で、従来の舞台でよく見られるように、下手《へた》な手つきでときどき突きを入れるだけでは駄目だと思っていた。上演にさいしては、フェンシングの達人の目にもかなうような演技の模範を示そうと考えていた。ほかの者は二人の周りに立ち、二人は熱心に巧みに剣をあやつったので、見ている者の興味は一突きごとに高まった。

突然、近くの茂みで一発銃声がし、つづいてまた一発とどろいた。一同《いちどう》驚いて散り散りになった。まもなく武装した一団が現れ、荷を積んだ馬車の近くで馬が餌をはんでいるあたりを目がけて突進してきた。

女たちはいっせいに悲鳴をあげた。ヴィルヘルムとラエルテスはフェンシングの剣を捨ててピストルをとり、盗賊どもに向かってかけて行き、「なにをするか」とどなりつけた。

盗賊どもは無言で二、三発マスケット銃*をうってきた。ヴィルヘルムは、馬車によじのぼり、荷綱を切っている縮れ毛頭《ちぢれげ》にピストルをうちこんだ。うまく当たり、男はたちまちころげ落ちた。ラエルテスの弾《たま》も当たった。二人は勇敢に腰の剣を抜いた。盗賊どもの一部はわめき声をあげながら二人に襲いかかってきた。二、三発銃をはなち、サーベルをきらめかせて斬りかかってきた。二人は勇敢に戦い、ほかの者たちに呼びかけて、一緒に戦うようにはげました。まもなくヴィルヘルムは意識を失い、なにが起こっているのかわからなくなった。胸と左腕のあいだにうけた銃弾と、帽子を裂き、ほとんど頭蓋骨にまで達する一撃で目がくらみ、打ち倒された。襲撃の不幸な結末は、あとになって、ひとに聞かされて初めて知ったのであった。

彼がまた目をあいたとき、奇妙な状態に置かれているのに気がついた。まだかすんで見える目に最初に映《うつ》ったのは、彼の顔の上にかがみこんでいるフィリーネの顔であった。体が弱っているのを感じた。起き上がろうとして、フィリーネの膝に抱かれているのに気づいたが、またそこにくずおれた。彼女は芝生《しばふ》に坐り、前にのびているヴィルヘルムの頭をそっと膝にのせ、両腕にかかえて、できるだけやわらかな床《とこ》を作ってやっていた。ミニヨンは血だらけの髪をふり乱して、彼の足もとに坐り、おいおい泣きながら彼の足を抱きしめていた。

ヴィルヘルムは自分の血だらけの服を見、自分はどこにいるのか、ほかの者はどうなったのかとたずねた。フィリーネは静かにしているように言い、ほかの者はみな無事で、ヴィルヘルムとラエルテスのほかに傷を負った者はいないと言った。それ以上なにも言わず、彼の傷は仮に急いで包帯してあるだけだから、静かにしていなければいけないと真剣に頼んだ。彼はミニョンの方に手をのばし、髪が血だらけになっているのはどうしてだとたずねた。彼女も傷を負っているのかと思っていた。

彼を落ち着かせるために、フィリーネは、この善良な子は、ヴィルヘルムが傷を負ったのを見ると、急場のことでなにも思いつかず、肩になびかせている自分の髪で傷をふさごうとし、それがなんにもならぬことをすぐに悟った、あとで皆が茸《きのこ》や苔《こけ》を当てて包帯をした、そのためにフィリーネは自分のスカーフを提供した、と言った。

ヴィルヘルムは、フィリーネが彼女のトランクにもたれているのに気づいた。それはもとどおり錠がおろされ、無傷であるように見えた。彼は、ほかの者もことなく、持物は助かったのかとたずねた。彼女は肩をすくめ、眼差《まなざ》しで牧場の方をさした。打ち壊された箱、切り裂かれたトランク、ずたずたにされた旅嚢《りょのう》、おびただしい小道具類が、あたり一面に散らばっていた。その場には人影もなく、この奇妙な三人だけがひっそりと残されていた。

ついでヴィルヘルムは聞きたくないことまでいろいろと聞かされた。ほかの男たちは、まだ抵抗できるのに、たちまちおじけづいて手を挙げてしまった。一部は逃げ、一部は恐怖にかられて災難を傍観していた。馬を守ろうとしてもっとも頑強に抵抗した御者たちは、うち倒され、縛《しば》り上げられた。たちまち一切合財《いっさいがっさい》きれいさっぱりに略奪され、持って行かれてしまった。おじけづいた一行《いっこう》は、生命の危険がなくなるや、たちまち損失を嘆き始め、軽傷のラエルテスを連れ、持物の乏しい残りかすをたずさえて、近くの村へ急いだ。竪琴弾きは、傷ついた竪琴を樹にもたせかけ、あとに残された瀕死《ひんし》の恩人のために、外科医を探し、できるかぎり早く帰ってこようと、一緒に村へ急いだのであった。

第六章

その間《かん》、不幸に見舞われた三人はしばらく奇妙な状態に残された。誰一人助けにかけつけてくれる者はいなかった。夕闇《ゆうやみ》がせまり、夜になろうとしていた。呑気《のんき》にかまえていたフィリーネも不安になり始めた。ミニョンはあたりをかけまわり、苛立《いらだ》ちは時とともに増してきた。ついに願いがかなえられ、人の足音が近づいてきたが、彼らはまた新たな恐怖におそわれた。彼らは、一団の騎馬が、彼らの登ってきた道を近づいてくるのをはっきりと聞いたのであった。そして、願わしからざる客の一隊が、残りものを集めに、この森の広場にまたやってきたのかと恐れたのである。

ところが、茂みのなかから、白馬にまたがった一人の婦人の姿が見えてきた時の彼らの驚きは、またとなくうれしいものであった。その婦人は一人の年輩の紳士と数名の騎士にともなわれ、馬丁《ばてい》、召使、一団の軽騎兵があとにつづいた。

この光景に目を見張ったフィリーネが声をあげ、美しい女騎士《アマツォーネ》*に助けを求めようとしたとき、この人も不思議な三人に驚きの目を向け、馬首をめぐらして歩み寄り、立ち止まった。彼女は負傷者の状態を熱心にたずねたが、この男がはすっぱそうな女サマリア人*の膝に抱かれているのが、ひどく奇妙なことに思えたようであった。

「ご主人ですの?」と彼女はフィリーネにたずねた。「ただの親しい友達です」とフィリーネは答えたが、その口ぶりがヴィルヘルムにはひどく不快だった。彼は近づいてきた人のものやわらかで高貴な、穏やかで気づかわしげな顔をじっと見つめた。彼は、これほど高貴な好ましい顔だちの人は見たことがないと思った。体つきはゆったりとした男用の外套《がいとう》で隠されていた。それは、夕方の冷気を防ぐために、一行《いっこう》の誰かから借りたもののようであった。

そのあいだに騎士たちも近寄ってきて、数人の者が馬をおりた。婦人も馬をおり、親切な思いやりをこめて、三人が出合った災難の様子や、そこに横たわっている青年の傷の具合を詳しくたずねた。ついで急いで向きを変え、年輩の紳士と、ゆっくり山道を登ってきて、森の広場にとまっていた馬車の方へ歩いて行った。

その若い婦人はしばらく一台の馬車の扉のそばに立ち、到着した人たちと話していた。ずんぐりした男がおりてき、彼女はその人を傷ついたヴィルヘルムのところへ連れてきた。彼が手にしている小箱と皮鞄《かわかばん》から、この人が外科医であることがすぐにわかった。彼の物腰は粗野で好ましいとは言えなかったが、その手並はあざやかで、こんな人が助けにきてくれたのは有難かった。

彼はていねいに診察し、傷はみな危険なものではない、いま包帯をするから、患者を近くの村まで運んでもよい、と言った。

若い婦人の不安はいよいよ増すようであった。二、三度あたりを歩きまわり、老紳士をまた連れてきて、「見てごらんなさい。なんてひどい傷でしょう。それに、お気の毒にわたしたちのせいじゃあございません？」と言った。ヴィルヘルムはこの言葉を聞いたが、意味はわからなかった。彼女は不安げに歩きまわり、傷ついたヴィルヘルムから目を離せないようであった。同時に、苦労してヴィルヘルムの服をぬがせ始めたとき、そばに立っているのは、礼に反するのではないかと気づかっているようでもあった。外科医が左の袖を切り開いたとき、老紳士が歩み寄って、ぜひとも旅をつづけなければならないと、きびしい口調《くちょう》で彼女に言った。ヴィルヘルムは彼女に目をそそいでいたが、彼女の眼差《まなざ》しに心を奪われて、なにをされているのかもほとんど感じないくらいであった。

そのあいだにフィリーネは立ち上がって、その親切な婦人の手に接吻した。二人が並んで立ったとき、ヴィルヘルムは、これほど甚だしい対比はこれまで見たことがないような気がした。フィリーネがこれほど不利な光のもとに置かれたことはないと思えた。彼女は、こんな高貴な人に近づいたり、ましてや触れたりすべきではないのだ、と彼は思った。

婦人は小声でフィリーネにいろんなことをたずねた。そのうち彼女は、相変らずそっけない様子で立っている老紳士に近づいて、「叔父さま、これは叔父さまのものですけど、差し上げてもよろしいでしょうか」と言い、すぐさま外套をぬいだ。なにも着ていないヴィルヘルムにそれを着せかけるつもりであることはすぐにわかった。

彼女の慰められるような眼差《まなざ》しに見入っていたヴィルヘルムは、外套がすべり落ちたとき、その体形の美しさに驚かされた。彼女は歩み寄り、そっと外套を着せかけた。口を開いて、二言《ふたこと》、三言《みこと》、口ごもりながら感謝の言葉を述べようとしたとき、彼女を間近に見る強烈な印象が、すでに弱っている彼の意識に奇妙な働きを及ぼし、突然、彼女の頭が光にとりまかれ、彼女の体全体に、きらめく光がしだいに広がるように思えた。そのとき外科医が、傷口に入りこんだ弾を取り出そうとして、手荒く彼に触れた。聖女の姿は朦朧《もうろう》となってゆく彼の目から消えた。彼は完全に意識を失った。再びわれに返ったとき、騎士も馬車も美しい人も、従者もろとも消えうせていた。

第七章

ヴィルヘルムに包帯をし、服を着せると、外科医も急いで立ち去った。そのとき竪琴弾きが何人かの農夫を連れて登ってきた。彼らは急いで木の枝を切り、柴《しば》を編んで担架を作り、ヴィルヘルムをのせ、さきの貴婦人が残してくれた一人の猟騎兵に先導されて、ゆっくりと山を下《くだ》った。竪琴弾きは無言で、もの思いに沈みながら、こわれた竪琴をかかえて歩いていた。フィリーネは、男たちがトランクを持ってくれたので、包みをぶら下げてぶらぶらと歩いていた。ミニョンは跳びはねながら、先頭に立っていたかと思うと、脇の茂みや森をかけぬけたりしながら、思いつめたような目つきで、自分の保護者である傷ついたヴィルヘルムの方を見ていた。

ヴィルヘルムは暖かい外套に包まれて静かに担架に横たわっていた。電気によるようなぬくみが、良質の羊毛から体に伝わるような気がした。いずれにしても、世にも快い気持であった。この外套の美しい持主のあたえた印象は強烈だった。外套が肩からすべり落ちる様子や、光に包まれて立つ高貴な姿が目に見えるようだった。そして彼の魂は、消え去った人のあとを追って、岩や森のなかをただよった。

日の沈む頃になって、ようやく一行《いっこう》は村の宿屋の前に着いた。そこには一座の者も泊っていて、取返しのつかない損失をくどくどと嘆いていた。その家の一つしかない小さな客間はすし詰めの状態であった。寝藁《ねわら》の上に横になっている者もあれば、ベンチに腰かけている者もあり、ストーブのうしろに押しこまれている者もあった。メリーナ夫人は隣の小部屋で不安げに出産を待っていた。恐怖が出産を早めたのである。若くて未経験なおかみの手助けでは、あまりいいことは期待できそうにもなかった。

新たに着いた連中がなかへ入れてくれと頼むと、いっせいに不満の声が上がった。

ヴィルヘルムの意見で、彼に強引《ごういん》に引っ張られて、あの危険な道を行ったばかりに、この災難に出合ったのだと彼らは言った。不幸な結果の責任を彼に負わせ、戸口のところで彼が入るのをこばみ、どこかよそで泊る所を探すがいいと言った。フィリーネはさらに口汚くののしられ、竪琴弾きとミニョンまでがとばっちりを食わされた。

美しい女主人に、残された人たちの面倒を見るようにきびしく言いつけられていた猟騎兵は、この争いを辛抱して聞いていたが、まもなく、一座の者を猛然と怒鳴《どな》りつけ、つめ合わして、いまきた人たちに席をあけろと命令した。皆がしぶしぶ承知して、隅に押しやったテーブルの上にヴィルヘルムを寝かせた。フィリーネはそのそばにトランクを置き、坐りこんだ。皆がつめ合った。猟騎兵は、この夫婦のためにもう少しましな宿が見つけられないものか探しに出かけた。

彼が出かけると、また不満の声が高くなり始め、相ついで非難があびせられた。誰もが自分の損失を大袈裟《おおげさ》に数えあげ、これほど多くのものを失う羽目《はめ》になった向う見ずな企てを罵《ののし》った。ヴィルヘルムが受けた傷をそれとなく喜ぶ者さえあった。フィリーネを嘲笑し、トランクを救い出したやり方を、犯罪行為のように言いたてる者もあった。彼らは、いろんなあてこすりや嫌味《いやみ》を並べて、彼女が略奪と降伏騒ぎの最中に、一味の首領をまるめこみ、誰にもわからない手練手管《てれんてくだ》を用いて、トランクを返してもらったのだ、と言いたいらしかった。しばらく彼女の姿が見えなくなったと言う者もあった。フィリーネは一言《ひとこと》も答えず、トランクの鍵をがちゃつかせた。それによって、トランクはここにありますよと見せびらかして、彼らのやっかみをかき立て、自分の幸運によって連中の絶望をつのらせてやろうとするようであった。

第八章

ヴィルヘルムは大量の出血によって弱り、あの親切な天使の出現以来、気持がなごみ穏やかになっていたけれども、彼が黙っているために、不平な連中によってたえずむし返されるきびしい、不当な言い分に、しだいに腹立ちを抑えることができなくなった。そのうち、起き上がって、彼らがその友人であり指導者である彼を苛立《いらだ》たせる無礼をたしなめるぐらいの力はあると感じた。彼は包帯した頭を上げ、どうにか体を支え、壁にもたれて、つぎのように話し始めた。

「ぼくに同情すべき時に、君たちはぼくを侮辱し、ぼくが初めて君たちに援助を期待してもいい時に、君たちはぼくに逆らい、ぼくを追い払おうとしている。しかしそれも、君たちが失ったものに感じている苦痛に免じて許すことにしよう。ぼくが君たちのためにしてきた努力や、君たちに示した好意は、君たちの感謝や、親しみのある態度で、これまで十分に報われたと思っている。ぼくを惑わさないでもらいたい。過去をふり返って、君たちのためにしたことを数え立てるような気持にさせないでもらいたい。こんな計算はぼくには辛いだけだ。偶然君たちと一緒になり、いろんな事情や、ぼくのひそかな好みから、君たちのもとに足をとめた。君たちの仕事に加わり、喜びを分ち合った。ぼくの乏しい知識は君たちの役に立った。君たちはいま、ぼくらが見舞われた災難の責任を、手きびしくぼくに押しつけているが、この道を行くように最初に提案したのはよその人たちで、君たちみんなで検討され、ぼくだけでなく、みんなが賛成したことを、君たちは忘れている。この旅がうまくいっていたら、この道を勧《すす》めたのはおれだ、おれがこの道を選んだんだと言って、みんながいい思い付きだったと自慢し合っているだろう。ぼくたちの思慮深さや、発言権の行使を思い出して喜んでいるだろう。ところがいま君たちは、ぼく一人に責任を負わせ、ぼくに責任を押しつけている。ぼくの純一《じゅんいつ》な良心が、ぼくに罪のないことを告げ、それどころか、君たち自身を証人に立てることができるのでなかったら、ぼくも喜んで責任を引き受けよう。なにか言うことがあるのなら、きちんと言ってもらいたい。それならぼくも弁明できるだろう。根拠のあることが言えないなら、なにも言わないで、ぼくを苦しめないでくれ。ぼくはいまなにより安静が必要なんだ」

女たちは一言《ひとこと》も答えないで、またしても泣いたり、自分の損失をくどくど述べ立てたりし始めた。メリーナはすっかり取り乱していた。言うまでもなく、彼はもっとも多く、ひとの想像以上に多くのものを失っていたからである。気が違ったように、せまい部屋のなかをよろよろと歩きまわり、頭を壁にぶつけたり、辺り構わず呪《のろ》ったり、罵《ののし》ったりした。しかもそのとき、宿のおかみが小部屋から出てきて、彼の妻が死産をしたと告げたので、怒《いか》りが爆発し、ほかの者もみな一緒になって、吼《ほ》え、叫び、唸《うな》って騒ぎ立てた。

ヴィルヘルムは彼らの状態に同情すると同時に、彼らの下劣な根性に心底《しんそこ》から腹が立ってきた。体は弱っているにもかかわらず、魂の力は少しも損なわれていないのを感じた。「君たちがどれほど気の毒であるにせよ、ぼくは君たちを軽蔑せずにはいられない」と彼は叫んだ。「自分が不幸だからといって、罪のない者をとがめていいわけはないのだ。誤った道をとったのにはぼくも責任があるが、ぼくの責めはもう果たしている。

このとおりぼくは傷を負って寝ている。誰もが失ったが、ぼくの失ったものがいちばん多いのだ。衣装は奪われ、舞台装置も壊されたが、あれはぼくのものだった。だって、メリーナ君、君はまだぼくに金《かね》を返してないんだから。いまこの借金は棒引きにしてやるよ」

「二度とお目にかかれないものを頂くのは結構なことですな」とメリーナは言った。「あなたの金《かね》は女房のトランクに入っていたんです。あれがなくなったのはあなたのせいです。しかし、ああ、なくなったのが金《かね》だけだったら！」――彼はまた地団駄《じだんだ》をふみ、罵ったり、叫んだりし始めた。メリーナが伯爵の近侍《きんじ》とうまく取引して、伯爵の衣装部屋からかすめ取った伯爵の美しい衣服や、バックルや、時計や、嗅《か》ぎタバコ入れや、帽子のことだなと皆が思った。メリーナを見ていて、誰もが、自分の、はるかにつまらないものではあるが、大切にしてきたものをまた思い出した。彼らはいまいましげにフィリーネのトランクを眺め、ヴィルヘルムに、彼がこの美人と手を組んで、彼女の幸運に乗じて自分の持物を助け出したのは、ほんとうにうまくやったものだ、とほのめかした。

ついにヴィルヘルムは、「君たちが困っているのに、ぼくが自分のものを取り込んでいると思うのか」と叫んだ。「困った時に苦しみを分ち合ったのはこれが初めてではない。トランクを開《あ》け給え。ぼくのものはみんなのために用立てよう」

「これはわたしのトランクよ」とフィリーネが言った。「わたしがその気になるまで開けやしない。わたしが入れてあげたあなたのぼろ服の二、三枚なんて、いちばん正直なユダヤ人に売ったって、いくらにもなりゃしない。治療にどれだけかかるか、知らぬ土地でなにが起こるか、わかりゃしないのよ」

「フィリーネさん、ぼくのものはみんな出してください。わずかな金《かね》でも当座の役には立つでしょう」とヴィルヘルムは言った。「しかし友人を助けるためには、人間にはいろんなものがあります。現金《げんきん》だけとは限らないのです。ぼくのうちにあるすべてのものを、この不幸な人たちに捧げます。この人たちもまた落ち着いたら、いまの態度をきっと後悔するでしょう。そうだ、君たちが困っていることはよくわかる」とヴィルヘルムはつづけた。「ぼくにできることはなんでも君たちのためにしよう。もう一度ぼくを信頼してくれ給え。いまは落ち着いて、ぼくが約束するものを受け入れてくれ給え。誰か皆を代表して、ぼくの約束を受けてくれ給え」

こう言って彼は手を差し出し、叫んだ。「君たち一人一人が、なくしたものを二倍にも三倍にもして返してもらうまでは、誰のせいであるにせよ、君たちがいま置かれている状態を完全に忘れ、仕合せなものに取り替えるまでは、君たちのもとを離れないし、君たちを捨てないと約束しよう」

彼は相変らず手を差し出していたが、誰もそれを握ろうとはしなかった。「もう一度約束する」と彼は、枕に倒れこみながら叫んだ。誰もが黙っていた。誰もが恥じていたが、慰められなかった。フィリーネはトランクに坐り、ポケットのなかに見つけたくるみを噛《か》み割っていた。

第九章

猟騎兵が二、三の人を連れて帰ってき、ヴィルヘルムを運び出す用意を始めた。彼は村の牧師に頼んで夫婦を泊めてもらうことにしたのであった。フィリーネのトランクは運び出され、彼女はなにくわぬ顔つきでついて行った。ミニョンは先頭をかけて行った。牧師館につくと、怪我人《けがにん》には、ずっと前から賓客《ひんきゃく》用に用意されていた広いダブルベッドが提供された。このとき初めて、傷口が開き、ひどく出血していることがわかった。包帯をし直さねばならなかった。病人は熱を出していた。フィリーネはこまめに看病し、疲れに勝てなくなると、竪琴弾きが替わった。ミニョンは起きていようと固く決心していたのに、隅で寝こんでいた。

翌朝いくらか元気になったヴィルヘルムは、猟騎兵から、昨日彼らを助けてくれた貴婦人は、戦乱を避けて、平和になるまで、もっと静かな所に滞在するために、最近領地を離れたのだと聞かされた。彼は、年輩の紳士とその姪《めい》の名前、彼らが最初に行く土地を教え、令嬢から、置き去りにされた人たちの面倒を見るように固く言いつかったのだと説明した。

ヴィルヘルムは猟騎兵に厚く礼を述べた。そこへ外科医が入ってきて、話が中断された。外科医は傷の状態を詳しく説明し、安静にして辛抱すれば、すぐに直るだろうと保証した。

猟騎兵が立ち去ったあとでフィリーネは、彼が金貨二十ルイドールの入った袋を彼女にあずけ、牧師に、宿泊の礼を渡し、外科医の治療費を託して行った、と伝えた。そして、彼女はすっかりヴィルヘルムの妻と思われているし、これからもそのつもりで彼のそばにいるから、ほかの看護人を探したりしたら承知しない、と言った。

「フィリーネさん」とヴィルヘルムは言った。「ぼくたちが出合った災難で、あなたにずいぶんお世話になりました。ぼくはあなたにこれ以上借りができるのは困るのです。ぼくはあなたがそばにいると落ち着かないのです。このお骨折りにどうやってお礼すればいいかわからないからです。あなたのトランクに入っていて助かったぼくのものを出してください。あなたはほかの一座の者と一緒になって、ほかの宿を探してください。ささやかなお礼のしるしとして、この金時計を受け取ってください。どうかぼくを放っておいてください。あなたがそばにいると、あなたが思う以上にぼくは落ち着かないのです」

言い終わると彼女は彼を嘲笑し、「お馬鹿さんね。ちっとも利口にならないわね」と言った。「どうすればあなたの役に立つか、わたしの方がよく知ってるわよ。わたしはここにいる。ここを動かないわ。男の人の感謝なんか当てにしたことは一度もないし、だからあなたの感謝も当てにしないの。わたしがあなたを愛してるからって、あなたに関係がある？」

彼女はとどまった。まもなく牧師にも、その家族にも取り入った。つねに朗らかで、気前がよく、相手に合わせて喋《しゃべ》り、それでいて、つねに自分のしたいようにした。ヴィルヘルムの容態は悪くなかった。外科医は学問はなかったが、下手《へた》ではなかった。自然に任せたので、まもなくヴィルヘルムは快方に向かった。そして彼は、早く良くなって、自分の計画や願いを追求できるようになりたいと心から願った。

彼は、彼の心に消し難い印象をあたえたあの出来事を絶えず思い返した。美しい女騎士《アマツオーネ》が茂みから出てくるのを見た。彼女は近づき、馬を下《お》り、辺りを歩きまわり、彼のために骨折ってくれた。外套が肩からすべり落ち、彼女の顔、姿が輝きながら消えてゆくのを見た。少年の日の夢がこの光景に結びついた。彼はいま、あの高貴で豪胆なクロリンデを自分の目で見たような気がした。美しく優しい王妃がそっとつつましくその臥所《ふしど》に歩み寄る、病める王子も思い出された。

彼はときどき、ひそかに一人つぶやいた。「若い時には、夢のなかでのように、将来の運命の象《すがた》がわれわれの周りに漂い、われわれのとらわれない目に、予感に満ちて、映《うつ》るのではなかろうか。われわれの出合うものの萌芽が、運命の手によって蒔《ま》かれ、いつの日にか折り取りたいと願う果実を、前もって味わうことができるのではあるまいか」

病床にあるため、彼には、あの場景を何度となく繰り返してみる暇があった。繰り返し彼はあの甘い声を思い返し、あの優しい手にキスしたフィリーネを羨ましく思った。

しばしば彼には、あの出来事が一つの夢のように思えた。あの出来事が本当にあったのだと教えてくれる外套が残されていなかったならば、彼にはそれが作り噺《ばなし》と思えたにちがいない。

その外套を大切にしまっておきたいという気持と、ぜひともそれを着てみたいという気持とが交《ま》ざり合った。起きられるようになるとすぐにそれを着てみた。そして、しみをつけるのではないか、ひょっとして傷をつけるのではないかと、一日じゅう気づかっていた。

第十章

ラエルテスが訪ねてきた。彼は上の小部屋で寝ていて、あの騒々《そうぞう》しい場面には居合わさなかったのである。彼の受けた損害もきれいにあきらめ、いつもの「なんてことないよ」で片づけていた。彼は一座の滑稽な話をあれこれと語り、とくにメリーナ夫人を槍玉《やりだま》にあげて、彼女が娘の死産を嘆いているのは、メヒティルデという古風な名前がつけられなかったからにすぎない、と言った。彼女の良人《おっと》についても、彼は金《かね》をどっさり持っており、あの当時すでに、ヴィルヘルムからせびり取った前借りはまったく必要なかったことがわかってきた。いまメリーナはつぎの郵便馬車で出発するつもりになっており、ヴィルヘルムに、彼の友人である座長ゼルロあての推薦状を貰いにくるはずだ。メリーナは自分の計画が駄目になったので、ゼルロの一座に身を寄せたいと思っているのだ、とラエルテスは言った。

ここ数日ミニョンはひどく静かであった。しつこく問いただした結果、ようやく、右腕を脱臼《だっきゅう》していることを白状した。「あんな向う見ずなことをするからよ」とフィリーネが言った。フィリーネによると、戦いの最中ミニョンは猟刀を抜いて、ヴィルヘルムが危険におちいっているのを見ると、勇敢にも盗賊どもに斬りかかったが、結局、腕をつかまれて投げとばされたのであった。怪我《けが》をしているのになぜ早く言わないのかと叱りつけたが、これまで彼女を男の子だとばかり思っていた外科医をはばかっていたのだということがわかった。怪我を直すために彼女は腕を吊らなければならなかった。これが彼女にはまた新たな苦痛であった。なぜなら、ヴィルヘルムの世話をし、看病するいちばん大事なところは、フィリーネに任さなければならなかったからである。そして愛すべき悪女の方は、それだけにいっそうまめまめしく働き、怠りなく注意をはらった。

ある朝、目を覚まして、ヴィルヘルムは、不思議な恰好でフィリーネが身近にいるのに気づいた。彼は寝苦しいままに、広いベッドの脇の方に寄っていた。フィリーネはベッドの前の方に長々と斜めに寝ていた。彼女はベッドに坐って本を読んでいるうちに眠ってしまったらしく、本が手から落ちていた。彼女はうしろへ倒れこみ、頭が彼の胸のそばにあって、ほどけたブロンドの髪が胸の上に波うっていた。しどけない寝姿は、技巧やたくらみによる以上に、彼女の魅力を高めていた。子供の微笑《ほほえ》みのような安らかさが、彼女の顔の上に漂っていた。彼はしばらく彼女を見つめていたが、彼女を見つめる喜びを、自らとがめるようでもあった。安静と節制を義務としているいまの状態を、彼が祝福したか非としたかは、われわれも知らない。彼はしばらく注意をこらして彼女を見ていたが、そのうち彼女が身動きし始めた。彼は軽く目をとじたが、薄目に彼女の方を見ずにはいられなかった。彼女は身じまいを直し、朝食の様子を見に出て行った。

つぎつぎに役者たちが皆ヴィルヘルムを訪ね、多かれ少なかれ、無作法に、あるいは強引に、推薦状と旅費をせびり、せしめて行った。そしてフィリーネはそのたびごとに腹を立てた。猟騎兵はあの連中にもかなりな金《かね》を置いて行ったのであるから、彼らはあなたを馬鹿にしているだけなのだと言っても、彼は聞き入れようとはしなかった。しまいにはそのために激しい言い争いになり、彼女もほかの連中と一緒になり、ゼルロのところで運を試してみるがよかろうと、断乎として言い渡した。

ごくわずかのあいだ彼女は冷静さを失ったが、またすぐさま気を取り直して、「あのブロンドの子さえ帰ってくれれば、あんたたちのことなんか知ったことじゃないんだ」と言った。彼女が考えているのはフリードリヒのことであったが、彼は森の広場から消え失《う》せて以来、姿を見せていなかったのである。

翌朝ミニョンがベッドにやってきて、フィリーネが夜のうちに旅立った、彼の物はみんな隣の部屋にきちんとまとめて置いてあると告げた。ヴィルヘルムは彼女の不在を身にしみて感じた。彼は忠実な看護婦と楽しい話し相手を失った。彼はもう一人でいることに慣れていなかった。しかし、まもなくミニョンがその穴を埋めてくれた。

気軽な美しいフィリーネが、その親切な骨折りで、傷ついたヴィルヘルムを取り巻いて以来、ミニョンはしだいに引きこもり、一人で静かにしていた。しかし、また自由な場を得たいま、彼女は注意と愛をもって立ち現れ、熱心に彼に仕《つか》え、朗らかに話し相手をつとめた。

第十一章

彼は目に見えて快方に近づいていた。そして、数日もすれば旅に出られるだろうと思った。彼は、計画もなく、ぶらぶら歩きのような生活をつづけるのはやめ、将来は軌道を定め、計画にそって歩いて行こうと思った。まずあの親切な貴婦人を訪ねて、あの日の礼を言い、ついで、友人である座長ゼルロのもとに急行し、不幸にあった仲間の面倒をできるだけ見てやろう、同時に、住所を教えられている取引先を訪ねて、託されている用務を果たそうと思った。そしてこれまで同様、将来も幸運に恵まれ、有利な投機によって損失をおぎない、財布の穴を埋める機会のあたえられることを願った。

彼を助けてくれた人にもう一度会いたいという願いは日ましにつのった。旅程をきめるために牧師に相談した。この人は地理と統計に関するすぐれた知識をもち、書物と地図の見事な収集をそなえていた。あの貴族の一家が戦乱中の居所に選んだ場所を探し、その一家に関する情報を求めた。しかしそういう場所はどんな地理書にも地図にも記されていなかった。また家系便覧には、そういう一家に関する記載はまったくなかった。

ヴィルヘルムはあわてた。そして不安を述べると、竪琴弾きは、あの猟騎兵は、理由はわからないが、本当の名前は言わなかったと思えるふしがある、と打ち明けた。

　なんとしてもあの美しい人が近くにいるように思えてならないので、ヴィルヘルムは、竪琴弾きをさぐりに行かせたなら、なにか彼女に関する情報が得られるのではないかと思った。しかしこの期待も空《むな》しかった。老人は熱心にたずね歩いたけれども、なんの手がかりも得られなかった。当時この地方には、さまざまな活発な動きがあり、思いもかけない行軍《こうぐん》があった。旅の一行《いっこう》にとくに注意をはらう者など誰もいなかった。そのため、さぐりに出された老人は、ユダヤ人のスパイ*と疑われないうちに帰ってきて、オリーヴの葉*を銜《くわ》えないままでヴィルヘルムの前に顔を出さなければならなかった。そして彼は、託された任務を果たそうといかに努力したかを熱心に説明し、怠けていたのではないかという疑いを晴らすことにつとめた。彼はなんとかしてヴィルヘルムの悲しみをまぎらそうと、猟騎兵から聞いたことのすべてに思いをめぐらし、さまざまな推測を述べた。老人の述べた一つの状況から、ついにヴィルヘルムは、あの消え失《う》せた美しい人の謎めいた言葉を解くことができた。

　すなわち、盗賊団がねらっていたのは、旅の一座ではなく、当然多額の金《かね》と財宝をたずさえていると考えられるあの貴族の一行であったのである。そして盗賊団はその一行について正確な情報をもっていたにちがいない。その行為が義勇軍によるものなのか、落伍兵、あるいは盗賊によるものなのかはわからなかった。要するに、豊かな貴族の一行にとって仕合せであったのは、卑しく貧しい旅の一座が先にあの場所に着き、貴族の一行を待ちうけていた運命に巡り合ったことであった。いまもヴィルヘルムの耳にはっきりと残っている、あの若い婦人の言葉は、このことを言っていたのである。思慮深い守護神が、あの非のうちどころない人を救うために、彼を犠牲にしたのだと思うと、彼は満足でもあり、仕合せでもあったが、あの人を見つけ出し、再会する希望は、少なくとも差し当っては、まったく消滅したので、彼の気持は絶望というに近かった。

この奇妙な気持を高めたのは、伯爵夫人とあの美しい未知の人とが似ていることに気づいたことであった。二人は姉妹と言いたいほど似ていた。二人は双子でもあるかのように思え、どちらが姉、どちらが妹とはきめかねた。

愛らしい伯爵夫人の思い出は限りもなく甘美だった。彼女の姿を繰り返し思い描いた。しかしいまは、高貴な女騎士《アマツォーネ》の姿がいつの間《ま》にかそこにまじり、一つの姿がもう一つの姿に変わった。そして彼は、そのいずれをもしかととらえることができなかった。

それゆえ、二人の筆跡が似ているのには驚かざるをえなかった。伯爵夫人の手による素晴らしい詩を、メモ帳にはさんで持っていた。そして彼は外套のなかに、優しい気づかいをこめて叔父の健康をたずねる紙片を見つけたのであった。

この紙片は、彼を救ってくれた人が書いたものであり、旅の途中旅館の一室からほかの部屋へ送られ、叔父がポケットに押しこんだものだと、ヴィルヘルムは確信した。彼は二つの筆跡を較べてみた。伯爵夫人の優雅につづられた文字は、前から非常に好きであったが、未知の人の、似てはいるがもっとのびやかな筆跡には、口にもつくせぬほどによどみない調和があった。紙片にはたいしたことはなにも書かれていなかったが、筆跡を見ているだけで、二人を目の前に見ているのと同じように、心が高められた。

彼は夢見るような憧れに沈んだ。そのとき、ミニョンと竪琴弾きとが、不揃いな二重唱で心のこもった歌をうたい始めたが、その歌はいかにも彼の気持にかなうものであった。

憧れを知る者のみが、
わが悲しみを知る。

ひとり、ただひとり、
なべての喜びを絶たれ、
ひたすらみ空に、
遠きかなたに見いる。
われを愛し、われを知る者は、
遠くにあり。
眼くらみ、
胸《むな》うちは燃ゆ。
憧れを知る者のみが、
わが悲しみを知る。

第十二章

優しい守護神のおだやかな誘《いざな》いは、ヴィルヘルムを、いずれかの道に導くかわりに、以前から感じていた不安を培《つちか》い、つのらせた。ひそかな灼熱が彼の血脈にしのび入り、定めない対象が彼の心のなかで入りかわり立ちかわりして、果てしない欲望をかき立てた。ある時は駿馬《しゅんめ》を願い、ある時は翼を願った。留まることはできないとは思いつつも、行くべき先はきめかねた。

彼の運命の糸は奇妙にもつれてしまっていた。彼はその不思議なもつれを解こうと願い、時にはひと思いに断ち切りたいと思った。馬の蹄《ひづめ》の音、馬車のわだちの音が聞こえるたびに、急いで窓から外を見た。そして誰かが訪ねてきたのではないか、偶然にもせよ、たしかな喜びを伝える便りをもたらしたのではないかと思った。友人のヴェルナーがこの地方にきて彼を驚かす、あるいは、思いもかけずマリアーネが姿を現す、などと一人想像をめぐらした。郵便馬車のラッパの音にも心が騒いだ。メリーナがその後の成行きについて知らせてきたのかと思い、とりわけ、猟騎兵がやってきて、あの敬慕する美しい人のもとへ誘ってくれるのではないかと思ったりするのであった。

惜しいかな、こうしたことはなに一つ起こらず、結局はまた一人になるほかはなかった。過去を振り返って、考え、反省するごとに、不愉快になり、耐え難くなることが一つあった。それは失敗に終わった彼の指揮だった。それは考えるたびに腹が立った。あの不幸な日の夜、一座の者の前で、一応弁明はしてみたものの、彼自身に責任があることは否定できなかった。というよりはむしろ、気の滅入《めい》るような時には、あの出来事のすべてが、彼の責任であると思えた。

自己愛は、われわれの美点も欠点も、実際よりも重大に考えさせる。彼は自分にたいする信頼をあおり立て、他の者の意志を導き、未経験と向う見ずにかられて先頭に立った。彼らは、彼らの手に負えない危険におそわれた。声高《こわだか》の、あるいは沈黙の非難が彼にあびせられた。彼は、自分の誤った指揮によってこうむった一座の者の手痛い損失にたいして、彼らの損失を利子をつけて返すまでは、彼らを見捨てないと約束したのも、また、皆がそれぞれに受けた災難を、僭越《せんえつ》にも、自分一人の肩に引き受けようとするのも、新たな思い上がりではなかったかと自らを責めた。彼は、一時《いっとき》の興奮と衝動にかられてあのような約束をしたのを悔いるかと思うと、また、誰もが握り返すに価しないと思いはしたが、彼がお人よしにも手を差し伸べたりしたのは、心のうちに立てた誓いに較べれば、とるに足りない形式だったのだ、と思ったりもした。彼らのために役立つ方法に思いをめぐらし、結局、急いでゼルロのもとに赴《おもむ》くのがいちばんだと思いたった。そこで荷をまとめ、傷の全快をも待たず、牧師と外科医の忠告にも耳をかさず、ミニョンと老人という奇妙なお供を連れて、運命がまたしてもあまりにも長くひきとめた、無為の生活に別れを告げた。

第十三章

ゼルロは両腕をひろげて彼を迎えた。「やあ、きたね。また会えたね。君はあまり、いや、まったく変わらないね。もっとも高貴な芸術にたいする君の愛も、相変らず強く、いきいきとしているんだろうね。君がきてくれて、最近の手紙で感じていた不信の念を、もう感じなくてもいいのはうれしいよ」

ヴィルヘルムは驚いて、もっと詳しく説明してくれるように頼んだ。

「君のぼくにたいする態度は、昔からの友人のようじゃなかったからね」とゼルロは答えた。「君はぼくを大金持みたいに扱って、役にも立たない連中を平気で推薦してくるんだからな。ぼくたちの運命は観客の意見できまるんだ。メリーナ君もその一座の者も、ここで採用するのはむずかしいと思ってるんだ」

ヴィルヘルムは彼らを弁護しようと思ったが、ゼルロが情け容赦なく彼らをこきおろし始めたので、一人の婦人が部屋に入ってきて、話が中断されたとき心底《しんそこ》ほっとした。

すぐ妹のアウレーリアだと紹介された。彼女はたいそう愛想よく彼を迎え、その話しぶりも好ましいものであったので、彼は、彼女の聡明そうな顔にさらに特別な趣をそえているはっきりした悲しみの影に気づかなかった。

久しぶりにヴィルヘルムはようやく自分の本領に帰ったような気がした。これまでは、話をしてもかろうじて満足のできる程度の聞き手しか見つからなかったのに、いまは、彼の言うことを完全に理解してくれるばかりでなく、教えられるところの多い受け答えをしてくれる芸術家、識者と話す幸運を得たのである。二人とも新作にはいち早く目を通していた。批評も的確であった。観客の評価を検討し、尊重することを心得ていた。そして素早く互いに啓発し合っていた。

そこで、ヴィルヘルムがシェークスピアに夢中になっていたために、話は自《おの》ずからこの作家のことになった。そして彼は、この作家の諸々《もろもろ》の作品がひらくにちがいないドイツの新時代にたいする期待を、熱心に述べたて、やがて、彼が熱心に研究してきたお得意の『ハムレット』を持ち出した。

ゼルロは、条件さえ整えば、この作品をとっくに上演しただろう、自分はポローニアスを演《や》ってみたいと言った。ついで笑いながら、「ハムレットさえ見つかれば、オフィーリアを見つけるのはわけないよ」とつけ加えた。

ヴィルヘルムは、兄のこの冗談がアウレーリエには不愉快だったらしいことに気づかなかった。それどころか彼はいつもの流儀で、どういうふうにハムレットを演じてもらいたいかを、長々と、教えるような調子で述べたてた。彼は二人に、われわれがすでに前に聞かされた結論を細々《こまごま》と披瀝《ひれき》した。そして、ゼルロが彼の仮説になにかと疑念をはさんだにもかかわらず、自分の意見を受け入れてもらおうと全力を傾けた。「まあ、いいさ」と最後にゼルロが言った。「君の言うことは全部承認することにしよう。しかしそれでもって、この先なにを説明しようってんだね」

「多くのこと、いや、全部だよ」とヴィルヘルムは答えた。「考えてもみ給え。ぼくが述べたような王子が、思いもかけず父を失うのだ。彼を活気づける情熱は、名誉欲や支配欲ではない。彼は王の息子たることに甘んじてきたが、いま初めて、王と臣下とを分かつ隔たりに目を向けざるをえなくなるのだ。王冠への権利は世襲のものではないが、父がもっと長生きしていれば、一人息子の要求権はもっと強められ、王冠への希望は確かなものになっただろう。ところがいま彼は、叔父によって、見せかけの約束にもかかわらず、おそらくは永久に、排除されたことを知るのだ。いま彼は、恩寵《おんちょう》にも財宝にも恵まれず、幼い頃から自分のものとして眺めてきたものに取り囲まれながら、よそ者のように感じるのだ。これによって初めて、彼の心情は憂愁の色をおびるのだ。彼は自分が、一般の貴族以上のものでないことを、いや、同等のものだと感じる。彼は誰もの下僕のようなふりをする。丁重でもなく、身を低くするのでもない。零落し窮乏しているふりをするのだ。

彼には、以前の状態は、消え去った夢のようにしか思えない。叔父は彼を元気づけ、その状態を別の観点から見させようとする。すべてを失ったという気持は彼から離れない。

彼をおそった第二の打撃は、より深く彼を傷つけ、より多く彼を打ちのめした。母の結婚だ。忠実な、心やさしい息子には、父を失ってもまだ母が残されていた。残された高貴な母とともに、亡《な》くなった偉大な父の雄々《おお》しい姿を偲《しの》ぼうと思っていた。しかし彼は母をも失った。死によって母を奪われるよりもそれはつらいことだった。しつけのよい子供が両親にたいして抱く信頼の念は失われた。死せる父に助けを求めるすべはなく、生きている母に頼ることもできなかった。母も女だった。彼女も、弱き者と呼ばれる女の一人だった。

いま初めて彼は、打ちひしがれ、寄る辺ない身であることを感じる。この世のいかなる幸福も彼が失ったものを補うことはできない。彼は生来陰鬱《いんうつ》でも、もの思いにふける質《たち》でもなかったが、こうして陰鬱ともの思いとが、彼の重荷となるのだ。こういう人物として彼は登場してくる。ぼくは作品になに一つつけ加えもしないし、誇張してもいないつもりだ」

ゼルロは妹に目を向け、「ヴィルヘルム君て人は、ぼくの言ったとおりだろう。初手《しょて》からして立派なものだし、そのうちもっといろんなことを話して、ぼくらを説得してくれるだろう」と言った。ヴィルヘルムはやっきになって、説得するのではなくて、納得してもらいたいだけだ、と言い、もう少し辛抱してもらいたいと頼んだ。

「こういう若者、こういう王子をはっきりと頭に描き、彼の置かれている状態を思い浮かべながら、父の亡霊が出ると聞いた時の彼を観察してみ給え。おごそかな亡霊が彼の前に立ち現れるあの恐ろしい夜の彼のそばに立ってみ給え。恐ろしい恐怖に彼はとらえられる。彼はその奇怪な姿に話しかける。亡霊は手招きし、彼はついて行き、その声を聞く。――叔父にたいする恐ろしい弾劾《だんがい》が彼の耳に響く。復讐《ふくしゅう》の要求、『父を忘れるな！』という切迫した、反復される願い。

亡霊が消えたとき、われわれの前に立っているのは何者か。復讐に勇み立つ若き英雄か。自分の王冠の簒奪者《さんだつしゃ》にたいする挑戦を求められたことを仕合せと感ずる、生まれながらの王侯か。いや、驚きと悲哀がこの孤独な青年をおそうのだ。彼はほくそ笑む悪人を憎み、亡き父を忘れないと誓う。しかし最後に、意味深い吐息をついてこう言うのだ。『時代の関節がはずれている。それをはめ直すために生まれてきたとは切《せつ》ないことだ』

この言葉に、ハムレットのすべての行動を解く鍵があるとぼくは思う。シェークスピアは、行為に適しない魂に、重大な行為を課することを描こうとしたのだとぼくには思える。この意味で、あの作品は一貫して書かれている。可憐《かれん》な花を植えるために作られた高価な鉢に樫《かし》の木を植えるようなものだ。樫は根を張り、鉢は壊れる。

英雄を作る心の強さをもたない、美しく、清らかで、高貴な、きわめて道徳的な人が、担うことも、捨て去ることもできない重荷のために亡《ほろ》びてゆくのだ。どの義務も彼には神聖だが、重すぎるのだ。彼は不可能なことを求められる。それ自体は不可能ではないが、彼にとっては不可能なことをだ。彼はもがき、もだえ、不安におびえ、行きつ、戻りつする。父の言葉を思い出し、思い出しして、ついには、目的はほとんど忘れ去られるが、再び快活さをとりもどすことはないのだ」

第十四章

何人かの人が入ってきて、会話は中断された。それは、いつも週に一回ゼルロのところに集まって、小さな演奏会を催すその道の名手たちであった。ゼルロは音楽の非常な愛好家であって、音楽を好まない俳優は、自分の芸術を明確に理解し、感じとることはけっしてできない、と主張していた。メロディーに合わせ、メロディーに導かれる場合には、はるかに軽《かろ》やかに、品位をもって演技できるものであるが、散文的な役の場合でも、俳優は、自己流に単調に演技するのではなく、いわば頭のなかで、それに合った曲を思い浮かべ、拍子とリズムに合わせて適当な変化をあたえなければならない、と言うのであった。

アウレーリエは、そこで行われていることにはすべて興味がないらしく、そのうちヴィルヘルムを脇の部屋へ連れて行き、窓辺によって星空を見上げながらこう言った。

「あなたはハムレットについては、言いたいことがまだいろいろおありのようですわね。あなたが仰しゃりたいことは、一人で聞くのもなんですから、兄と一緒にうかがうことに致しますが、オフィーリアについてのあなたのお考えを聞かせていただけませんか」

「オフィーリアについてはあまり言うことがないのです」とヴィルヘルムは答えた。「と言いますのも、ごくわずかな巧みな描写で、彼女の性格は完全に言い表されているからです。彼女の心はつねに成熟した甘美な官能の喜びを求めています。彼女には王子の手を求める資格は当然あるのですが、王子にたいする愛は泉のように溢れ出て、彼女の善良な心は、心の要求にすっかり溺《おぼ》れてしまうのです。心配になった父と兄の二人は、率直にあからさまに警告します。行儀のよさも、胸の薄いヴェールと同じく、心の動きを隠すことができないどころか、かすかな動きもあばいてしまうのです。彼女の想像力は火をつけられ、彼女の静かなつつましさも、愛に満ちた渇望にあえぐのです。無精《ぶしよう》な機会の女神が木をゆすりさえすれば、果実はたちまち落ちるのです」

「そして、捨てられ、つきのけられ、辱《はずかし》められるとしたら」とアウレーリエが言った。「気のふれた恋人の心のなかで、最高のものが最低のものに変わり、愛の甘い杯《さかずき》の代りに、苦悩の苦《にが》い杯があたえられたら――」

「心の破滅です」とヴィルヘルムは言った。「彼女の存在を支える足場は崩れ去り、そこへ父の死という嵐がおそいかかります。美しい建物は完全に崩壊するのです」

ヴィルヘルムは、アウレーリエが最後の言葉を、どのような思いをこめて述べたかに気づいていなかった。彼はこの作品、その構成、完璧さにのみ目を向けていて、アウレーリエがまったく別の印象をうけていることにも、この劇化された影絵によって、彼女自身の悲しみがなまなましく呼び起こされていることにも気づいていなかった。

相変らずアウレーリエは、頭を手で支え、涙の溢れた目を空に向けていた。ついに彼女は秘めている悲しみを抑えることができなくなって、ヴィルヘルムの両手をつかんで叫んだ。彼は驚いて彼女の前に立っていた。「ごめんなさい。わたし心配でたまらないのです。あの人たちを見ていると、喉《のど》を締めつけられて、息がつまりそうになるのです。無情な兄の目からも身を隠したくなります。あなたの前にいると、わだかまりがみんな解けるような気がします。ヴィルヘルムさん」と彼女はつづけた。「さっきお知合いになったばかりなのに、あなたにならなんでも打ち明けられるような気がします」彼女は言葉につまって、彼の肩に倒れかかった。彼女はしゃくり上げながら、「こんなに早く心を打ち明けるなんて、弱いところをお見せして、馬鹿な女だと思わないでください。いいお友達でいてくださいね。わたしもいいお友達になりますわ」彼は心をこめて慰めた。彼女は泣きつづけ、言葉につまった。

困ったことに、この時ゼルロが入ってき、思いもかけず、彼に手を取られて、フィリーネまで現れた。「ほら、あなたのお友達です。彼もあなたに会えてうれしいでしょう」とゼルロは言った。

「へえー、ここで君に会おうとはね」とヴィルヘルムは驚いて叫んだ。彼女はつつましやかな落ち着いた態度で彼に歩み寄り、歓迎の挨拶を述べた。そして、なんの値打もないのに、そのうちよくなるだろうという見込みだけで、立派な一座に入れてくれたゼルロの親切を称《たた》えた。ヴィルヘルムにたいして彼女は、親しげな、しかしどことなくうやうやしげに距離を置いたような様子をしていた。

しかし、そらとぼけるのも二人がいるあいだだけだった。アウレーリエが悲しみを隠すために立ち去り、ゼルロが呼ばれて出て行くと、フィリーネは、ドアの方を見て、二人が本当に立ち去ったかどうか確かめてから、馬鹿みたいに部屋のなかをはねまわり、床に坐りこんで、息のつまるほど笑いこけた。そのうち跳び上がって、ヴィルヘルムに甘えかかり、自分が先まわりをして、様子をさぐり、腰をすえたのが、いかに賢明であったかと大得意であった。

「ここは変わってんのよ。わたしにはうってつけ。アウレーリエには、ある貴族との不幸な色恋騒ぎがあったの。立派な人らしいわ。わたしも一度会ってみたい。子供まであるの。いえ、きっとそうだわ。三つぐらいの男の子で、そこいらをかけ回ってるわ。太陽みたいにきれいなの。パパは素敵な人にちがいないわ。子供は好きじゃないけど、この子はかわいい。わたし数えてみたの。良人《おっと》の死、新しい恋人、子供の年、なにもかもぴったりなのよ。

ところが、そのお友達が彼女を袖にして、一年も現れないの。彼女は取り乱してふさぎこんでるってわけ。馬鹿だわね。――お兄さんの方は、一座の踊り子をねらってるやら、ねんごろな女優もいるやら、町にも満更《まんざら》でもない人が何人もいるやらで、こんどはわたしがリストにのってるの。こっちもお馬鹿さん。――ほかの人のことはまた明日《あした》。ところでもう一言《ひとこと》。ご存知のフィリーネさん。このいちばんのお馬鹿さんは、あなたに首ったけ」彼女は、いま言ったことはみな本当のことだと誓い、面白い見物《みもの》だと断言した。そしてヴィルヘルムに、アウレーリエに惚れこんで欲しいと熱心に頼み、そうすれば本当の追いかけっこが始まると言った。「アウレーリエは不実な人を、あなたはアウレーリエを、わたしはあなたを、そしてお兄さんはわたしを。これで半年は楽しく暮らせるわ。もしそうでなかったら、この四重にいりくんだ恋物語に起こる最初のエピソードのところで死んでみせるわ」彼女はこの筋書をこわさないでくれ、彼女が人前で見せる態度にふさわしい敬意をはらってくれと頼んだ。

第十五章

翌朝、ヴィルヘルムはメリーナ夫人を訪ねようと思ったが、彼女はいなかった。旅の一座のほかの者にたずねて、フィリーネに朝食に招かれたと聞かされた。好奇心にかられて急いで行ってみると、一同上機嫌でひどく浮かれていた。利口なフィリーネは皆を集め、チョコレートを振舞っていた。そして、まだ望みがすべて絶たれたわけではない、自分が働きかけて、こんな芸達者な連中を一座に迎え入れれば、どれほど得《とく》をするか説得してみようと説いていた。彼らは注意深くフィリーネに耳を傾け、何杯もチョコレートのお代りをし、この娘《こ》はけっして悪い人ではないと思い、これからは悪く言うのはやめようと考えた。

フィリーネと二人になった時ヴィルヘルムは、「君はゼルロがあの連中を雇う気になると思ってるのかい」と言った。――「とんでもない」とフィリーネは答えた。「そんなことはどうでもいいの。あの連中ができるだけ早くどこかへ行ってくれればいいと思ってるわ。ラエルテスだけは残って欲しいけど。ほかの連中はそのうちきっと片づけてやる」

ついで彼女はヴィルヘルムに、彼がこれ以上その才能を埋もれさせていないで、ゼルロのような座長のもとで、舞台に立つことを確信している、とほのめかした。彼女は一座にゆきわたっている秩序や趣味や精神をほめちぎり、ヴィルヘルムにお世辞《せじ》を言い、彼の才能を持ち上げたので、彼の心情と想像力はその提案を受け入れそうになったが、一方、彼の理性はそれをとんでもないことのように思った。彼は自分の気持を自分にもフィリーネにも隠し、落ち着かぬ一日を過ごした。取引先を訪ねる気にも、そこに着いているかもしれない手紙をとりに行く気にもなれなかった。近頃、家族の心配は気にかかっていたけれども、彼らの不安や非難をくわしく知るのは煩《わずら》わしかった。それに、今晩の新作の上演に、大きな、純粋な楽しみを期待していただけに、なおさらのことであった。

ゼルロは彼が下稽古に立ち会うのを拒否していた。「われわれをいちばんいい面から知るまでは、手の内を見せるわけにはいかないからね」と彼は言った。

その晩、ヴィルヘルムは上演を見て、この上ない満足を覚えた。こんなに完全な芝居を見たのは初めてであった。すべての俳優に、すぐれた天分と恵まれた素質、および、自分の芸術に関する高度な明確な理解がみてとれた。しかも、相互に無関心なのではなく、互いにかばい合い、支え合い、また励まし合って、彼らの演技全体が非常に適切で正確であった。全体の核心がゼルロであることはすぐにわかった。彼は際立って素晴らしかった。彼が登場し、口を開くたびに、すぐれた模倣の才に加えて、明るい気分、節度のある活気、その場にふさわしいものを明確に感じとっていることに、驚嘆せずにはいられなかった。彼の人柄の内面的な好ましさが、観客全体の上に広がるように思えた。さまざまな役の微細な陰影を軽《かろ》やかに心地よく表現する巧みな演技は、長年の修練によってものにした技巧を隠すことを心得ていただけに、いっそう大きな喜びをあたえた。

妹のアウレーリエも兄に遅れをとらなかった。兄が晴れやかにし喜ばしたひとびとの気持を、彼女はゆり動かすことによって、兄以上の喝采を得た。

楽しく過ごした数日のちに、アウレーリエがヴィルヘルムに会いたいと言ってきた。急いで行ってみると、彼女は長椅子に横になっていたが、頭痛がするらしく、熱のために体全体がふるえていた。彼が入ってくるのを見て、目が明るくなった。「ごめんなさいね。あなたに吹きこまれた信頼の念のために、弱くなってしまいましたの」と彼女は言った。「これまではわたしの悲しみを相手に一人で話をしていることができました。それどころか、わたしの悲しみは、わたしに力と慰めをあたえてくれました。ところが、どうしてだかわかりませんけど、あなたのおかげで沈黙のいましめが解かれたのです。お嫌でしょうけど、わたしが一人でたたかってきた戦いに、あなたも加わっていただけますわね」

ヴィルヘルムは愛想よく丁重に答えた。あなたの姿と悲しみとはいつも心にかかっていました、私を信頼してください、友人としてできることはなんでも致しましょう、と言った。

話しているあいだ彼の目は、彼女の前の床に坐って、いろんな玩具《おもちゃ》をごたまぜにしている男の子にひかれた。フィリーネが言ったように、その子は三つぐらいに見えた。そしてヴィルヘルムは、めったに高尚な表現など使わない気軽なフィリーネが、その子を太陽に較べたわけが初めてわかった。ぱっちりした目とふくよかな顔の周りに、またとなく美しい金髪の巻毛がうずまき、輝くほど白い額には、やわらかな濃い眉が弧を描いていた。頬には健康のいきいきとした色が輝いていた。「ここへお坐りになって」とアウレーリエは言った。「あなたはこの仕合せな子を見て、驚いていらっしゃいますわね。たしかにわたしは、喜びをもってこの子を腕に抱きとりました。大切に育ててきました。だけど、この子を見るたびに、わたしの悲しみの深さを知るのです。悲しみが、こんな素晴らしい贈物の価値を少しも感じさせてくれないのです」

「ごめんなさいね。また身の上話をしたりして」と彼女はつづけた。「でも、どうしてもわたしのことを、あなたに誤解されたくないのです。少しのあいだは落ち着いていられると思っておいでいただいたのですけど、お会いするとまた自分が抑えられなくなりました。

『世の中には捨てられた女なんかいくらでもいるさ』とあなたは仰しゃいますでしょう。あなたは男ですから。そして『男の不実なんて、死よりも確実に女にふりかかるありふれた不幸なのに、なにをそう騒ぐのだ。馬鹿な女め』とお考えになるでしょう。――ああ、ヴィルヘルムさん。わたしの不幸がありふれたものなら！　ありふれた不幸ならわたしも耐えてみせますわ。わたしのはありふれた不幸ではないのです。鏡にうつしてお見せしたいものですわ。誰かに頼んで話してもらいたいくらいですわ。ああ、誘惑され、不意をおそわれ、そして捨てられたのなら、絶望のうちにも慰めがありましょう。わたしの場合はもっと悪いのです。自分で自分をだまし、そうと知りながら自分を欺《あざむ》いたのです。わたしが自分をけっして許すことができないのは、このことなのです」

「あなたのように立派な考えをお持ちの方が、そんなに不幸におなりになるとは考えられないことですが」とヴィルヘルムは答えた。

「わたしの考え方は誰のせいだとお思いになりますか」とアウレーリエは言った。「少女を堕落させずにおかない最低の教育、感覚や好みを誤らせる最悪のお手本のせいなのです。

母が早く亡《な》くなったあと、大きくなるいちばん大事な年頃を、わたしは叔母のもとで過ごしました。この叔母は、貞潔の掟《おきて》を軽蔑することを掟とするような女でした。どんな欲望にでも盲滅法に身を任せ、相手を思いのままにしようと、自堕落な欲望にわれを忘れることができさえすれば、奴隷になろうとかまわないというふうな女でした。

無邪気な、清らかで曇りない目を持ったわたしたち子供が、男というものを、どんなふうに考えずにいられなかったかおわかりでしょう。叔母が引っ張りこんでくる男たちは、どれもこれも、鈍感で、厚かましく、無作法なのばかりでした。そして欲望が満たされると、たちまち、やにさがって、調子づいて、馬鹿みたいになるのです。こういうふうに、最低の男たちの言いなりになっている叔母を、わたしは何年も見てきました。叔母はどんなひどい目にあわせられても、鉄面皮《てつめんぴ》に自分の運命に順応し、それどころか、平然として、こうした軛《くびき》に耐えていたのです。

こういうふうにして、ヴィルヘルムさん、わたしは男というものを知ったのです。そして心《しん》から憎みました。まずまずの男でさえ、ほかの場合なら自然のおかげで忘れずにいられるまともな感情を、女が相手となると、すっかり捨ててしまうらしいことに気づいたからです。

口惜《くや》しいことにわたしは、そうした機会に、女についても悲しい経験をたくさんしなければなりませんでした。本当なんです。十六の娘の頃の方が、いまのわたしよりも利口だったのです。いまのわたしは、自分のこともほとんどわからないのです。若い時はあんなに利口で、年をとるとだんだん馬鹿になってゆくのはどうしてでしょう」

子供がむずかりだした。アウレーリエは我慢できなくなって呼鈴《よびりん》を鳴らした。老婆が子供を連れて行くために入ってきた。「まだ歯が痛いの?」とアウレーリエは、顔に包帯をした老婆にたずねた。「我慢できないくらいです」と老婆はもぐもぐと答え、一緒に行きたそうにしている子供を抱き上げて出て行った。

子供がいなくなると、アウレーリエは激しく泣き始めた。「嘆いたり悲しんだりするほかにはなにもできないのです。哀れな虫けらのように、あなたの前に寝そべっているのが恥ずかしい。もうなにも考えられなくて、お話しすることもできません」とアウレーリエは言った。言葉につまり、黙りこんだ。ありきたりなことは言いたくないし、さりとて、とりたてて言うこともないので、ヴィルヘルムは、彼女の手をとり、しばらくじっと見つめた。そのうち困り果てて、前の小机の上にある本をとった。それはシェークスピアの作品集で、『ハムレット』が開かれていた。

そのとき入ってきたゼルロは、妹の容態をたずね、ヴィルヘルムが手にしている本をのぞきこんで、「またお得意の『ハムレット』かい」と言った。「ちょうどいいや。君はその作品を教理典範《きょうりてんぱん》かなんぞのように有難がっているが、ぼくには、それにけちをつけるような疑問がいろいろとあるんでね。イギリス人でさえ、この作品の主要な興味は第三幕で終わって、あとの二幕はかろうじて全体の辻褄《つじつま》を合わしているだけだ、と言ってるんだからな。この作品の終りの方は、にっちもさっちも行かなくなってるのは事実だね」

「あれほどたくさんの傑作を提示できる国民の一部の者が、偏見と狭量さから、間違った判断におちいるってことは、大いにありうるね」とヴィルヘルムは言った。「だからってそれが、ぼくらが自分の目で見、正しく判断する妨げにはならないよ。ぼくは、この作品の構想をとやかく言う気にはとてもなれない。むしろ、あれ以上偉大な構想が考え出されたことはないと思っている。いや、あれは考え出されたんじゃなくて、ありのままなんだ」

「その解釈でどういうことになるね」

「ぼくはなにも解釈するつもりはない。ぼくが考えたことを述べているだけだ」

アウレーリエは枕から身を起こし、手で支えながら、自分の正しいことを確信して話しつづけるヴィルヘルムをじっと見た。「ぼくたちは、自力で行動し、心の命ずるままに愛し憎み、企て実行し、あらゆる障害をはねのけて、偉大な目的に到達する英雄を見ると、大いに満足し、喝采する。歴史家や詩人は、人間がそういう誇らしい運命に恵まれることもありうると、説きつけようとする。この作品で教えられるのはそれとは違うのだ。主人公には構想はない。しかし作品は構想に満ちている。ここでは、復讐の観念を頑固につらぬきとおした挙句《あげく》に、悪が罰せられるというのではない。恐ろしい行為が生《しよう》ずる。さまざまな結果をともないつつ、それはころがりつづけ、罪のない者をも巻きこむ。犯人は自らに定められている奈落を避けるかに見えるが、自らの道を巧みに走り終えたと思うまさにその瞬間に、奈落にころげ落ちるのだ。というのは、善行がなんの値打もない者にも多くの利益をあたえるのと同様、罪のないものにも悪をおよぼすのが、悪行の特質だからだ。それでいて、善行にしろ、悪行にしろ、それを行った当の本人は、報われもしなければ、罰せられもしないのだ。この作品でもそうなのだ。なんという驚くべきことだろう。煉獄《れんごく》は亡霊を送って復讐を求めるが、復讐は行われない。あらゆる事情が寄り集まって復讐を迫るが、それでも復讐は行われない。地上の人間も、冥界の亡霊も、運命にのみゆだねられていることを行うことはできないのだ。審判の時がくる。善も悪もともに滅びるのだ。一つの世代が刈り取られ、別の世代が芽生えるのだ」

しばらく皆が顔を見合わしていたが、ゼルロがこう言った。「君はシェークスピアを持ち上げるばかりで、神の摂理には格別敬意を払わないんだね。君は、詩人が考えてもみない窮極の目的や計画を詩人に帰して、君の大好きな詩人を敬うが、一般の人間は、それらは摂理のものとして、摂理を敬うのだ」

第十六章

「ちょっと質問してもいいかしら」とアウレーリエが言った。「オフィーリアの役をまた調べてみたらとても気に入って、場合によっては、やってみてもいいと思っていますの。だけどヴィルヘルムさん。作者は、気のふれたオフィーリアに、もっと違った歌をうたわせた方がよかったのではないでしょうか。陰鬱なバラードの断片かなんか選べなかったものでしょうか。高貴な娘に、あやしげな、みだらな馬鹿げた歌をうたわせるのはなぜでしょう」

「アウレーリエさん。その点でも、ぼくは一歩もゆずるわけにはいきません」とヴィルヘルムは答えた。「この変なところにも、具合が悪いように思えるところにも、深い意味があるのです。作品の初めに、この善良な子が心になにを考えているかがすぐにわかる所があります。彼女は一人静かに日を送っていますが、彼女の憧れ、願いを隠すことはできません。情欲の調べが彼女の心に響いてくるのです。何度となく彼女は、不用意な子守女のように、歌をうたって官能を静めようとしますが、それらの歌はかえって官能を目覚まさずにはおかないのです。そして結局、自分をおさえる力がすべて砕かれて、心の思いがそのまま口に出るようになったとき、口は彼女の本心を洩らすのです。そして狂気の無邪気さから、王や王妃を前にして、大好きなみだらな歌の余韻を楽しむのです。操《みさお》を奪われた娘の歌、男のもとに忍んで行く娘の歌などをね」

彼の話がまだ終わらないうちに、突然、なんのことかわけのわからない奇妙な光景が、彼の眼の前で生じた。

ゼルロはなにげない様子で、部屋のなかを行き来していたが、不意にアウレーリエの化粧机に歩み寄り、その上に置かれていたなにかを素早くつかむと、それを持ってドアの方へ急いだ。アウレーリエは兄のしたことに気づくと、さっと立ち上がり、兄の前に立ちふさがると、信じられないような激しさで彼につかみかかり、奪われたものの端を巧みにつかんだ。二人は執拗《しつよう》につかみ合いをし、勢いよくぐるぐる回った。兄は笑っていたが、彼女はやっきになっていた。ヴィルヘルムはとんで行って、二人を引き分け、なだめようとしたが、アウレーリエは抜身の短刀を持ってさっととびのいた。ゼルロは手に残った鞘《さや》をいまいましげに床に投げ捨てた。ヴィルヘルムは驚いてあとずさりした。彼は驚きのあまりものも言えず、こんな変な代物《しろもの》のためにどうして奇妙な争いが二人のあいだに起こるのかわけがわからなかった。

「君、ぼくらの裁き手になってくれ給え」とゼルロは言った。「こんな物騒《ぶっそう》な刃物を持ってどうしようっていうんだ。見てみろ。こんな短刀は女優の持つもんじゃない。針かメスのようにとがって、鋭い。こんな馬鹿なものはいったいなんのためだ。気性《きしょう》が激しいから、なんかのはずみで、また自殺騒ぎでも起こしかねない。そんな騒ぎはまっぴらごめんだ。そんなことを本気で考えるなんて、狂気の沙汰だ。こんな物騒な玩具《おもちゃ》なんて馬鹿げてる」

「取り返してやった」とアウレーリエは、ぴかぴか光る刃物をかざしながら言った。「大事なお友達をもっと大切にしまっておかなくちゃ。ごめんね」と、彼女は短刀にキスしながら言った。「おまえをこんなに放ったらかしにしておいて」

ゼルロは本気で腹を立てているようであった。——「どう考えてもらっても結構よ、兄さん」と彼女はつづけた。「こんな恰好をしてても、わたしには大切なお守りだってことがわかる？　まさかの時には、これに助けと助言を求めるの。危険に見えるものがみんな有害かしら？」

「そんな馬鹿げた話を聞いていると頭がおかしくなってくる」とゼルロは言って、怒《いか》りを抑《おさ》えながら出て行った。アウレーリエは短刀を慎重に鞘《さや》に納め、ポケットにしまった。ヴィルヘルムはいまの奇妙な争いについて二、三たずねてみたが、彼女はそれをさえぎって、「さっきの話をつづけましょうよ。運悪く兄に邪魔されましたけど」と言った。

「オフィーリアについてのあなたのご意見は、仰しゃるとおりだと思いますわ。わたしも作者の意図を読み違えないようにしましょう。だけどわたしは、オフィーリアに同感するよりは、オフィーリアが気の毒でならないのです。ところで、わたしの見たところをお話ししてもよろしいかしら。この頃あなたが何度もその機会をあたえてくださったのですから。あなたが文学作品、とくに戯曲を判断なさいます目の深く正しいのに驚いています。着想の根本まで見透《みとお》し、その表現のもっとも細《こま》かな特徴まで見逃しません。対象を自然のなかで見たこともないのに、それを描いたものの真実をお見分けになります。あなたは、全世界を予感することがおできになって、文学作品にふれると、その予感が文学作品と調和して呼び起こされ、展開するように思われます。と言いますのは」と彼女はつづけた。「本当に、外からはなにもあなたのなかに入ってこないからです。あなたほど、一緒に暮らしている人たちのことをなにも知らず、まったく誤解している人を、わたしはあまり見たことがありません。ごめんなさいね、こんなことを申し上げて。あなたがあなたのお好きなシェークスピアの解釈を述べておられるのを伺《うかが》っていますと、神々の会議の席から帰ってこられたばかりで、神々がそこで、人間をどのように作ろうかと相談しているのを聞いておられたような気がいたします。その反対に、あなたがひとびととつき合っておられるのを見ていると、創造主の大きな初子《ういご》のようで、ひどく不思議そうに、敬虔といってもいいほどの人の好《よ》さで、周りにいるライオンや猿や羊や象を眺め、それらもそこにいて、動きまわっているのだから自分の仲間だと思って、無邪気に話しかけているような気がしてきますわ」

「アウレーリエさん、ぼくは自分の子供っぽさを感じて、ときどき嫌になります」と彼は答えた。「世間がもっとはっきり見えるように教えていただけるとうれしいのですが。ぼくは幼い頃から心の目を、外よりは内にばかり向けてきましたので、人間をある程度知ってはいますが、人間というものがまるでわかっていないのは、ごく当然のことなのです」

「そのとおりですわ」とアウレーリエが言った。「あなたが兄のところへ送ってこられた人たちのことをあんなにほめていらっしゃるので、初めのうちわたしは、あなたがわたしたちをからかっていらっしゃるのだと思っていましたわ。あなたのお手紙とあの人たちの技量を引き合わしてみますとね」

アウレーリエのこの言葉はたしかに当たっており、ヴィルヘルム自身、自分の欠点を認めはしたものの、その言葉にはなにか胸苦《むなぐる》しくなるようなもの、それどころか、侮辱を感じさせるようなものがあったので、一つには、自分の傷つきやすさを気取《けど》られないように、一つには、胸のうちでこの非難の真実さを確かめるために、口をつぐみ、気を引き締めた。

「こんなことを申し上げても気になさることはありませんわ」とアウレーリエはつづけた。「理性の光にはいつでも到達できますけど、心の充実は誰もあたえてはくれません。あなたは芸術家に生まれついていらっしゃる。だから、こうした無知や無邪気さは、いつまでも持ちつづければいいのです。それは若い芽をつつむ美しい苞《さや》なのです。苞からあまり早く押し出されるのは大変不幸なことです。わたしたちがつくしている人たちのことをあまりよく知らないのは、たしかにいいことなのです。

ああ、わたしも、わたし自身とわたしたちの国民とを最高のものと考えて舞台に立っていた頃は、そういう幸福な状態にありました。わたしの空想のなかでは、ドイツ人は素晴らしいもの、最高のものでした。この国民にわたしは、小さな舞台の上から、照明のランプの列に隔てられながら語りかけたものでした。ランプの輝きと油煙にさえぎられて、目の前のものがよく見分けられませんでした。観客のあいだから湧《わ》き起こる喝采の響きはどんなにうれしかったことでしょう。多くの手から一様に差し出される贈物を、どんなに感謝して受け取ったことでしょう。長いあいだわたしは、そうしていい気になって過ごしました。わたしが働きかけるとおりに、観客は反応してくれました。わたしと観客とはすっかり融け合っていました。完全な調和を感じるように思いました。つねに国民のうちのもっとも高貴な人たち、もっともすぐれた人たちの前に立っているような気がしていました。

不幸なことに、芝居好きのひとびとの興味をひくのは、女優の素質や芸だけではなかったのです。彼らは若い、いきいきとした娘に、さまざまな要求をもちかけてきたのです。彼らは、わたしが彼らのうちに呼び起こす感情を、個人的にも彼らと分ち合うのがわたしの義務だということを、あからさまにわたしにわからせようとしたのです。あいにくそんなことはわたしの好みではありませんでした。わたしは彼らの心情を高めようと願いましたが、彼らの言う心とやらには、なにも要求したことはないのです。あらゆる身分、年齢、性格のひとびとが、つぎつぎに、わたしのお荷物になりました。なによりも嫌だったのは、堅気《かたぎ》の娘のように、部屋にとじこもって、いろんな厄介事からのがれることができなかったことでした。

男たちはたいてい、叔母のところで見慣れた男と同じでした。そして、彼らの癖や愚かさがわたしを楽しませてくれなかったら、この場合も嫌悪の念しか呼び起こさなかったでしょう。わたしは彼らに、劇場や、公《おおやけ》の場所や、家で、会うのを避けることができなかったので、みんなのあら探しをすることにしました。兄が手抜かりなく手伝ってくれました。抜目のない店員、自惚《うぬぼ》れた商人の息子から、世慣れた、勘定高い遊び人、大胆な軍人、気短《きみじか》な貴公子に至るまで、ありとあらゆる人がわたしの前を通り過ぎ、その一人一人がそれなりにわたしと色事《いろごと》をもったような気になっていました。このことを考えていただければ、わたしがドイツ人をかなりよく知っていると自惚れても、許していただけるでしょう。

奇抜な恰好にめかしたてた学生、謙遜めかして傲慢な、途方に暮れている学者、足もとのよろよろしている、控え目なお偉方のお坊さん、しゃちこばった、抜け目のないお役人、泥くさい田舎男爵、親切だが、まるで面白味のない宮廷人、若い、道をふみはずしたお坊さん、ゆったり構えた商人、気ぜわしい、投機に精を出す商人、こういったありとあらゆる人が押しかけてきました。そして、本当の話、そのうちでわたしにごくありきたりの関心を起こさせる人でさえ、ほとんどいませんでした。そのうえ、こういう愚かな連中のお世辞《せじ》を、一人一人から聞かされるのは、煩《わずら》わしくて、退屈で、我慢できないほど嫌なことでした。観客の全体が一緒になって送ってくれる喝采は大変うれしく、喜んで受け入れたのですけど。

わたしの演技について筋の通ったほめ言葉を期待したり、わたしが尊敬している作者をほめてもらいたいと思っているのに、つぎつぎに下《くだ》らない意見を並べたり、つまらない作品の名を挙げて、わたしがそれに出演するのを見たいなどと言うのです。この連中の誰かが、立派な、しゃれた、あるいは気のきいたせりふの一つでも覚えていて、時を見はからって口にするのではないかと聞き耳を立てていても、そんなことはまず起こらないのです。ところが、役者がせりふを間違えるとか、うっかり田舎訛《なま》りをもらすとかいう失敗が起こると、これは彼らには一大事で、その話ばかりして、いつまでたってもやめないのです。その挙句《あげく》わたしはどうすればいいのかわからなくなってしまいました。彼らは自分が利口だと自惚れて、わたしに楽しませてもらう必要はないのだと考えていました。そして、わたしを撫《な》でまわしてやりさえすれば、わたしが大いに楽しむだろうなどと考えているのです。わたしは、その連中が誰も彼《かれ》もすっかり嫌になりました。国民全体が、彼らをわたしのところへ送りつけて、わざわざ自分の品位を汚《けが》そうとしているのだとさえ考えました。国民全体が無作法で、躾《しつけ》が悪く、無教育で、好ましいところはまるでなく、悪趣味きわまるように思えました。『ドイツ人は外国人に教えてもらわなければ、靴の留め金ひとつかけられないのだ』とわたしは何度も叫んだものでした。

おわかりのように、わたしは目がくらみ、心気症ふうな間違いにおちいっていました。そしてそういう状態がつづくにつれて、わたしの病気はひどくなりました。自殺さえしかねないほどでした。しかしわたしは、もう一つの極端に走りました。結婚したのです。あるいは、結婚させられたのです。一座を引き受けていた兄は、助手を熱心に求めていました。一人の青年に白羽の矢が立ちました。わたしもその人が嫌いではありませんでした。この人には兄の持っているものがすべて欠けていました。天才、活力、精神、機敏さです。その代りに兄に欠けているものをすべてそなえていました。几帳面さ、勤勉、節約と金《かね》のやりくりの貴重な才能です。

なぜだか知りませんが、彼はわたしの良人《おっと》になりました。なぜだかよくわかりませんが、一緒に暮らしました。要するに万事順調でした。収入はたくさんありました。これは兄の活動のおかげです。わたしたちは折り合いよく暮らしました。これは良人の功績でした。私は世間のことも国民のことも考えませんでした。世間とはなんのかかわりもなく、国民という観念も消えました。わたしが舞台に立つのは、生きるためでした。口を開くのは、せりふを言うために舞台に出ているのですから、黙っているわけにはいかないからにすぎません。

　わたしはいざこざを起こさないように、本当は、兄の考えどおりに振舞っていました。兄に大事なのは喝采と金《かね》でした。ここだけの話ですが、兄はほめられるのが好きで、浪費家でした。そこでわたしは、もはや自分の感情や確信にしたがって演技するのではなく、兄の指示どおりに演技しました。そして兄に感謝されると満足していました。兄は観客のあらゆる弱点を知っていました。金《かね》がどんどん入り、兄は思いのままに暮らしました。わたしたちも兄とともに、満足して日々を過ごしました。

　そのうちわたしは、手工業的な惰性におちいりました。その日その日を喜びもなく関心もなく過ごしました。私たちの結婚は子供に恵まれず、それに長つづきもしませんでした。良人は病気になり、目に見えて衰えました。良人にたいする気遣いのために、わたしのよろずにたいする無関心も中断されました。その頃わたしはある人と知り合い、新しい生活が始まりました。それは新しくもあれば、慌《あわただ》しくもある生活でした。というのは、それはまもなく終わることになっていたからです」

彼女はしばらく口をつぐんでいたが、やがてまたこう言った。「不意にお喋りをする気がなくなりました。これ以上口をきく気になれないのです。ちょっと休ませてください。わたしの不幸の話が全部終わるまではここにいてください。しかしそのあいだにミニョンを呼んで、なにがして欲しいのか聞いてやってください」

ミニョンはアウレーリエが話しているあいだに、二、三度入ってきていた。しかし入ってくるたびにアウレーリエが声をひそめるので、またそっと出て行き、広間で静かに坐って待っていたのである。また入れてもらえると、彼女は本を持って入ってきた。その本は、形と装丁から小さな地図書であることがすぐにわかった。彼女は途中牧師のところで、初めて地図を見てたいへん驚き、牧師にいろいろのことをたずね、できるかぎり教えてもらったのであった。なにかを学ぼうという彼女の欲求は、この新しい知識によって一段と活発になったようであった。彼女はヴィルヘルムに、この本を買ってくれと熱心に頼んだ。彼女は画商のところに大きな銀のバックルをかたに置いてきたのであるが、今日は遅くなったので、明日の朝それを請《う》け出して欲しいと言うのである。それは承知してもらえた。すると今度は、覚えたことを暗唱したり、いつものように、奇妙な質問をしたりし始めた。この場合もまた、彼女は非常に努力しているにもかかわらず、理解するのが難しく骨の折れることがわかった。彼女が大いに努力している習字も同様であった。彼女は相変らず片言《かたこと》のドイツ語を話し、ツィターをかなで、歌をうたうために口を開く時にのみ、彼女は、自分の胸中を開き伝えることのできるこの唯一の器官を正しく使うように思えた。

いま彼女が話題になった機会に、最近ヴィルヘルムが彼女のためにしばしばおちいる当惑についても述べておかなくてはならない。彼女が入ってきて、お早うございます、と言い、あるいは、お休みなさい、と言って出て行くとき、彼女は両腕に彼を固く抱き、激しくキスをした。そのため彼は、目覚めてくる自然の激しさにしばしば不安になった。彼女の挙措《きよそ》に現れる痙攣《けいれん》的な激しさは日ごとに増すようであった。静かにしている時でも、彼女の内面はすべて休みなく動いていた。紐《ひも》を手のなかで丸めたり、ハンカチをもみくしゃにしたり、紙や木切れを噛んだりせずにはいられなかった。こうした仕草はすべて、内面の激しい動揺をまぎらすためのように見えた。彼女がいくらか明るくなるのは、幼いフェーリクスのそばにいる時だけであった。彼女はその子をあやすのがたいへん上手だった。

アウレーリエは、しばらく休んだあとで、彼女の男友達のことで、気にかかってならない問題をようやく話す気になったが、今度は、いつまでたっても出て行こうとしないミニョンに我慢できなくなり、出て行くようにそれとなくほのめかしたが、一向に通じないので、結局、はっきり口にして、むりやり追い出さなければならなかった。

「わたしの身に起こったことを残りなくお話しする機会はいましかないと思います」とアウレーリエは言った。「わたしが心から愛している不実な人が、ここから数マイルのところにいるのでしたら、『馬で行って、なんとかしてあの人と知り合ってください。そうして、帰ってこられたら、あなたはきっとわたしを許し、心からわたしをかわいそうだと思ってくださるでしょう』と申し上げるでしょう。いまはただ口で、あの人がどんなに素敵な人だったか、わたしがどんなにあの人を愛したか、申し上げるほかはありません。

わたしがあの人と知り合ったのは、良人《おっと》が危篤におちいって、一日一日を気づかわなければならない時でした。あの人はアメリカから帰ったばかりでした。あの人はアメリカで、フランス人と一緒に、合衆国の旗のもとで働き、非常な殊遇《しゅぐう》を受けていたのでした。

あの人は落ち着いた礼儀正しさと、率直な温厚さをもってわたしに接してくれ、わたし自身や、わたしの境遇や、わたしの演技についても、昔からの知人のように、たいへん親切に、率直に意見を述べてくれました。そのためわたしは、わたし自身の姿をほかの人のなかにはっきり見るという喜びを初めて味わうことができました。あの人の判断は正確で、非難めいたところがなく、的確で、愛情のこもったものでした。あの人にはひとに厳しいところがなく、気まぐれもそれなりに好ましいものでした。いつも女にはもてるらしく、その点わたしは用心しました。しかしあの人には、媚《こ》びたり、押しつけがましくしたりするところはまったくなく、わたしは安心していました。

町の人とはあまり交際がなく、たいてい馬で出かけ、近在の地の多くの知人を訪ねたり、家の用事を片づけたりしていました。帰ってくるといつもわたしのところで馬を捨て、しだいに悪くなる良人を暖く見舞ってくれました。腕の立つ医者を連れてきて、病人の痛みをやわらげてくれました。わたしに関することにはなんでも関心をもち、自分の運命もわたしに打ち明けてくれました。従軍中の話、軍人になりたくてたまらない気持、家族のこと、現在の仕事など話してくれました。要するになにもかも教えてくれました。心を開き、心の奥底まで見せてくれました。わたしはあの人の能力を知り、あの人の情熱を知りました。生まれて初めて、心のこもった、才気溢れる交《まじ》わりを楽しんだのでした。そして、自分のことをよく考えてみる暇もないうちに、あの人にひきつけられ、魅《み》せられたのでした。

そうこうするうちに良人が亡くなりました。結婚した時と同じようにあっけなく。劇団経営の重荷がそっくりわたしにかぶさってきました。舞台では非のうちどころない兄は、経営となるとまるで役に立ちませんでした。わたしはすべての面倒を見、同時にわたしの役柄を以前より熱心に勉強しました。わたしはまた以前のように演じました。いえ、まったく違う力と新しい命をもって演じました。あの人によって、あの人のために。だけど、あの立派な人が客席にいることがわかると、いちばん上手にやれるとはかぎりませんでした。しかし、あの人がこっそり見ていて、思いもかけない喝采に驚かされるとき、わたしがどんなにうれしかったか、あなたもおわかりいただけるでしょう。

本当に、わたしは変な女です。どんな役をやっていても、実際いつも、あの人をほめ、あの人を称《たた》えるために語っているような気がしたのです。どんなせりふであっても、それはわたしの心の声だったからです。あの人が観客のなかにいるのがわかると、どうしても全力で語ることができませんでした。愛やほめ言葉をそのまま面と向かって口にできないのと同じです。あの人がいないと、のびのびと演技し、いくらか落ち着いて最善をつくすことができて、口にも言えないほど満足しました。喝采がまたわたしを喜ばせました。観客が満足しているのを見ると、わたしはいつも客席に向かって、『あの人のおかげなんですよ』と叫びたくなりました。

そうなのです。わたしにとって、観客や全国民との関係は奇跡のように変わりました。ドイツ人はまたもっとも有利な光をあびて現れてきました。わたしはこれまでの自分の盲目ぶりにすっかり驚いてしまいました。

『一つの国民だからといって、国民全体を罵《ののし》るとはなんという愚かなことだ』とわたしは何度も自分に言いました。『いったい一人一人の人間がそんなに重要であるはずがあろうか、重要でありえようか。けっしてそんなことはない。問題なのは、大衆のなかに、環境に恵まれれば発展し、すぐれた人によって、共通の窮極の目的に導かれうる素質、力、能力をもった人がどれほどいるかなのだ』そこでわたしは、同胞にすぐれた独創性が乏しいのを悲しいとは思わず、彼らが方向を外国から示してもらうのを恥じず、わたしが指導者を見つけたのを、うれしく思ったのでした。

ロータルは――あの人をわたしの大好きな名前で呼ばせてください――わたしにいつもドイツ人を勇気という面から教えてくれました。正しく指導されれば、世界にこれほど有能な国民はいないとも教えてくれました。わたしは、国民のいちばん大事な特性を一度も考えたことがないのを恥じました。あの人は歴史に詳しく、現代の功績あるたいていの人と交際がありました。自分も若いのに、祖国の芽生えつつある、希望に満ちた若い世代や、さまざまな分野で黙々と仕事をつづけている人たちに目を向けていました。わたしにドイツの全体を見ることを教え、その現状と未来の希望を教えてくれました。そしてわたしは、楽屋へ押しかけてくるお粗末な連中を基準にして、国民を判断していたことを恥じました。わたしの仕事でも、真実で、才気に満ち、ひとに活気をあたえることを義務とせよと教えてくれました。こうしてわたしは、舞台を踏むごとに、霊感に満たされるような気がしました。平凡なせりふでも、わたしの口にかかると金《きん》になりました。あの頃わたしの希望どおりの詩人がそばにいてくれたら、素晴らしい効果をあげることができただろうと思います。

若いやもめのわたしは、こうして数カ月を過ごしました。あの人にとってわたしはなくてはすまぬ者でしたし、わたしにとっても、あの人が外国にいる時はたいそう不幸でした。親戚や素敵な妹さんたちの手紙も見せてくれました。わたしの身に起こるどんな些細なことにも気を配ってくれました。これほど細やかな、完全な和合は考えられません。しかし、愛という言葉は口にされませんでした。あの人はよくアメリカへ出かけました。――そしてヴィルヘルムさん、あなたもそろそろ行くのですね」

第十七章

さて、ヴィルヘルムは、取引先の訪問をこれ以上のばすことはできなかった。そこで、当惑しながらも出かけて行った。というのは、家族の手紙がそこにきていることを知っていたからである。手紙に書かれているに相違ない非難の言葉を、彼は恐れていた。おそらく取引先にも、彼のことで当惑しているという知らせがきているにちがいなかった。あれほど多くの騎士的な冒険のあとで、子供っぽく見られるのは嫌だった。高飛車《たかびしゃ》に出て、当惑を隠そうと思った。

ところが、万事が都合よく、まずまずの形で片づいたので、ひどく驚くとともに満足した。大きな、活気のある、忙しい事務所では、彼宛ての手紙を探す暇もないほどであった。彼が長く来なかったことも、そう言えばそうかな程度にしか考えていなかった。父の手紙も友人のヴェルナーの手紙も、開《あ》けてみると皆まずまずの内容であった。父は、出発に当って、日記をつけるように入念に言い聞かせ、書き方まで表《ひょう》にして持たせたのであるから、そのうち詳しい日記を送ってくるものと思って、初めのうちは、息子がなにも言ってこなくてもいくらか安心しているようであった。もっとも、伯爵の館《やかた》から送った最初にして唯一の手紙の謎のような中身についてだけは、苦情を言っていた。ヴェルナーは彼流にふざけ散らし、町の愉快な話を述べていた。そして、ヴィルヘルムが大きな商業都市で知り合う機会の多い友人や知人のことを、教えて欲しいと頼んでいた。至極《しごく》簡単な骨折りで責をまぬかれることができるのを大いに喜んで、ヴィルヘルムは、直ちに二、三通ひどく陽気な返事を書き、父には、望みどおりの地理、統計、商業に関するあらゆる注釈をそえた詳細な旅行日記を送ると約束した。彼は今度の旅で多くのことを見たのであるから、それを寄せ集めれば、かなり部厚い冊子が出来上がるだろうと思ったのである。彼は、書いてもなければ覚えてもいない芝居を上演しようとして、明《あか》りをともし、見物人を呼び集めた時おちいったのとほとんど同じ状況にあることに気づいていなかった。それゆえに、実際に手紙を書き始めてみると、感じたことや考えたこと、つまり、心と精神の数多くの経験については、語り、述べることができたが、外界の事物については書くことがなにもないのに気づかざるをえなかった。彼はそれらにまったく注意をはらっていなかったことに、いまにしてようやく気づいたのであった。

こうして当惑しきっている時に、大いに役立ったのは友人ラエルテスの知識であった。二人の青年は、似通ったところは少しもないのに、一緒に過ごすのが習慣になっていた。ラエルテスにはなにかと欠点があり、奇矯《ききょう》なところもないではなかったが、真に興味ある人物であった。陽気な楽天的な性分《しょうぶん》で、目前の状態など少しも苦にすることなく年をとってゆけそうな男であった。不幸と病気によって、青年の純粋な感情は失っていたけれども、人生のうつろいやすさや果敢《はか》なさには目が開かれていた。そのため、対象について考えをめぐらすというよりは、むしろ、その印象を直接、気の向くままに、断片的に表現する仕方が身についていた。彼は一人でいることを好まず、あらゆる喫茶店や飲み屋をうろつき回り、家にいる時は、旅行記が最愛の、いや、唯一の読み物であった。町に大きな貸本屋があったので、彼はその読書欲を存分に満たすことができた。そしてまもなく、全世界の半分が彼のすぐれた記憶のなかをうろつくということになった。

したがって、ヴィルヘルムが、報告を厳《おごそ》かに約束はしたものの、材料がまるでないと打ち明けたとき、友人に勇気を吹きこむことなど、ラエルテスにとってはまことに易々《いい》たることであった。「他に類のないような芸術作品を作ろうじゃないか」と彼は言った。「ドイツは隅から隅まで、縦横無尽《じゅうおうむじん》に、旅行し、歩き回り、這い回り、飛び回りつくされているんだ。ドイツの旅行者はみんな、その大なり小なりの費用を、旅行記の読者からまき上げて、しこたま稼いでいるじゃないか。おれたちが知り合う前の道順だけ言ってみろ。あとはおれが知っている。君の作品のための資料や参考書はおれが探してきてやる。まだ計られてない地積や、調べのついてない人口も書きこまなきゃならん。国々の歳入は年鑑や統計表からとればいい。なにしろこれがいちばん信頼できる資料なんだからな。おれたちの政治的屁理屈もこれによることにしよう。諸国の政府にたいするやぶにらみ的意見も忘れてはいかん。何人かの領主を祖国の真の父だということにしておこう。そうしておけば、ほかの領主の悪口を言う時に、余計信用してもらえるからね。有名人の住んでいる所を通らなくても、飲み屋かなんかで出会って、おれたちを信頼して馬鹿話をしたことにしよう。どこかのうぶな娘との恋物語を至極《しごく》上品に織りこむことは、とくに忘れてはいかんね。父上《ちちうえ》や母上《ははうえ》を大喜びさせるばかりか、どこの本屋でも喜んで買ってくれるような作品に仕上げよう」

作品にとりかかり、二人ともこの仕事を大いに楽しんだ。一方でヴィルヘルムは、夜には劇場を訪れたり、ゼルロやアウレーリエと話したりして、非常に満足して日を過ごした。そして、あまりにも長くせまい圏内を堂々めぐりしていた彼の観念は、日ごとに広がって行った。

第十八章

ヴィルヘルムは、ゼルロから断片的にではあるがその経歴を聞かされて、少なからず驚いた。というのは、打明け話をしたり、なにかについてまとまりのある話をするのは、この奇妙な男の流儀ではなかったからである。彼は、いわば、舞台の上で生まれ、乳を飲まされたようなものであった。彼はまだものも言えぬ子供の頃から、舞台にいるだけで観客を感動させた。すでにその頃から、台本作者たちはこの子が生まれながらの無邪気な脇役であることを見抜いていたからである。まだ拍手の意味もわからないのに、評判の作品のなかで、初めて「パパ」「ママ」を口にしたとき、大喝采を博した。アモル*

に扮して、一度ならず宙づりにされてふるえながら降りてきたり、道化役になって卵から出てきたり、小さな煙突掃除人になったりして、早くから大当りした。

気の毒なことに彼は、輝かしい夕べに受ける喝采にたいして、昼間は高い授業料をはらわなければならなかった。彼の父は、なぐることによってのみ、注意力を喚起し持続させることができると信じて、どんな役を教えるにも、折を見計らって彼をなぐりつけた。子供が下手《へた》だからというのではなく、余計しっかりと、つねに巧みに演じさせるためであった。むかし境界石を置くとき、年をとってからもその場所をしっかりと覚えておくように、周りに立っている子供たちにしたたか頬打ちをくわしたのと同じである。長ずるにしたがって彼は、異常なまでの精神的能力、肉体的熟練とともに、表現の仕方、身ぶり、所作《しょさ》における非常な柔軟性を示した。彼の物真似の才能は到底信じられないほどのものであった。すでに子供の頃から、誰かの真似をすると、姿形《すがたかたち》、年齢、人柄がまるで違い、千差万別なのに、まるでその本人を見ているような気がした。同時に彼には、世間に順応する才も欠けてはいなかった。ある程度自分の力を自覚すると、彼は、父のもとを離れるのがもっとも自然なことだと思った。彼の父は、息子の分別が増え、芸が巧みになっても、まだ厳しく扱うことによって力を貸してやることが必要だと考えていた。

さて、親もとを離れた少年は、広い世間に出て、自分の道化芝居が大歓迎されるのを見て、またとない仕合せを感じた。幸運の星はまず彼を、謝肉祭*のころ、ある修道院に導いた。そこでは、祈禱《きとう》行列の世話をしたり、宗教的仮面劇によって教区民を楽しませる役の神父が亡くなったばかりであったので、慈悲深い守護神として舞台に立った。ついでまた、受胎告知のガブリエル*役を引き受け、マリアに扮して恒例の祝詞《しゅくし》をきわめてうやうやしく、また内面の誇りをもって、きわめて優雅に受けた美しい少女にも好感をもたれた。さらにそれに引き続いて、さまざまな神秘劇でもっとも重要な役を演じ、最後には救世主として、罵《ののし》られ、鞭《むち》打たれ、十字架にかけられたので、少なからず得意になった。

兵士役の連中はキリストを鞭打つ場面で手加減をしなかったらしい。そこでゼルロは、彼らに巧みに復讐するために、最後の審判の場面で、彼らに皇帝や国王のきらびやかな衣装をまとわせ、彼らがその役に大いに満足して、天国でも先頭に立って歩み出そうとする瞬間に、突然悪魔に扮して現れ、火かき棒でこっぴどく打ちのめして、容赦なく地獄に突き落とし、燃え上がる劫火《ごうか》に責めさいなまれるようにしてやった。これを見て観客も乞食もみな心から敬虔な気持になった。

利口な彼は、皇帝や国王を演じた連中が、この厚かましい計略に気づかぬはずもなく、これは最後の審判の告発者であり獄吏《ごくり》である悪魔の特権であると言っても聞いてはくれぬであろうと見抜いていたので、千年王国*の場が始まる前にひそかに抜け出し、当時「喜びの子供たち」と呼ばれていた、近くの町の一座に双手《もろて》をあげて迎えられた。それはもののわかった、才気ある、活発な人たちの集まりで、人間存在の総量は理性で割ってもけっして割りきれるものではなく、かならず奇妙な端数《はすう》が残るものだということを心得ている人たちであった。彼らは、この面倒な、大衆のなかに分散されると危険なものになりかねない端数を、時を定めて、計画的に厄介ばらいしようとした。すなわち、週に一日徹底的に馬鹿になり、その日は、残りの六日間、自分のことにしろ他人のことにしろ、馬鹿げていると気づいたことを寓意的な芝居に仕立てて、互いにこらしめ合ったのである。このやり方は、道徳的な人が日々自認し、自戒し、自ら罰する連続した修養に較べれば荒っぽいものではあるが、もっと愉快で確実な方法であった。というのは、腹中に巣くっている馬鹿を否定しないで、これがもともとの自分なのだと甘やかしていると、その馬鹿が、別の道を通り、自己欺瞞に助けられて、しばしば主人顔をするようになり、馬鹿はとっくに追い出したと自惚《うぬぼ》れている理性を、ひそかに下僕とするからである。道化仮面劇は座員の回り持ちで行われ、その日には、当番の者は誰でも、自分や他人の特徴をいかにもそれらしく演ずることが認められていた。謝肉祭のあいだはまったく自由気儘《きまま》に振舞い、民衆を楽しませ引き寄せようとする聖職者の努力と張り合った。美徳と悪徳、芸術と学問、五大陸と四季を寓意する厳《おごそ》かな行列は、民衆に、さまざまな観念を感覚的に教えた。こうして彼らの戯《たわむ》れは、一方で宗教的な仮装行列が、愚にもつかぬ迷信をますます強化するのに較べれば、益がないわけでもなかった。

ここでもまた若いゼルロは、水を得た魚であった。彼には真の独創力はなかったが、その代りに、目の前にあるものに手を加え、見ばえよくすることにかけては非常な才能をもっていた。彼の着想、模倣の才、さらには、少なくとも週に一日、完全に自由に、自分の保護者たちにたいしてさえ発揮することを許された辛辣《しんらつ》な機知は、彼を一座にとって貴重な、不可欠の存在とした。

しかし、尻の落ち着かない彼は、まもなくこの有利な地位を捨て、祖国のいろんな地方を渡り歩き、また新たな試練を経《へ》なければならなかった。彼はドイツの開化されてはいるが芸術面で遅れている地方に＊やってきた。そこではたしかに善や美は敬われてはいるが、しばしば精神に欠けていた。彼の仮面劇はまったく通用せず、心と心情に訴える手段を探さねばならなかった。大小の劇団に短期間ずつ留まり、その機会にあらゆる作品や俳優の特色をつかみとった。当時ドイツの芝居に行きわたっていた一本調子、アレクサンダー詩格*の馬鹿げた抑揚と響き、不自然、平板な対話、生硬な説教調の味気なさと通俗性、これらを彼は直ちに理解し、同時に、なにがひとびとを感動させ、気に入られるかをつかんだ。

もてはやされているいくつかの芝居のなにかの役ではなく、それらの芝居の全体を、彼は容易に記憶しただけでなく、同時に、それらを演じて喝采を得ている俳優の独自な調子をも頭に刻みこんだ。こうして放浪をつづけているうちに、たまたま懐中《かいちゅう》に一文《いちもん》もないという状態におちいったことがあった。そこで彼は、これらの作品を一人で、貴族の館《やかた》や村々で演ずれば、食いぶちと宿銭《やどせん》ぐらいは手軽に稼げるのではないかと思いついた。飲み屋や部屋や庭がたちまち舞台になった。ふざけ半分の真剣さと、見せかけの熱意で、見物人の空想力をかき立て、その感覚を欺くことに成功した。彼らが両目を開《あ》けて見ている前で、古簞笥《だんす》を城に、扇子《せんす》を短刀に変えた。若さの熱意が深い感情の欠如を補い、がむしゃらさが強さに、へつらいが優しさに見えた。すでにそれらの芝居を見たことのある人たちは、見たり聞いたりしたことのすべてを思い出し、そうでない人たちには、なにか不思議なものの予感を呼び起こし、それらをもっとよく知りたいという願いをかき立てた。一つの場所で成功をおさめたものは、ほかの場所でも繰り返し、あらゆるひとびとを、即席の同じやり方でぺてんにかけるのに成功するごとに、心中ひそかに意地の悪い喜びを感じた。

彼は、潑剌《はつらつ》として自由で、なにものにも妨げられない精神のおかげで、さまざまな役、さまざまな芝居を何度も繰り返しているうちに、またたく間《ま》に腕を上げた。そしてまもなく、初めのうちはただ真似ているだけであった手本よりも、壺《つぼ》に嵌《は》まった朗唱や演技ができるようになった。こうしてしだいに彼は、地《じ》で演じているように見せかけながら、つねに計算ずくで演ずるという域に達した。役に没入しているように見えながら、効果をねらっていた。そして彼のもっとも得意とするのは、階を追うごとに観客の感動を高めてゆくことであった。彼の演じた向う見ずな一人芝居でさえ、まもなく、ある程度控え目に演ずる必要のあることを教えた。こうして彼は、一つには必要にせまられて、一つには本能から、ほとんどの俳優が心得ていないように思えるが、声も身ぶりも節約して使わなければならないということを学んだ。

こうして彼はまた、粗野な、彼に好意をもたない人を手なずけ、自分に関心をもってもらうすべをも学んだ。どこにいても食事と宿に不平は言わず、あたえられる贈物はどんなものでも感謝して受け、さらには、こと足りていると思う時には金《かね》さえも辞退したので、誰もが喜んで推薦状を書いてくれた。こうして彼はしばらくのあいだ、貴族の館《やかた》から館へと渡り歩き、ひとびとを大いに楽しませるとともに、自らも楽しみ、うれしい、優雅な艶事《つやごと》にもことかかなかった。

彼は心が冷やかであったので、真に人を愛するということはできなかった。目が醒《さ》めていたので誰も尊敬できなかった。というのは、彼はつねに人の外面的な特徴のみを見、それを自分の演技の材料として取り込んだからである。しかし同時に、誰にでも気に入られ、どこでも喝采されるのでなければ、自尊心をひどく傷つけられた。しだいに彼は、いかにして喝采を得るかに注意を傾け、心を研《と》ぎすましたので、ついには、演技のみでなく、日常生活においても媚《こ》びることしかできなくなった。彼の気質、才能、生き方が相互に作用し合って、いつの間《ま》にか彼は完璧な俳優になっていた。事実、一見奇妙に思えるが、まったく自然な作用と反作用によって、また洞察と訓練とによって、彼の朗唱、吟唱、身ぶりによる演技は、高度な真実と自由と率直さの段階に達したのであった。同時に、実生活と交遊においては、ますます人目をしのび、技巧的に、いや、欺瞞的に、臆病になった。

彼の運命や冒険についてはのちに述べる機会があるであろう。ここではつぎのことを述べるにとどめる。彼はのちに、すでに功なり、ゆるぎない名声を得て、確固としているとは言えないまでも、非常に恵まれた地位にあったとき、会話においては、巧みに、ある時は冷笑的な、ある時は嘲笑的な詭弁《きべん》を弄して、真面目《まじめ》な話をほとんどつねにぶち壊してしまう癖を身につけていた。とくに彼は、ヴィルヘルムが例の如く一般的、理論的な話を持ち出そうとすると、たちまちこの手を用いた。にもかかわらず二人は好んで一緒になった。互いの考え方の違いが、会話を活発にしたからである。ヴィルヘルムはすべてを、彼がとらえた理論で説明しようとし、芸術を関連づけて扱おうとした。明確な規則を定め、なにが正しく、美しく、善であるか、なにが喝采に価するかを規定しようとした。要するに彼はすべてを生真面目《きまじめ》に扱った。それにたいしてゼルロは物事を非常に気楽に受け止め、質問にもけっして直接には答えず、小話や冗談をまじえて、巧みに楽しく説明した。一座の者に教える時も、楽しませながら教えた。

第十九章

こうしてヴィルヘルムは楽しく時を過ごしていたが、メリーナや一座のほかの者は不快な状態に置かれていた。彼らはときどきヴィルヘルムの前に悪霊のように現れ、それもたんに顔を見せるだけでなく、ふくれっ面《つら》や嫌味によって彼を不愉快にした。ゼルロは彼らに契約の希望をもたせるどころか、客演さえ許そうとしなかったにもかかわらず、徐々に彼ら全員の力量を見定めていた。俳優たちが彼のところに集まって談笑しているような時にはいつも、彼はなにかを朗読させ、時には自分もそれに加わった。そのうち上演されることになっている作品か、長いあいだ上演されていない作品を取り上げ、しかもその一部だけを朗読させた。同様にまた、最初の上演のあとで、彼の気にかかった箇所をもう一度やらせ、そうすることによって、俳優たちの洞察力を増し、正確に勘所《かんどころ》を押える力を強めてやった。未熟ではあるが正しい理解力の方が、混乱し洗練されていない天才よりも、見る者に満足をあたえるものであるが、彼は、凡庸な才能を、彼がいつの間《ま》にか身につけさせた明快な洞察力によって、非凡な能力にまで高めた。彼が詩も朗読させ、巧みに朗読されたリズムが、われわれの心に呼び起こすあの魅力感を体得させたのも、少なからず役立った。ところが他の劇団では、誰にでも容易にできる散文の朗読から始めるのである。

こうした機会に彼はまた、新しくやってきた俳優たちをすべてよく知り、彼らがなにであり、なにになりうるかを判断し、近く迫っている一座の大改造に当って、彼らの才能から即座に利益を引き出すことを、ひそかに目論《もくろ》んでいた。彼はこの問題をしばらく成行きに任せ、ヴィルヘルムが彼らのためにいくらとりなしても、肩をすくめて拒否していたが、ついに時至れりと見てとると、まったく思いもかけずヴィルヘルムに、ぜひとも彼自身自分のところで舞台に立って欲しい、そしてそれを条件にほかの者とも契約しようという提案をした。

「いま急に彼らを全員採用してもいいと言うのは」とヴィルヘルムは答えた。「彼らは、君がこれまで言っていたほど役立たずではないということだね。ぼくを除いても、彼らの才能に変りはないと思うがね」

それにたいしてゼルロは、内緒にしておいて欲しいと言って、彼の事情を打ち明けた。二枚目の役者が、契約更新のさいに給料を上げてもらいたいようなそぶりを見せているが、応ずるつもりはない。とくに、観客の受けが前ほどよくないからだ。この男を手放すと、取巻き連中がみんなついて行くだろう。そうすると一座は、腕のいいのを何人かと、並のを何人か失うことになる。ついで彼は、その代りに、ヴィルヘルムや、ラエルテスや、やかまし屋の老人や、メリーナ夫人にさえ大いに期待している旨《むね》を述べた。それどころか、あの哀れな「うるさ型」に、ユダヤ人か大臣、とくに悪役をやらせたら大受けするだろうと請け合った。

ヴィルヘルムは面くらって、彼の言うことを落ち着いて聞いてはいられなかった。しかしなにかを言わなければならないので、大きく息をついてからこう言った。「君は親切に、ぼくらに見つけ、期待しているいい点ばかり言っている。しかし、君の慧眼《けいがん》が見のがすはずもないぼくらの弱い面はどう見ているんだね」

「弱い面は、勤勉と稽古と反省によって、わけなく強い面に変えられるよ」とゼルロは言った。「君たちはみんな地《じ》のままでやっている素人《しろうと》だが、多かれ少なかれ期待のできないのは一人もいないね。ぼくが試してみたかぎりでは、でくの坊は一人もいない。でくの坊だけは手のほどこしようがないね。自惚《うぬぼ》れているのか、馬鹿なのか、ふさぎの虫にとりつかれているのか知らないが、指導もできなきゃ、矯《た》めようもないね」

ついでゼルロは、彼にでき、また彼の望む条件を手短に述べ、早く決心して欲しいと頼んで、ヴィルヘルムをひどく落ち着かぬ気持のままに残して出て行った。

ラエルテスと一緒に始めたでっち上げの旅行記という、奇妙な、冗談半分に企てられた仕事をしているうちに、ヴィルヘルムは、実社会の状態や日々の生活に、これまでになかったほどに注意を向けるようになっていた。彼はいまになって初めて、日記をつけるようにあれほど熱心にすすめた父の意図がわかった。非常に多くの産業と需要の仲介者となり、大陸の山や森の奥深くまで生活と活動を広げる手助けをするのが、いかに楽しく有益なことであるかを初めて感じた。彼がいまいる活気ある商業都市の至る所を、ラエルテスが慌《あわただ》しく引き回してくれたおかげで、あらゆるものが流出し、あらゆるものが還流する一大中心地というものを具体的に知ることができた。彼の精神がこの種の活動を見ることに真の喜びを感じたのも、これが初めてのことであった。こういう状態にあるとき、ゼルロがさきのような提案をし、生まれ持った才能にたいする彼の願望、好み、信頼と、途方に暮れている一座の者にたいする義務とをまたかき立てたのであった。

「いまおれはまた岐路《きろ》に立っている」と彼は自分に向かって言った。「少年時代におれの前に立った二人の女のあいだにだ。一人はあの頃ほど貧相には見えないし、一人はあの頃ほどきらびやかではない。どちらに従うのも一種の内的使命のように思える。そしてどちらの外的誘因も強烈だ。どちらにきめることもおまえにはできないようだ。どちらかの外的誘因が優勢になって、おまえの選択をきめてくれることをおまえは願っている。しかしよく考えてみると、商業、利得、所有への興味をおまえに吹きこんでいるのは、外的な事情だけだ。肉体的なものであれ、精神的なものであれ、善と美を求めておまえのうちにひそんでいる素質を、いっそう発展させ完成させたいという願望を生み出し、育《はぐく》んでいるのは、おまえの内的な欲求なのだ。自分で手を下《くだ》したのでもないのに、おれをここまで、おれのあらゆる願望の目的地まで導いてきた運命を敬わなければならないのではなかろうか。かつておれが考えぬき、企てたすべてのことが、手を貸したのでもないのに、いま偶然、実現しているのではないのか。まったく奇妙なことだ。人間にとって、長いあいだ心のなかで育み、温めてきた希望や願望ほど身近なものはないはずだ。ところが、それらがいよいよ立ち現れ、いわば押し寄せてくると、見分けることができず、尻ごみしてしまうのだ。おれをマリアーネから引き離したあの不幸な夜以前は、おれにとって夢でしかなかったすべてのものがおれの前に立ち、自ら手を差し伸べているのだ。おれはここへ逃げてくるつもりだったのに、見えない手がおれをここへ誘い寄せていたのだ。おれはゼルロに雇ってもらおうと思っていたのに、ゼルロの方がいまおれを求め、初心者のおれには望むべくもないほどの条件を提示しているのだ。おれを芝居に縛りつけていたのは、マリアーネにたいする愛だけだったのか。あるいは、おれをマリアーネに結びつけたのは、芸術にたいする愛だったのか。舞台へのあの希望、あの逃げ道は、市民社会の環境では許されない生活をつづけることを願う、だらしない、尻のすわらぬ人間にのみふさわしいことだったのか。あるいは、それとはまったく違う、もっと純粋な、もっと立派な願いだったのか。おまえをかり立てて、あの頃のおまえの考えを変えさせるものがなにかあるのか。むしろおまえは、これまでなんの考えもなくおまえの計画を追求してきたのではないのか。いまはなんの下心も働いていないのだし、同時に、厳《おごそ》かに誓った約束を守ることができ、立派な仕方で重い負い目からまぬかれることができるのであるから、この最後の一歩はなおさら是認《ぜにん》されてもいいのではあるまいか」

彼の心と想像力のなかで動くすべてのものが慌《あわただ》しく入れ替った。ミニョンと一緒にいられること、竪琴弾きと別れなくてもすむことが、秤《はかり》の小さからぬ重《おも》しになっていた。しかし彼がいつものように、アウレーリエを訪ねに出かけたとき、この秤はまだゆれていた。

第二十章

アウレーリエは長椅子に横になっていたが、落ち着いているようであった。「明日も舞台に立てますか」とヴィルヘルムがたずねた。「もちろんですわ」と彼女は勢いよく答えた。「ごらんのとおり、なんの差障《さしさわ》りもありませんわ。——だけど、平土間の喝采をやめさせる方法はないでしょうか。あの人たちは好意のつもりなんでしょうけど、こっちは死にそうになってしまいますわ。おとついなんか、心臓が張り裂けるんじゃないかと思いましたわ。以前は、自分でもうまくやれたと思う時は我慢できました。長いあいだ稽古し、準備して、うまくやったぞ、という称讃のしるしが隅々から聞こえてくるとうれしかったものです。いまのわたしは、自分の願うことを喋っているのでも、自分の思うように喋っているのでもありません。わたしは夢中になり、支離滅裂なのです。それなのにわたしの演技は、前よりもずっと大きな感銘をあたえるのです。喝采も前より大きいのです。そしてわたしは思うのです。『あなた方は、なにがあなた方を夢中にさせているかわかっていますか。暗い、激しい、得体《えたい》の知れない余韻が、あなた方を感動させ、喝采させているのです。あなた方を喜ばせているものが、不幸な女の悲しみの響きであることを、あなた方は感じていないのです』

今朝《けさ》役の勉強をしました。いまもそれを繰り返して、試していたところです。もうすっかり疲れてしまいました。明日また初めからやります。明日は舞台に立たなきゃなりませんものね。こうやって自分を引きずり回しているんです。起きていても退屈だし、ベッドに入るのも嫌なんです。なにもかもわたしのなかでぐるぐる回りをしているんです。そのうち慰めのようなものが浮かんできますが、そんなものはうっちゃって、呪ってやるのです。わたしは降伏したくないんです。必然に頭を下げるのが嫌なんです。――わたしを滅ぼすものが必然であるはずがありません。もっと違ったふうにならないものかしら。わたしは自分がドイツ人であることの償いをしなければならないのです。すべてのものを重くし、すべての重いものを背負いこむのがドイツ人の性格なんですから」

「ああ、アウレーリエさん」とヴィルヘルムは口をはさんだ。「自分で刃《やいば》を磨《と》いで、しょっちゅう自分を傷つけるのはやめてください。あなたにはなにも残ってないと言うのですか。あなたには若さ、容姿、健康、才能があるじゃありませんか。あなたのせいでもなく、宝物を一つ失ったからといって、ほかのものまでみんな投げ捨てなきゃならないでしょうか。そんなことまで必然だと言うんですか」

彼女はしばらく口をつぐんでいたが、またこう言った。「よくわかっています。恋なんて暇つぶしです。暇つぶし以外のなにものでもありません。わたしにできないこと、してはいけないことなんかなにもありませんでした。いまはなにもかもなくなりました。わたしは恋に溺れた哀れな女です。お願い、かわいそうだと思ってください。わたしは哀れな女なのです」

彼女は思いに沈んでいたが、やがて激しい調子でこう叫んだ。「あなた方は、女が首にすがりつくのに慣れていらっしゃる。だけど、あなた方は感じることができない。自尊心をもつ女の価値を感じることができないのです。すべての聖なる天使にかけて、純粋な清らかな心をそなえたあらゆる至福の像にかけて、愛する男に身を捧げる女ほどに崇高なものはないのです。女と呼ばれるに価するかぎり、わたしたちは冷静で、誇り高く、気高く、聡明で、賢明なのです。そしてわたしたちは、人を愛し、愛にこたえてもらいたいと願うや否や、これらの長所をすべて、あなたたちの足もとに投げ出すのです。

ああ、わたしは、すべてを承知のうえで、自ら望んで、わたしの全存在を投げ出したのです。しかしいまは、そのわたしも絶望したいのです。自らすすんで、絶望したいのです。わたしのなかの血の最後の一滴まで罰してやるのです。体のなかの繊維も残りなく苦しめてやるのです。笑ってください。この情熱の芝居がかった浪費を笑ってください」

ヴィルヘルムは笑う気になど到底なれなかった。アウレーリエの、半ば自然な、半ば自ら作り上げたこの恐ろしい状態はあまりにも彼にはつらかった。思いつめた人の苦しみが感じられた。彼の心はゆれ、熱にうかされたように血が騒いだ。

彼女は立ち上がり、部屋のなかを行き来した。「わたしは、あの人を愛してはいけない理由をすべて、自分に言って聞かせます」と彼女は言った。「あの人が愛に価しない人であることも知っています。気をまぎらそうとして、いろんなことをやってみます。やらなくてもいい役をやってみたり、隅々まで知っている古い役を、細かいところまで熱心に、稽古に稽古を重ねてみたりします。――ねえ、ヴィルヘルムさん。むりやり自分を自分から切り離すなんて、なんという辛い仕事でしょう。胸が苦しく、張り裂けそうです。気が狂わないように、わたしはまた、あの人を愛しているという感情に身をゆだねるのです。――そう、わたしはあの人を愛しています。あの人を愛しています」と彼女は、ぽろぽろと涙をこぼしながら言った。「あの人を愛しています。そして愛しながら死ぬのです」

彼は彼女の手をとり、心をこめて、自分で自分を苦しめないでくれと頼んだ。「ああ、人間には、不可能なことばかりでなく、いろんな可能なことまで拒まれているのは、なんという不思議なことでしょう」と彼は言った。「あなたをすっかり仕合せにしてくれる誠実な人を見つけられないのが、あなたの定めだったのです。そして、ぼくの一生の仕合せを一人の不幸な女に結びつけ、その人を、ぼくの誠実さの重みで葦《よし》のように地面に引き倒し、いや、それどころか、へし折ってしまうのが、ぼくの定めだったのです」

彼はマリアーネとのことをアウレーリエに打ち明けていたので、いまそれを引合いに出すことができたのである。彼女は彼の目をじっと見つめながらたずねた。「あなたは一度も女をだましたことがないと言えますか。軽薄なお世辞《せじ》や、厚かましい誓いや、心をそそるような約束で女の愛情をおびき出そうとしたことがないと言えますか」

「言えますとも」とヴィルヘルムは答えた。「べつに自慢するわけじゃありませんけど。というのは、ぼくの生活はひどく単純で、女を誘惑しようと思う機会なんか滅多《めった》にありませんから。それに、あなたのような美しい、立派な人が悲しい状態におちいっているのを目にするのは、なによりの警告です。ぼくの誓いを受けてください。ぼくの心に完全にふさわしい誓い、あなたによってあたえられた感動のために言葉になり、形をなした誓い、この瞬間聖《せい》なるものとなった誓いです。すべてかりそめな愛情には逆らいます。どんなに真剣な恋でも胸のうちにしまっておきます。ぼくが全生涯を捧げることのできる女性でなければ、ぼくの唇から、愛の告白を聞かせはしません」

彼女は冷やかな、そっけない目つきで彼を見つめていたが、彼が手を差し出すと二、三歩あとずさりした。「そんなことはどうでもいいのよ」と彼女は言った。「女の涙が多かろうと少なかろうと、それで海の水が増えるわけじゃあるまいし。だけど、何千もの女のなかで、一人でも救われるのはいいことだし、何千もの男のなかに、一人でも誠実な男がいるのは悪かないわね。あなた、自分がなにを約束してるかわかってるの」

「わかってますとも」とヴィルヘルムは微笑《ほほえ》みながら言って、手を差し出した。

「それなら、受けますわ」と彼女は言って右手を動かした。彼は、彼女が彼の手を取るものと思っていたが、彼女はすばやくその手をポケットに入れ、目もとまらぬ早さで短刀を取り出し、その刃先で彼の手の平をさっと切った。彼はあわてて手を引いたが、すでに血がしたたっていた。

「あなたたち男には、忘れさせないようにするには、手荒いしるし、、、が要《い》るのよ」と陽気なすさんだ調子で彼女は叫んだが、たちまちあわてて介抱にかかった。ハンカチを取り出して彼の手に巻き、ふき出す血をとめようとした。「許してね。頭が変になってたの」と彼女は叫んだ。「この血を恨まないでね。気がなごんで、また正気に返ったわ。跪《ひざまず》いてお願いします。せめてもの慰めに、傷の手当てをさせてね」

彼女は急いで戸棚のところへ行き、綿布と二、三の道具を持ってきた。血をとめ、念入りに傷口を調べた。切り口は、親指のつけ根のふくらみから、生命線を通り、小指にまでとどいていた。彼女は黙って包帯をし、もの思いに沈んでいた。「アウレーリエさん。なんだってぼくの手を切ったんですか」と彼は二、三度たずねてみた。

「黙って」と彼女は指を口に当てながら答えた。「なにも言わないで」

第五巻

第一章

　こうしてヴィルヘルムは、二つの傷が治りきらないうちに、またしても、少なからず不愉快な第三の傷を新たにうけたのであった。アウレーリエは彼が外科医にかかるのを認めようとせず、いろんな怪しげな文句を言ったり、おまじないをしたり、呪文をとなえたりしながら、自分で包帯をし、彼を大いに当惑させた。しかし彼だけでなく、彼女の周りにいるすべての人が、彼女の落ち着きのなさと奇妙な振舞いに悩まされた。しかしいちばんの被害者は幼いフェーリクスだった。この活発な子にはそうした圧迫が我慢ならず、彼女が叱ったり、たしなめたりするごとに、ますます行儀が悪くなった。

　この少年は、お行儀が悪いと言われるようなことをするのが好きであったが、彼女はそれをけっして大目に見ようとはしなかった。例えば、コップよりも瓶《びん》から飲むのが好きで、皿で食べるよりも鉢から食べる方がおいしいようだった。そして、そういう行儀の悪さは見逃してもらえなかった。ドアを開《あ》けっぱなしにしたり、ぱたんと閉《し》めたりすると、また、なにかを言いつけられても、すぐに立って行かなかったり、あるいは、どたばたかけて行ったりすると、そのつど、長々とお説教を聞かされた。しかしそれで多少でもよくなる形跡はまるでなかった。むしろ、アウレーリエにたいする愛着は日ごとに薄れてゆくようであった。母に呼びかける調子にも優しみはまるでなかった。むしろ彼がひたすら頼りにしているのは、なんでも好きなようにさせてくれる年寄の乳母《うば》であった。

しかしその老婆も病が重くなり、静かな場所に移されねばならなかった。そのためフェーリクスは、もしもミニョンが優しい守護神の役を演じてくれなかったならば、まったくの一人ぼっちになるところであった。二人の子供が話し合っている様子はまったく愛らしかった。ミニョンがフェーリクスに簡単な歌を教えてやると、記憶力のいいフェーリクスはそれを巧みに朗唱して、聞く者をしばしば驚かした。ミニョンはまた、相変らず熱中していた地図について、フェーリクスに教えてやろうとしたが、そのやり方はあまり感心できるものではなかった。彼女はいろんな国について、そこが暖かいか寒いかということのほかは、なにも関心をもっていないようであったからである。北極と南極があり、そこには恐ろしい氷があり、そこから遠ざかるにつれて暖かくなるということは、大変上手に説明できた。旅に出かける人があると、北へ行くか南へ行くかだけをたずね、彼女の小さな地図でその道順をたどろうと骨折った。とくにヴィルヘルムが旅行の話をしてやると、非常に注意深く耳を傾け、話がほかに転ずるとつねに悲しそうにした。なにか役を引き受けるように言ってもけっして聞きいれず、せめて、芝居のかかっているとき、劇場へ行くように言っても行こうとはしなかった。その代り、頌詩《しょうし》や歌は喜んで、熱心に覚え、たいてい厳粛な、荘重な調子のものであったが、そうした詩を、ときどき、思いもかけず、不意に朗唱して皆を驚かせた。

どんな類《たぐい》のものであれ、芽生えてくる才能のきざしには、つねに注意をはらっていたゼルロは、ミニヨンをはげましてやろうとした。そしてとくに彼に気に入っていたのは、ミニヨンの非常に愛らしい、多様な、時には陽気でさえある歌いぶりであった。同様の意味で、竪琴弾きも彼には気に入っていた。

ゼルロには音楽の才がなく、楽器も弾けなかったが、その高い価値は知っていた。そのため彼は、ほかとは較べもののないこの楽しみを味わう機会を、できるだけ多く設けようとした。これまでにも彼は週に一度演奏会を催してきたが、こんどは、ミニョンと竪琴弾きと、ヴァイオリンのかなりうまいラエルテスで、奇妙な小さな家庭楽団を作った。

彼はつねづねこう言っていた。「人間は低俗なものに馴染《なじ》みやすく、美しいものや完全なものにたいする精神や感覚の感受性は容易ににぶるものであるから、それを感じとる能力を、あらゆる手段をつくして維持しなければならない。というのは、誰もこのような楽しみを完全になしですますことはできないし、多くの人間が、新しくさえあれば、卑俗なもの、無趣味なものに満足するのは、いいものを味わうことに慣れていないからにすぎない。毎日、少なくとも一つは小さな歌を聞き、いい詩を読み、すぐれた絵を見るようにし、できれば、理にかなった言葉をいくつか口にするようにしなければならない」

こうした考え方は、ゼルロにはいわば生まれつきのものであったので、周りにいるひとびとには、楽しい談話にこと欠くことはなかった。こうして満足して日を過ごしていたヴィルヘルムのもとに、ある日、黒い封印の手紙が届けられた。ヴェルナーの黒い封印は、それが悲しい知らせであることを意味していた。彼は、父の死が簡潔に述べられているのを見て、少なからず驚いた。父はしばらくわずらったあと、思いもかけず世を去った。家《いえ》うちのことはすべて、手抜かりなく整理されていた、ということであった。

ヴィルヘルムはこの思いもかけない知らせに心の底からゆり動かされた。われわれは、友人や縁者がわれわれとともにこの世にあることを喜んでいるあいだは、なにも感じないで、しばしばないがしろにし、その美しい関係が少なくともこの世で絶たれた時に初めて、その怠慢を悔いるものであることを深く感じた。立派な人であった父の早世《そうせい》にたいする悲しみは、父がこの世にあまり執着せず、この世にあまり楽しみを求めていなかったと考えることによってのみかろうじて慰められた。

まもなくヴィルヘルムの思いは自分自身の境遇に帰り、少なからざる不安を覚えた。人間は、気持も考え方もまだ用意ができていないのに、外部の事情によって境遇に大きな変化がもたらされる時ほど、危険な状態におちいることはない。そうなると、思いもかけない人生行路が開《ひら》け、人間が、その新しい状態に応ずる力がそなわっていないことを感ずることが少なければ少ないほど、いっそう大きな危険が生ずるものなのである。

ヴィルヘルムは、自分の身のふり方もきめかねている瞬間に自由になった。彼は、自分の考えていることは立派であり、意図は純粋で、企てていることも非難されるようなものではないと思った。すべてのことを、自ら多少の自信をもって認めることができた。しかし彼は、経験に欠けていることに気づく機会が多かったので、他人の経験や、彼らがそこから引き出す結論に、過度の価値を置き、そのためますます混迷におちいった。彼は自分に欠けているものを補うには、書物や会話で出合った重要と思えることをすべて、書きとどめ、集めるのが、もっとも手っ取り早いと思った。そこで彼は、面白いと思った他人や自分の意見や考え、それどころか会話全体を書きとどめ、哀れにもこうして、真実も誤謬もともに抱えこみ、一つの観念に、いや、一つの文句にさえいつまでも固執し、しばしば他人の灯火《ともしび》を導きの星とすることによって、自分の本来の考え方や、行動の仕方を見失ってしまった。アウレーリエの辛辣《しんらつ》さや、友人のラエルテスの冷やかな人間蔑視は、不当なまでに彼の判断を迷わせたが、彼にとってもっとも危険であったのはヤルノであった。ヤルノの明晰《めいせき》な知性は、当面の書物に関しては的確で厳正な判断を下《くだ》すことができたけれども、彼は個々の判断に普遍性があるかのような言い方をする欠点があった。知性の判断は本来一回かぎりのものであり、しかも一定の局面にのみ妥当するのであって、きわめて近似した局面に適用されても、誤りにおちいるのである。

こうしてヴィルヘルムは、自己を統一しようと努めているにもかかわらず、ますますこの望ましい統一から遠ざかった。こうして混乱しているために、熱意のあまり、役に立ちそうなものは手当り次第に利用しようとし、果ては、なにをすればいいのかさえ皆目《かいもく》わからなくなった。

ゼルロはこの訃報《ふほう》を自分の利益のために利用した。実際彼は日ごとに、自分の劇団の改組《かいそ》を考える必要にせまられていたのである。契約を更新しなければならなかったが、自分を一座にとって不可欠な者と考えている何人かの座員が、日ましに耐え難いものになっていたので、あまり契約を更新する気にはなれなかった。となると、一座をまったく新たに作り変えなければならないが、彼の気持はむしろその方に向いていた。

彼は自分でヴィルヘルムを説得しようとはせず、アウレーリエとフィリーネを焚《た》きつけた。契約を望んでいたそのほかの連中も同様に、彼を放ってはおかなかった。こうして彼は、かなり戸惑いを覚えながら、岐路《きろ》に立たされることになったのであった。真反対の意味で書かれていたヴェルナーの一通の便りが、ついに彼を一つの決心に追いやることになろうとは、誰も思い及ばぬことであった。書出しの部分だけはぶいて、ともあれ、その全文をあまり変更を加えることなく、つぎに掲げておくことにしよう。

第二章

「――という具合だった。それに、誰もがあらゆる機会に、自分の仕事に精を出し、その活動ぶりを示すのは、たしかに結構なことにちがいない。父上《ちちうえ》が亡くなられてものの十五分もたたないうちに、家のなかのことはなにもかも父上の考えどおりにはいかなくなった。友人、知人、親戚の人たち、とくに、こうした機会になにかを手に入れようと思う類《たぐい》のひとびとが押し寄せてきた。なにかを持ってくる人、持って行く人、支払いをする人、書類を書く人、計算する人、ぶどう酒やケーキを買ってくる人、飲み食べる人。しかし誰よりも熱心に働いていたのは、喪服選びをする女たちだった。

というわけで、ヴィルヘルム君、この機会にぼくも自分の利益を考えたことを、君は許してくれるだろう。君の妹さんにはできるかぎり親切にし、力を貸した。そして喪《も》があけるとすぐに、双方の父親の大袈裟な形式主義のために、これまでののびのびになっていた結婚を早めるのが大事だということをわかってもらった。

しかし、ぼくたちがあの大きながらんどうの家を自分たちのものにしようと思っているなどと考えないでくれ。ぼくたちはもっとつましくて、分別がある。ぼくらの計画を聞いてくれ。結婚したらすぐ妹さんはぼくの家に移る。もちろんお母さんも一緒だ。『そんなことができるものか』と君は言うだろう。『あんなちっぽけな家じゃ君たちの居場所さえないじゃないか』とね。そこが腕の見せ所だよ、君。うまくやりくりすれば、なんでもできる。欲ばりさえしなければ、場所はいくらでも見つかると君は思わないか。あの大きな家は売ることにする。いい買い手がすぐ現れるだろう。それで得られる金《かね》には、百倍もの利子を生ますことにしよう。

君も諒解《りょうかい》してくれることと思う。そして君が、父上やお祖父《じい》さんのなんの益もない道楽を受け継いでいないように願っている。お祖父さんは、見ばえのしない美術品を山ほど集めて大得意になっておられたが、あんなものは誰も、ぼくに言わせれば誰も、楽しむことはできなかった。父上は高価な家具に囲まれて暮らしておられたが、それを誰とも一緒に楽しもうとはされなかった。ぼくたちはそんなことは変えようと思っている。君にも賛成してもらいたいと思う。

実際ぼくには家《うち》じゅうで事務机の前ぐらいしか居場所はないし、将来ゆりかごをどこに置けばいいのか見当《けんとう》もつかない。その代りに、戸外《こがい》の空間は余計広く思えるというわけだ。男にはコーヒー店もあればクラブもある。女には散歩もあれば遠乗りもある。田舎には二人で出かける楽しい行楽地もある。それにまた、いちばん大きな利点は、食卓がいっぱいになって、父が客を呼べなくなることだ。彼らときたら、客を喜ばそうと思って父が大骨を折っても、勝手な苦情を並べるだけなんだからな。

家《うち》のなかには余計なものは一切《いっさい》置かない。余計な家具も道具も置かない。馬車も馬も置かない。金《かね》だけだ。そうして、理性的なやり方で、毎日したいことをするのだ。衣装箪笥《だんす》もいらない。いつもいちばん新しい、いちばんいいものを着るのだ。男は着つぶせばいい。女は、服がいくらかでも流行はずれになったら、売りはらえばいい。古いがらくたをしまいこんでおくほど嫌なことはない。きわめて高価な指輪を、毎日指にはめるという条件でくれると言われても、ぼくは断るね。死んだ財産なんか少しもうれしくないからだ。つまりぼくの愉快な信条はこうだ。きちんと仕事をすること、金《かね》を儲けること、家族と楽しく暮らすこと、こちらの役に立たぬかぎり、世間のことは気にかけぬこと、だ。

ところで君はこう言うだろう。『君たちの結構なプランのなかで、ぼくのことはどうなっているのかね。父の家を売りはらい、君たちのところには居場所もないとなったら、ぼくのねぐらはどうなるのかね』

それはもちろん重要な問題だ、ヴィルヘルム君。それにはすぐにも答えられるが、その前に、君が立派に時間を過ごしたことにたいしてしかるべき賛辞を呈しておこう。ほんの数週間のあいだに、どうやって、ありとあらゆる有益な、興味ある事柄に通じるようになったのか、ぜひ教えてもらいたいものだ。君がいろんな能力をもっていることは知っているが、これほどの注意力と熱意があろうとは思ってもみなかった。君の日誌を見て、君がこの旅行をいかに有効に利用したかよくわかった。製鉄所や製銅所に関する記述も立派なもので、事柄にたいする深い洞察を示している。ぼくも以前それらを訪ねたことがあるが、ぼくの報告は、君のに較べれば、お粗末きわまるものだった。亜麻布製造に関する手紙は隅々まで教えられるところが多く、競争に関する意見は非常に適切だ。二、三カ所足《た》し算に誤りがあるが、そんなことは取るに足るようなことではない。

しかしぼくと父をもっとも喜ばせたのは、土地の経営、とくにその改良に関する徹底した見識だ。肥沃な地方の、いま差押えになっている大きな土地を買える見込みがある。父上の家を売った金《かね》をそれに当てよう。その土地の一部は貸し、一部は残しておく。ぼくたちは、君がそこへ行って、改良を指導してくれることを期待している。そうすれば、大きなことは言わないが、二、三年うちにはその土地は、三割方は値が上がる。それをまた売って、もっと大きい土地を買い、それを改良してまた売る。それには君はうってつけの人間だ。その間《かん》ぼくたちは家にいて、事務の方は手抜かりなく片づける。そうすればぼくたちはやがて、人も羨《うらや》むような境遇になれるだろう。

これで失敬する。旅の生活を楽しみ給え。楽しく有益に過ごせるところなら、どこにでも行き給え。最初の半年は君がいなくても大丈夫だ。だから好きなように世の中を見て回ってくれればいい。利口な人間は旅で最上の教養を身につけるものだ。では、さようなら。君とこんな親密な間柄になれたのを、そして今後は仕事の面でも一緒にやれるのを喜んでいる」

この手紙はうまく書けており、さまざまな経済上の見識も含まれていたけれども、ヴィルヘルムには一方《ひとかた》ならず気に入らなかった。でっちあげの統計や、工業や、農業の知識に関する賛辞も、彼にはひそかな非難のように思え、義弟が市民生活の幸福について書いている理想にも、彼はなんの魅力も感じなかった。むしろひそかな反抗の精神によって、それとは真反対の方向に激しくかり立てられた。彼が得たいと願っている教養は、舞台の上でのみ完成されるのだと確信し、彼の決心は、それと知らずしてヴェルナーがますます明確に反対の立場を表明しているだけに、いっそう強められるように思えた。それにたいして彼はあらゆる論拠をかき集め、およぶかぎり自分の意見を強固なものにした。賢明なヴェルナーに伝えるには、それを有利な光のもとに置く必要があると思ったからである。こうして返辞が出来上がった。それも同様にここにはさんでおくことにしよう。

第三章

「君の手紙は大変うまく書かれており、また抜かりなく賢明に考えられているので、ぼくとしてはもうつけ加えることはなにもない。しかし君は、それと真反対のことを考え、主張し、実行しても、それも正しい場合がありうる、とぼくが言っても、許してくれるだろう。君の生き方、考え方は、無制限に所有し、気楽に愉快に楽しもうということにつきる。ぼくがそういうことになんの魅力も感じないということは、言う必要もないくらいだ。

残念ながら最初に打ち明けておかなければならないのは、ぼくの日誌は、父を喜ばせる必要があって、友人の助けを借りて、いろんな書物から寄せ集めたものなのだ。そのなかに含まれていることや、そのほかその類《たぐい》のことはいろいろ知ってはいるが、皆目《かいもく》理解しているわけでもないし、それにかかわり合うつもりもない。ぼくの内部が金屎《かなくそ》でいっぱいなのに、いい鉄を作ったところでなにになろう。ぼく自身まとまりがつかないのに、農地の改良などどうしてできよう。

一言《ひとこと》でいえば、あるがままの自分を残りなく育て上げること、それがおぼろながらも、幼い頃からのぼくの願いであり、目標だった。いまもこの考えは変わらない。それを実行する手段がいくらかはっきりしてきただけだ。ぼくは君が思うよりも多く世間を見てきたし、君が考えるよりもうまく世間を利用してきた。だから、君の考えどおりではないかもしれないが、ぼくの言うことを多少は注意して聞いてくれ給え。

ぼくが貴族なら、ぼくらの戦いはわけなく片づくだろう。しかしぼくは市民だから、ぼく自身の道を選ばなければならないのだ。どうかぼくの言うことをわかってくれ給え。外国のことは知らないが、ドイツでは、貴族にだけ、ある種の一般的な、あえて言えば、個人的な形成が可能なのだ。市民でも功績をあげることができる。必要にせまられれば、精神を陶冶《とうや》することができる。しかし人品《じんぴん》となると、どうあがいてみてもなんともならない。もっとも高貴なひとびとともつき合う貴族にとっては、端正な態度を身につけることが義務となる。そしてこうした態度は、いかなる門戸《もんこ》もとざされていないために、端正であるとともに、のびやかなものになる。また貴族は、宮廷であれ、軍隊であれ、その容姿と人品で、ことを処理しなければならぬので、容姿や人品を大切にし、また大切にしていることを人に示す必要がある。日常的な事柄においても示される重々しい優雅さ、あるいはまた、真剣な重大な事柄において示される気楽な優美さは、貴族にふさわしい。なぜなら、それらは、いかなる場にあっても平衡を保っていることを示すからだ。貴族は公的な人格だ。その身ごなしが洗練され、その声がよく透《とお》り、その態度全体が冷静で沈着であればあるほど、彼はより完全になる。彼の接するのが、高貴な人であれ、賤《いや》しい人であれ、友人であれ、身内の者であれ、その態度に変りがなければ、非のうちどころはない。それ以上望むものはない。彼は冷やかであっても思慮があればよい。本心を隠しても賢明であればよい。生きる上でのいかなる瞬間にも、外面的に自己を抑制できれば、それ以上なにも求める必要はない。彼が自己に、あるいは自己の周りに持っている他のすべてのもの、能力、才能、富、すべてがたんなる付録のように思える。

ところで、そうした利点を多少でもわがものにしたいと思う市民がいたらどうなるか。彼は間違いなく失敗するね。そして彼は、その種の能力や本能を生来《せいらい》あたえられていればいるほど、不幸になるにちがいない。

貴族は日常生活においてなんら制限を受けず、場合によっては、王侯、あるいは王侯にひとしい地位につけるのであるから、つねに平然として王侯の前に出ることができる。彼にはつねに昇進の望みがある。一方、市民にとってもっともふさわしいのは、自分にたいして引かれている境界線のなかで、純粋に、静かな気持で生きることなのだ。市民は、『おまえは何者なのか』とたずねることは許されない。『おまえはなにを持っているか、いかなる見識、知識、能力を持っているか、どれほど財産を持っているか』が問われるだけなのだ。貴族は人格の表示によってすべてをあたえることができるが、市民は人格によっては何物もあたえることはできないし、またあたえるべきではないのだ。貴族は光り輝くことが許されるし、またそうであるべきなのだ。市民は存在するだけでなければならない。市民が光り輝こうとするならば、滑稽で、馬鹿馬鹿しいだけだ。貴族は行為し、影響をあたえなければならない。市民はなにかを成就し、創造しなければならない。市民は役に立つためには、個々の能力を鍛《きた》え上げなければならない。そしてそれには、彼の存在には調和がなく、またあってはならないということが前提となっている。なぜなら、ひとつの方法で役立つためには、ほかのすべては放棄しなければならないからだ。

このような差別が生ずるのは、貴族が僭越《せんえつ》であるからでもなければ、市民が卑屈であるからでもない。社会状態そのもののためなのだ。その点がそのうちいくらか変わるか、なにが変わるか、そんなことはぼくは気にかけない。要するにぼくは、いまあるがままに、自分のことだけ考えればいいのだ。いかにしてぼく自身と、ぼくのやみ難い欲求を、救い、かつ達成するかだけを考えればいいのだ。

生まれのために拒まれている、ぼくが生まれながらにして持っているものを、ぜひとも調和的に育成したいという願いは、抵抗し難いほどになっている。君と別れて以来ぼくは、体を鍛えることによって、多くのものを得た。ぼくはいつも戸惑ってばかりだったが、それもあらかたなくなった。自分の意見を述べることもかなりできるようになった。同様に言葉づかいも声も訓練し、人中へ出ても嫌われなくなったと、自惚《うぬぼ》れでなく言うことができる。公人となり、もっと広い世間に出て、人に好かれ、活動したいという欲望が、日ましに抑え難くなっているのを否定しようとは思わない。さらに、文学と、文学に関係のあるすべてのものとにたいする愛着と、ぼくにぜひとも必要な享受の面でも、そのうち、いいものだけを真にいいとし、美しいものを美しいとする精神と趣味を鍛え上げてゆきたいという欲求がある。君もわかってくれると思うが、ぼくにとっては、このすべてが舞台の上でだけ見出されるし、ぼくは、この唯一の領域で、思うままに活動し、自分を鍛え上げることができるのだ。舞台の上では、教養さえあれば、人間として、上流社会と同じように、光栄に包まれることができる。精神と肉体とがつねに歩調を揃えて努力しなければならない。ぼくは舞台で、ほかの場合と同じように、成功し輝くことができると思う。そのほかにも、その気にさえなれば、そこには機械的な厄介な仕事がいくらでもある。ぼくは毎日ぼくの忍耐力を鍛えることができる。

以上のことについては議論を吹っかけないでくれ。君の返事がくる前にぼくはもう一歩を踏み出しているからだ。世間の先入見を避けるために、ぼくは名前を変えるつもりだ。なんといっても、マイスター*という名で舞台に出るのは恥ずかしいからね。これで失敬する。ぼくたちの財産は信頼できる人の手に託されているのだから、ぼくはなんの心配もしていない。必要な場合はお願いするつもりだ。それも多額にはならないだろう。ぼくの芸で食ってゆくつもりでいるからだ」

手紙を発送し終えるとすぐに、ヴィルヘルムは、手紙に書いた言葉を守り、役者になりましょう、妥当な条件で契約を結びましょうと突然申し出て、ゼルロとほかの者を大いに驚かせた。契約はすぐにまとまった。ゼルロが前々から申し出ていた条件は、ヴィルヘルムもほかの者も十分に満足できるものであったからである。こうして、われわれが長いあいだ話題にしてきた不幸な一座の全員が突然採用されたのであったが、ラエルテスのほかは、誰一人ヴィルヘルムに感謝の意を現そうとはしなかった。彼らは、頼む時に信頼していなかったのと同様、受ける時も感謝しなかった。むしろたいていの者が、採用されたのはフィリーネのおかげだと思い、彼女に感謝した。そのうち契約書が出来上がり、署名が行われた。そしてヴィルヘルムが芸名を署名しようとした瞬間、不思議な連想で、負傷してフィリーネの膝に横たわっていたあの森の広場の光景が目の前に浮かび上がってきた。好ましい女騎士《アマツォーネ》が白馬に乗って茂みから現れ、近づき、馬から下《お》りる。行きつ戻りつして親切に世話をやき、ついに彼の前に立つ。外套が肩からすべり落ち、顔と体が光に包まれる。そして消えた。こうして彼は、なにをしているのかも知らずに、機械的に署名した。署名を終えたあとで初めて、ミニョンがそばに立って彼の手を取り、そっと引っこめさせようとしていたのに気づいた。

第四章

ヴィルヘルムが舞台に立つに当って求めた条件の一つは、ゼルロによってかならずしも完全に承認されたわけではなかった。ヴィルヘルムは『ハムレット』を、省略することなく、原作のまま上演することを求めた。ゼルロはこの奇妙な要求を、可能なかぎりでという条件で承諾した。これについては二人はこれまでにもたびたび議論してきた。なにが可能で、なにが可能でないか。細切《こまぎ》れにしないで、なにを原作から取り除くことができるか、これについての二人の意見は甚だしく異なっていた。

まだヴィルヘルムは、好きな女性や、尊敬する作家にもなんらかの欠点があるものだということが理解できない幸福な時期にあった。そういう時期には、彼らにたいして抱くわれわれの感情には、隅々に至るまで欠けるところがないので、彼らのうちにも、そうした完全な調和があると考えてしまうのである。一方ゼルロは、過度なまでに篩《ふるい》にかけた。彼の慧眼《けいがん》はいかなる作品にもつねになんらかの欠点を見つけた。作品がいかにすぐれて見えようとも、それをさほど慎重に扱う必要はないと考えていた。したがって、シェークスピアにも、とくに『ハムレット』には多くの手を加える必要があるというのである。

ゼルロが麦粒から籾殻《もみがら》を取り除くんだと言っても、ヴィルヘルムは耳をかさなかった。「麦粒と籾殻が入り交《ま》ざってるんじゃないんだ」とヴィルヘルムは言った。「幹と大枝、小枝、葉と蕾《つぼみ》と花と果実なんだ。それらが寄り合い支え合って一つになってるんじゃないだろうか」ゼルロは、幹全体を食卓に出すわけにはいかない、芸術家は金《きん》のりんごを銀の皿に盛って*客に出さなければならない、と言った。二人はつぎつぎに比喩を持ち出し、二人の意見はますます隔たるように思えた。

ある時ゼルロが、長い論争のあとで、手っ取り早く片《かた》をつけるもっとも簡単な方法は、さっさとペンをとって、悲劇のなかでうまく行きそうもないところは削除し、二、三の人物を一人にまとめることだ、このやり方がまだよくわからないか、その勇気がないなら、その仕事は自分が引き受けてもいい、たちどころに片をつけてみせる、と言ったとき、ヴィルヘルムはすっかり絶望しそうになった。

「それじゃあ約束と違うよ」とヴィルヘルムは言った。「君ほど見識のある人が、どうしてそう軽率なことが言えるんだね」

「ヴィルヘルム君」とゼルロが言った。「君だっていずれこうなるんだ。これが、世界じゅうどこの劇場でも行われたことのないひどいやり方だってことぐらい、ぼくだってよく知ってるよ。しかし、ドイツの演劇界ほどでたらめなところがほかにあるかね。こんな吐き気を催すような刈り込みをやらせるのは劇作家なんだ。観客だってそれを認めてる。役者の数、装飾、舞台装置、上演時間、会話の長さ、役者の体力、こういうものの限度を越えていない作品がどれほどあるかね。それにもかかわらずぼくたちは芝居をしなけりゃならない。つぎつぎに芝居をして、しかも新しいものをやらなきゃならない。刈り込んだ作品でも、もとのままの作品と同じ効果があげられるなら、自分の都合のいいようにやればいいんだよ。観客自体それを望んでるんだからね。ドイツ人のなかで、おそらくはあらゆる近代国民のなかで、作品全体の美を感じとる人はごく少数だ。たいていの人が、部分的にほめたり、けなしたり、熱狂したりしてるんだ。芝居がいつも寄せ集めの、ばらばらのものであるために、いちばん得《とく》をしているのは役者なんだよ」

「そのとおりだろう」とヴィルヘルムは言った。「だけどいつまでもそうであるはずはない。すべてが現状のままでいいわけがない。君がなんと言おうと、君が正しいとは思わないね。この世のどんな権力を用いたって、ぼくに契約を守らせることはできないよ。

とんだ思い違いから結んだ契約なんだからね」

ゼルロは話が険悪になるのを避けて、ヴィルヘルムに、『ハムレット』についてこれまで何度も交《かわ》した二人の会話をもう一度思い返して、上手な改作の方法を考えてくれと頼んだ。

ヴィルヘルムは、二、三日一人でとじこもったあとで、明るい目をして現れた。「ぼくの思い違いでなければ、全体をうまい具合に改作する手を見つけたよ」と彼は言った。「そうなんだ。シェークスピアがその天才を主要点にばかり向けないで、また、下敷にした小説に惑わされなかったら、シェークスピア自身そうしただろうと思うね」

「聞かしてもらおう」とゼルロはゆったりと長椅子に腰をすえながら言った。「じっくりと聞かしてもらおう。その代り批評は余計きびしくなるがね」

「かまいませんよ。まあ聞いてください」とヴィルヘルムは答えた。「ぼくはよくよく調べ、熟考を重ねた結果、この作品の構想は二つに分けられると考えたんだ。第一は、人物や事件の主要な内的関係であり、主要人物たちの性格や行動から生ずる強力な作用だ。これらはその一つ一つが見事で、配列の順序も改めようがない。どんなふうに手を加えようが、壊すことどころか、ゆがめることもできない。これこそ誰もが見たいと望んでいるものであり、誰もが手を触れようとしないものなのだ。魂の奥深くまでゆり動かすのはこれであり、ドイツの舞台でもほとんどそのまま演じられているということだ。この作品に指摘できる第二の点は、人物たちをある場所からほかの場所へ動かしたり、あれこれの偶然の出来事によって結びつけたりする外的な関係だ。従来これはあまりにも軽視されて、ことのついでに述べられるだけだったり、まったく省略されるかしてきたが、ぼくはこれは間違いだったと思う。たしかにこの外的関係という糸は、細くてゆるやかなものだが、作品全体をつらぬき、それがなければばらばらになってしまうものをつなぎ合わせている。事実、この糸をたち切って、それでもう十分だと思って、切《き》れ端《はし》をそのままにしておくと、全体がばらばらに壊れてしまう。

この外的関係というのは、ノルウェーの政情不安、王子フォーティンブラスとの戦争準備、その叔父老王への使者派遣、紛争の解決、王子フォーティンブラスのポーランド遠征、末尾における彼の帰還、さらにホレイショーのヴィッテンベルクからの帰国、ハムレットがそこへ行きたがること、レイアーティーズのフランス旅行、その帰国、ハムレットのイギリスへの放逐、海賊の捕虜になること、持参人を殺せという書状をたずさえた二人の廷臣の死、などのことだ。これらの状況や事件は、長編小説ならばそれに広がりをあたえるだろうが、とくに主人公がなにも計画をもっていないこの戯曲では、統一をひどく損ない、大きな欠点になっている」

「いやあ、お見事、お見事」とゼルロは言った。

「まぜっかえさないでください。ほめられるようなことばかり言うわけじゃないからね」とヴィルヘルムは言った。「これらの欠点は、仮の支柱のようなもので、壁でしっかり下支えをする前に取り外すわけにはいかない。そこでぼくの提案はこうです。前に述べた重要な第一の状況にはまったく手を触れないで、全体としても個々の点でもそのままにしておく。その代りに、まとまりのない、ばらばらな、印象を拡散するモティーフは全部一挙にとりはらって、一つのモティーフに置き換えるのです」

「で、そのモティーフは？」とゼルロは、気楽な姿勢から身を起こしながらたずねた。

「それはもう作品のなかにある」とヴィルヘルムは答えた。「それをうまく利用するだけだ。ノルウェーの政情不安だ。ぼくの案を検討してみてください。

ハムレットの父王が死ぬと、征服されたばかりのノルウェーは不穏《ふおん》になる。ノルウェーの総督は、ハムレットのかつての学友で、勇気にかけても、世才《せさい》にかけても、誰にもひけをとらない息子のホレイショーをデンマークに帰らせ、艦隊の準備を建議させる。

しかしそれは、逸楽にふけっている新王のもとでは一向にはかどらない。ホレイショーは先王を知っている。最近の戦争に参加して、先王の寵愛を得ていたからだ。したがって第一幕の亡霊の場面はそのまま残ります。ついで新王はホレイショーに謁見《えっけん》を許し、艦隊の準備を早める任務をあたえるとともに、レイアーティーズをノルウェーに派遣して、艦隊がまもなく到着することを知らさせる。一方、母の王妃は、ホレイショーとともに艦隊に乗りこみたいというハムレットの願いを許さない」

「こいつぁ有難い」とゼルロは言った。「そうするとヴィッテンベルクも大学も要《い》らなくなる。これがいつも厄介な障害だったんだ。君の着想は素晴らしい。ノルウェーと艦隊という二つの遠景だけ空想すればいいんだからな。あとはみんな目で見られる。あとはみんな舞台の上で起こる。空想力で世界中かけ回る必要はないわけだ」

「あとをどうまとめようと思っているかは、君もわかるだろう」とヴィルヘルムは言った。「ハムレットはホレイショーに義父の罪業を打ち明ける。するとホレイショーはハムレットに、一緒にノルウェーへ行き、軍隊を掌握し、軍備を整えて帰国するように勧める。ハムレットが王と王妃にとって危険な存在となったので、彼らは、彼を艦隊に送りこんで、ローゼンクランツとギルデンスターンを目付役につけておくのが、彼からのがれるいちばん手っ取り早い手段だと考える。そのうちレイアーティーズが帰ってくると、暗殺にやっきになっているこの青年にも、ハムレットのあとを追わせる。艦隊は逆風のために動けなくなり、ハムレットはまた戻ってくる。彼が墓地を歩き回る場面も、うまく動機づけることができるかもしれない。オフィーリアの墓場でのレイアーティーズとの再会の場面は重要で、どうしても必要だ。そこで王は、ハムレットを即座に片づけた方がいいと考える。送別の宴《うたげ》、レイアーティーズとの見せかけの和解の宴が賑《にぎ》やかに催される。騎士の試合が行われ、ハムレットはレイアーティーズと剣をまじえる。四人とも死んで幕をとじる。誰も生き残ってはいけない。国民の選挙権が復活され、ハムレットは死に臨んで、ホレイショーに一票を投ずる」

「さあ、大急ぎで机について、仕上げてくれ」とゼルロは言った。「構想には全面的に賛成だ。意欲が煙にならんように気をつけてくれ」

第五章

ヴィルヘルムはすでに長いあいだ『ハムレット』の翻訳に取り組んでいた。そのさい彼が参照したのは、ヴィーラント*のすぐれた翻訳であった。そもそも彼が初めてシェークスピアを知ったのも、この翻訳によってであった。ヴィーラントの訳で省略されているところも補った。したがって、彼がこの作品の取扱いについてゼルロとほぼ一致した時には、彼の翻訳は完全に仕上がっていた。いよいよ改作にとりかかり、自分のプランにしたがって、刈り込んだり、はめこんだり、分離したり、つなぎ合わしたりした。変更したものをまたもとに戻すこともしばしばであった。自分の構想には満足していたものの、実行しているうちに、つねに、原作を損なっているだけだ、という気がしたからである。

書き終えると、早速、ゼルロとほかの一座の者の前で朗読した。一同非常に満足の様子であった。とくにゼルロは、いろいろと好意的な意見を述べた。

例えば彼は、「この作品にはいろんな外的な事件がからんでいるが、それらは、偉大な詩人が描いているよりも簡単でなければならないということを、君はよく見抜いている」と言った。「舞台の外で起こること、観客の目に見えず、観客が想像しなければならないものは、演じている俳優の背後にある背景のようなものだ。その背景を、艦隊とノルウェーという大きくて単純なものとしたおかげで、作品が非常によくなった。背景を全部とりはらってしまうと、この作品はたんなる家庭劇になって、ここに見られるような、王家全体が内部の犯罪と不手際によって滅びるという雄大な構想が、十分な品位をもって表現できなくなる。しかし背景が、多様で、つねに変化し、混乱していると、人物の印象がうすれてしまう」

ヴィルヘルムはまたシェークスピアの肩をもち、シェークスピアはこれを、島国の人のために、つまり、背景として舟や航海や、フランスの海岸や海賊を見慣れているイギリス人のために書いたのであり、彼らにとっては、われわれを戸惑わせ、混乱させるものも、日常茶飯の事なのだ、と言った。

ゼルロもこれを認めないわけにはいかなかった。こうして二人は、この作品はともあれドイツの舞台で演じられるのであるから、原作よりも重みがあり、単純な背景の方が、ドイツ人の想像力に適しているという点で一致した。

配役は前からきまっていた。ゼルロはポローニアスを、アウレーリエはオフィーリアを引き受けた。ラエルテスにはすでにその名前*からしてレイアーティーズが割り当てられた。ホレイショーの役は、新しくやってきた若い、ずんぐりした、陽気な青年が引き受けた。王と亡霊役だけは少々面倒であった。二つの役にはやかまし屋の老人しか残っていなかった。ゼルロは王の役に「うるさ型」を推《お》し、ヴィルヘルムはそれに頑強に反対した。容易に結論が出なかった。

さらに、ヴィルヘルムは彼の台本に、ローゼンクランツとギルデンスターンの二つの役をそのまま残していた。「なぜ君はこれを一つにまとめなかったんだね」とゼルロはたずねた。「これを一つにするのは簡単じゃないか」

「とんでもない。そんな短縮はごめんだ。そんなことをすれば、意味も効果もなくなってしまうよ」とヴィルヘルムは答えた。「この二人の役割と行動は、一人では表現できない。こんなちょっとしたことにも、シェークスピアの偉大さが現れているのだ。そっと登場して、ぺこぺこ這いつくばり、なんでも言われるまま、おべっか、ごますり、すばしっこくて、気取り屋、なんでも知っていて、しかも空《から》っぽ、心《しん》からの悪党で、役立たず、こういう手合いを一人で表現することはできないよ。できるものなら少なくとも一ダースぐらい欲しいところだ。というのは、彼らは群れをなして初めて何者かであり、群れそのものなのだ。シェークスピアは控え目に、また賢明に、二人でこの群れを代表させている。ぼくの改作ではこの二人を、ひとりの、善良で立派なホレイショーの対照として登場させるつもりなんだ」

「わかったよ」とゼルロは言った。「まあなんとかなるだろう。一人はエルミーレ(やかまし屋の上の娘はこう呼ばれていた)にやらせよう。二人が善人に見えたって構わないだろう。あのお人形たちをめかし立て、しっかり仕込んで、面白いものにしてやろう」

フィリーネは、劇中劇の王妃をやることになって、大満悦であった。「最初の良人《おっと》をとっても愛していたのに、さっさと第二の良人と結婚するのを、いたって自然なことのようにやってみせるわ。大喝采を受けると思うわ。そして、誰でも第三の良人になりたいと思わせてやる」

アウレーリエはこの言い草を聞いて嫌な顔をした。彼女のフィリーネにたいする反感は日ましに大きくなっていた。

「バレーがないのはまったく残念だな」とゼルロが言った。「バレーがあれば、最初の良人とも第二の良人ともパ・ド・ドゥ*を踊ってもらうんですがね。最初の良人は拍子につられて眠りこんでしまう。そうすると、舞台の奥の小さな舞台で、あなたの足とふくらはぎが、この上なしにかわいく見えるんですがね」

「わたしのふくらはぎなんか知らないくせに」と彼女はつんとして答えた。「わたしの足なら」と言って、素早くテーブルの下に手をのばし、上靴《うわぐつ》を取り上げて、ゼルロの前に並べた。「ほら、上靴よ。これよりかわいいのがあったら見せてもらいたいわね」

「こいつぁ魂消《たまげ》た」と、ゼルロはかわいらしい上靴を見ながら言った。たしかに、それ以上のものは容易に見られない上品な上靴であった。

それはパリ製で、フィリーネが伯爵夫人から贈物としてもらったものであった。伯爵夫人は足の美しいので有名な人だった。

「魅力的な代物《しろもの》だね。見るだけで胸が騒ぐよ」とゼルロは言った。

「まあ、大袈裟な」

「こんな上品な、美しい上靴の上をゆくものはないが、見てるよりも音を聞く方がもっと素敵だぞ」とゼルロは言って、上靴を手に取り、代るがわるテーブルの上に落とした。

「なんのつもり？　さあ、返して」

「こう言っちゃなんだが」とゼルロは、つつましげに、生真面目《きまじめ》ぶって言った。「われわれ独り身は、夜はたいてい一人で、おまけにご多分にもれず怖がりときてるから、暗がりにいると相手が欲しくなるね。とりわけ、宿屋だとか、あまり気味のよくない知らない所にいると、気立てのいい娘《こ》が相手になって、手を貸してくれると、心底《しんそこ》ほっとするね。夜になって、ベッドに寝てると、カサカサと音がして、ぞっとする。ドアがあいて、かわいい囁《ささや》き声が聞こえ、そっと忍び寄る。カーテンがざわついて、カタン、コトンと上靴が落ちる。さっと入ってくる。もう一人じゃない。ああ、ヒールが床の上に落ちる時の愛らしい、またとない音。その形が愛くるしいほど音もかわいい。ナイチンゲール、小川のせせらぎ、風のそよぎ、オルガンの調べ、笛の音、お好きなように並べるがいい。ぼくにはあれだ、あのカタン、コトン——カタン、コトン、これはロンドー*にもってこいの主題だな。何度聞いても飽きがこない」

フィリーネはゼルロの手から上靴を取り戻して、「ヒールが曲がっちゃったわ。この上靴は大きすぎるんだ」と言った。そうしてしばらくそれを弄《もてあそ》んでいたが、そのうち底をこすり合わせ始めた。「こんなに熱くなっちゃったわ」と、それを頰に当てながら言い、またこすって、ゼルロに差し出した。ゼルロは触ってみようと思って、何げなく手をのばした。「カタン、コトン」と彼女は叫んで、ヒールを思いっきり彼の手に叩きつけた。悲鳴をあげて彼は手をひっこめた。「わたしの上靴を見たら、もっとほかのことを考えるものよ」と彼女は笑いながら言った。

「年寄を子供扱いするにはこうやるんだ」とゼルロは叫んで、おどり上がり、力まかせに彼女を抱きしめて、何度も唇を押しつけた。そのたびに彼女は、巧みに逆らうふりを装いながら、されるままにしておいた。もみ合ううちに、彼女の長い髪はほどけて、二人にまといつき、椅子は倒れた。アウレーリエは、この騒ぎで、自分が侮辱されたように思って、いまいましそうに席を立った。

第六章

『ハムレット』に新たに手を加えるに当って、多くの人物が割愛《かつあい》されたが、依然その数は多く、一座の人数では足りないくらいであった。

「こうなったら」とゼルロは言った。「あのプロンプターにも、穴から出てきて、われわれと一緒に、一役やってもらわなきゃなるまいね」

「ぼくもあのプロンプターにはたびたび感心しました」とヴィルヘルムは言った。

「あれほど完璧なプロンプターはいないと思うな」とゼルロが言った。「観客にはまるで聞こえないのに、舞台にいるおれたちには一綴《ひとつづ》りも洩らさずわかるんだからな。あの男は特別製の喉《のど》をもっていて、まるで守護神みたいに、おれたちが困った時には、ちゃんと聞こえるように囁《ささや》いてくれるんだ。役者がその役所《やくどころ》のどの部分を完全にものにしているかを感じとっていて、記憶が怪しくなってくると、早くから嗅《か》ぎつけるんだ。何度かぼくは、せりふにざっと目を通しただけで舞台に出て、あの男に逐一せりふをつけてもらって、うまくやりおおせたことがある。もっともあの男には、役者をそっちのけにしてしまう妙な癖がある。脚本に心《しん》から共感して、感動的な場面になると、朗読するんじゃなくて、夢中になって朗唱するんだ。この癖で、ぼくも何度か戸惑ったものだ」

「わたしもいつか」とアウレーリエが言った。「もっと別の変な癖で、とても難しい所で立往生《たちおうじょう》したことがあるわ」

「あんなに注意深い男なのに、どうしてそんなことになったんでしょうね」とヴィルヘルムが言った。

「あの人はある箇所にくると、感動してしまって、涙がぽろぽろ。われを忘れてしまうの」とアウレーリエが言った。「あの人がそんな状態になるのは、本当は、いわゆる感動的な箇所ではないの。平たく言うと、作者の純粋な心が、明るい、こだわりのない目からのぞいているようなところなの。ほかの人ならいいなと思う程度で、たいていの人が見逃してしまうようなところなの」

「そんな繊細な心を持っているのに、どうして舞台に出ないんでしょうね」

「しゃがれ声なのと、身ぶりが硬いんで、舞台には向かないんだね。それに憂鬱症的な性分《しょうぶん》なので、一座の者ともつき合わないんだ」とゼルロが言った。「ぼくに打ち解けさせようと思ってずいぶん骨折ってみたが、駄目だったね。あの男の朗読は素晴らしいもので、あんなのは聞いたことがないね。朗読と情熱的な朗唱との微妙な区別なんか、誰も真似できないね」

「しめた、それだ。こいつはたいしためっけ物だ」とヴィルヘルムは叫んだ。「あの荒武者ピラス*のくだりを朗唱してもらう役者が見つかりましたよ」

「なんでも最終目的に用立てるには、君のような情熱をもってなきゃ駄目なんだね」とゼルロは言った。

「あの箇所は割愛しなければならないんじゃないか、しかしそうすると、作品全体が間延《まの》びするんじゃないかと、本当に心配だったんです」とヴィルヘルムは言った。

「わたしにはよくわからないけど」とアウレーリエは言った。

「そのうちわかっていただけますよ。シェークスピアが新来の役者たちを登場させるのには、二つの目的があるのです。第一に、プライアム*の死を、自分でもあれほど感動して朗唱する役者は、王子その人に深い感銘をあたえ、動揺している若い王子の良心をゆすぶります。そうして、この場面は、小さな劇中劇が王に非常に大きな効果をあたえるつぎの場面の前奏曲になっているのです。ハムレットは、他人の、しかも作り話の苦しみにあんなにも大きな同情を寄せる役者を見て、自らを恥じ、直ちに、同じやり方で義父の良心を試してみようと思いつくのです。第二幕の幕切れの独白はなんて素晴らしい独白でしょうね。ぼくは、あれを朗唱するのがいまから楽しみです。

『ああ、なんというふぬけだ、なんというだらしない卑怯者だ、おれは。――おそろしいことじゃないか、いまここにいたあの役者。ただのそらごと、かりそめの激情を燃やすだけで、おのが心を思うままにあやつり、顔面蒼白、――目には涙！　狂乱のおもざし！　声も乱れ！　体全体が一つの思いに貫かれている！　しかもなんのためだ！――ヘキュバ*のためだ！――ヘキュバと彼と、彼とヘキュバのあいだに、泣いてやらねばならんなんの理由がある？』」

「なんとかしてあの人を舞台に引き出せないものかしら」とアウレーリエが言った。

「気長に引き込むことだね」とゼルロが言った。「下稽古の時あの男にこの箇所を読んでもらって、ここをやる役者はもうじきくる、とかなんとか言って、あの男を口説《くど》き落とす手を考えるんだね」

そのことでは意見が一致したので、話は亡霊に移った。ヴィルヘルムは、現在の王の役を「うるさ型」にやらせ、その結果やかまし屋が亡霊を演ずることになるのが、承知できなかった。それよりは少し待っていれば、採用を願っている俳優が何人かいるので、そのなかに適当な役者がいるかもしれないと思った。

したがって、夜、机の上に、彼の芸名宛ての、奇妙な筆跡の手紙を見出した時のヴィルヘルムの驚きのほどは容易に察しられよう。

「おお、風変りな青年よ。われらの知るところでは、君は『ハムレット』のために、亡霊はもとより、人が得られなくて大いに困惑している。君の熱意は奇跡と呼ばれるに価する。われわれは奇跡を行うことはできないが、奇跡らしきものは生ずるであろう。信じよ。必要な時に亡霊は現れる。勇気をもて。落ち着け。返事無用。君の決心はわれらの知るところとならん」

彼はこの奇妙な手紙をもって、急いでゼルロのところへ引き返した。ゼルロはそれを繰り返し読み、最後に慎重な顔つきで、ことは重大である、あえてこのとおりにしてよいか、あるいはできるか、よく考えてみなければならん、と言った。二人はあれこれと多くのことを語り合った。アウレーリエは一言《ひとこと》も口をきかず、ときどきにやにやしていた。数日後この手紙がまた話題になったとき、彼女はあからさまに、あれはゼルロのいたずらだと思うと言った。そしてヴィルヘルムに、安心していらっしゃい、辛抱して亡霊を待っていらっしゃい、と言った。

総じてゼルロはひどく上機嫌であった。去って行く俳優たちも、手離したのを惜しまれようと、いい演技をすることに最善の努力をはらったし、新しい一座にたいする好奇心にも上々《じょうじょう》の収入が期待できたからである。

さらには、ヴィルヘルムとの交際も、彼に多少影響をあたえていた。芸術について以前よりも多く話すようになっていた。ともあれ結局は彼もドイツ人であり、ドイツ人というのは、自分のすることに弁明を加えることを好むからである。ヴィルヘルムはそうした談話をいくつか書きとめておいた。しかし物語をたびたび中断するわけにはゆかないので、そうした演劇論は、別の折に、興味をお持ちの読者のために述べることにする。

ある晩ゼルロは、ポローニアスの役を、どのように演じようと思っているかを話し始めたとき、ことのほか上機嫌であった。「こんどは貫禄《かんろく》のある人物を最高に演じてみせるつもりだ」と彼は言った。「それなりの落ち着きと自信、もったいぶって空《から》っぽ、愉快だが野暮《やぼ》、のんびりしているくせによく気がつく、邪心のない狡猾さ、嘘っぱちの誠、要所要所で、それらを立派に演じてみせよう。この白髪まじりの、実直で、ねばり強い、時勢におもねる小悪党を、演技でもせりふでも、まったく宮廷ふうに演じるつもりだ。そして、作者の少々大ざっぱで荒っぽいタッチも生かそうと思っている。用意のできている時は本でも読むように喋り、上機嫌な時には阿呆のように喋りまくる。調子のいいことばかり言う野暮天でもあるが、いつも乙《おつ》にすまして、からかわれてもそ知らぬ顔でいる。なにかの役を、こんなに楽しく、茶目っ気《け》まじりに引き受けたことはあまりないね」

「わたしも自分の役にそれほどの期待がもてたらと思いますわ」とアウレーリエが言った。「わたしにはオフィーリアになりきるだけの若さもしなやかさもありません。口惜《くや》しいけど、わたしにわかっているのは、オフィーリアの頭を狂わせる感情からだけは、いつになっても逃れられないだろうということだけですわ」

「そう難しく考えるのはやめましょう。ぼくだって、ハムレットをやってみたいと思うあまりに、この作品を徹底的に研究して、その挙句《あげく》に、とんでもないところへ迷いこんだんですからね。自分の役を研究すればするほど、ぼくの体つきが、シェークスピアがハムレットにあたえた体つきと、まるで違うということがわかってくるのです。ハムレットという役では、すべてが緊密につながり合っているということをよく考えてみると、まがりなりにでも効果が出せるものか、たいへん覚束《おぼつか》ないのです」

「君はまたえらく良心的に行路に乗り出そうっていうんだね」とゼルロが言った。「役者ができるだけ役に合わしてゆけば、役の方が、それ相応に役者に合わせてくるものなんだよ。シェークスピアがハムレットをどう描いているって？　君がまるで似ていないんだって？」

「第一にハムレットは金髪《ブロンド》です」とヴィルヘルムは言った。

「それは詮索のしすぎというものよ」とアウレーリエが言った。「どこからそういうことになるの」

「デンマーク人で、北欧人だから、生まれつきブロンドで、青い目をしてるんです」

「シェークスピアがそんなこと考えたかしら」

「はっきりそう書いてるわけじゃありません。しかしほかの箇所とのつながりから、どうしてもそうだと思えるんです。ハムレットは戦いに疲れて、顔から汗が流れます。

すると王妃が、『王子は太っているから、一息いれさせておあげなさい』と言います。そうするとブロンドで太っているとしか考えられないじゃありませんか。褐色の髪の人が、若くて太ってるなんて滅多《めった》にありませんからね。彼の定めない憂愁、ひ弱な悲しみ、優柔不断など、ブロンドの太っちょにぴったりじゃありませんか。ほっそりした、褐色の巻毛の青年なら、もっと決断と敏捷さが期待できるでしょうけど」

「イメージをこわさないで」とアウレーリエが言った。「太っちょのハムレットなんてごめんだわ。太った王子なんかやらないでね。原作と違ったって、魅力のある、わたしたちを感動させるハムレットをやってちょうだい。作者の意図よりわたしたちの楽しみの方が大事だわ。わたしたちが欲しいのは、わたしたちに似合いの魅力なのよ」

第七章

ある晩、小説と戯曲とどちらがすぐれているか、という議論になった。ゼルロは、それは無駄な、見当外《けんとうはず》れの議論だ、どちらもそれなりにすぐれている、ジャンルの枠を越えさえしなければいいいんだ、と言った。

「そのことはぼくはまだよくわからないんですが」とヴィルヘルムは言った。「誰だってわかってやしないよ。しかし、この問題をよく考えてみるのは、骨折甲斐《ほねおりがい》のあることだと思うな」とゼルロは言った。

彼らはあれこれとさまざまなことを話し合い、結局、ほぼつぎのようなことが、彼らの談話の結論であった。

小説でも戯曲でも、われわれが見るのは、人間の本性《ほんせい》であり、行為である。二つの文学様式の違いは、たんに外的形式にあるのではなく、また、戯曲においては、人物が語り、小説においては、多くの場合人物について語られる、という点にあるのでもない。残念なことに、多くの戯曲は、対話的な小説にすぎない。これでは、書簡体で戯曲を書くことも不可能ではない。

小説において描かれるのは、主として、思想と事件であり、戯曲においては、性格と行為である。小説はゆっくりと進まなければならない。そして主人公の思想は、いかなる方法によってであれ、全体が慌《あわただ》しく展開しようとするのを抑制しなければならない。戯曲は急速に進まなければならない。主人公の性格は、時折《ときおり》抑制を加えられるのみで、結末に向かって突き進まなければならない。小説の主人公は受動的でなければならない。

少なくとも、高度に能動的であってはならない。戯曲の主人公には、能動的な行為が求められる。グランディソン、*クラリッサ、パミラ、ウェイクフィールドの牧師、トム・ジョーンズ、これらの人物は、受動的でないまでも、抑止的な人物である。事件はすべて、ある程度、彼らの性格にしたがって作られている。戯曲においては、主人公に即して作られるものはなにもなく、すべてが主人公に抵抗する。主人公は障害を行路から押しのけるか、あるいはそれに屈伏する。

彼らはまたつぎの点でも一致した。小説では偶然の働く余地があたえられるが、しかしその偶然は、作中の人物の思想によって引き起こされるものでなければならない。それに反して、人間とは関《かかわ》りのない、偶然の外的事情によって、人間が思いもかけぬ破局へとかり立てられるのは、戯曲にしか許されない。偶然は悲壮な局面を呼び起こしはするが、けっして悲劇的な局面を生み出すことはない。それに反して、運命はつねに恐ろしいものでなければならない。そして、罪ある行為にせよ、罪なき行為にせよ、互いになんの関連もない行為が、運命によって結び合わされて不幸をもたらすとき、最高の意味において、運命は悲劇的となる。

これらの考察は、また風変りな『ハムレット』に、この作品の特徴に帰って行った。

主人公には思想しかなく、彼が出合うのは事件だけである。したがってこの作品には、いくらか小説風なところがある。しかし、全体のプランを描いたのは運命であり、この作品の出発点は恐ろしい行為であり、また主人公はつねに恐ろしい行為へとかり立てられているのであるから、この作品は、最高の意味において悲劇的であり、したがって、悲劇的な結末しかありえない、というのが一同の結論であった。

いよいよ本読みが行われることになったが、ヴィルヘルムはこの本読みというのを、一つの祝祭のように考えていた。各役は、前もって丹念に原作と照合しておいたので、この面からの障害はありえなかった。俳優たちは皆この作品をよく知っていたので、ヴィルヘルムは、始める前に、本読みの重要性を説明するだけでよかった。音楽家が、譜面を見ただけですぐにある程度弾《ひ》けることが要求されるように、俳優は、いや、教育ある人間は、初見《しょけん》でも、戯曲、詩、物語の特徴を直ちに読み取り、巧みに朗読できなければならない。俳優がすぐれた作者の精神や意図を、前もって味得しているのでなければ、暗記してみたところでなんの役にも立たない。字面《じづら》だけではなんの効果も生じない、と彼は言った。

ゼルロは、本読みさえきちんとできたら、ほかの下稽古、いや、舞台稽古でもあまりやかましいことは言わないつもりだ、と言った。「一般に、役者が勉強、勉強と言うのほど滑稽なことはないからね」と彼は言った。「フリーメーソン*の連中が労働を口にするのと同じだと、ぼくには思えるね」

本読みは思惑どおりに運んだ。一座の名が上がり、収入もよかったのは、この数時間を活用した結果であると言ってもよかった。

「ヴィルヘルム君、君《きみ》が連中に、あんなに真剣に言って聞かせてくれたのは本当によかったよ」とゼルロは、また二人だけになったとき言った。「もっとも、連中が君の希望どおりやってくれるか怪しいもんだがね」

「どうしてですか」

「ぼくの知る限りでは、ひとびとの想像力をかき立てるのは容易だし、なにか物語をしてやれば喜んで聞いてくれる。しかし彼らに、創造的な空想力を見つけるのは難しい。役者連中にはとくにこれが著しい。美しい、立派な、華々しい役につけてもらえれば、誰もが大満足だ。自惚《うぬぼ》れ心で主人公の役についているだけで、それ以上のことは滅多にしない。人もそう思ってくれるだろうかなど、気にもかけない。作者が作品を書く時なにを考えたか、役をこなすには、自分の個性のなにを捨てなければならないか、まったく別の人間になりきっているという確信によって、観客にもそれを確信させるにはどうすればいいか、演技力の内的真実によって、舞台を神殿に変え、厚紙の書割《かきわり》を森に変えるにはどうすればいいか、これらのことをいきいきととらえている役者は滅多にいない。こうした精神の内的強度だけが、観客の目をあざむき、こうした虚構の真実のみが効果を生み、幻想を呼び起こすということを、誰が理解しているか。

だから、精神だの、感情だのと、あまりうるさいことは言わないことにしよう。うちの連中には、まず字面《じづら》の意味を諄々《じゅんじゅん》と説明して、理解させるのが、いちばん確実なやり方だね。そうすれば、才能のある者は、急速に、精神豊かな、感性豊かな表現を身につけるだろうし、才能のない者でも、少なくとも、まったく見当違いな演技や朗唱はしないだろう。一般的にも言えることだが、役者が、字面さえまだよく呑みこめていないのに、精神がどうのこうのと言うことほど、みっともない思い上がりはないね」

第八章

最初の舞台稽古のとき、ヴィルヘルムは非常に早くきたので、舞台にいるのは彼一人であった。舞台の風景は彼を驚かせ、不思議な記憶を呼び起こした。森と村の書割は、故郷の町の舞台で、それも舞台稽古の時に見たのとそっくりであった。あの朝マリアーネが熱烈に愛を告白し、最初の仕合せな夜を約束してくれたのだった。舞台の農家は、田舎のそれと同じく、どこの舞台でもよく似ている。本物の朝日が、半ば開かれた鎧戸《よろいど》から差しこみ、扉の横にいい加減に固定されたベンチの一部を照らしている。口惜《くや》しいことに朝日は、あの時のように、マリアーネの膝と胸を照らしてはいなかった。彼はベンチに腰を下ろし、この不思議な一致に思いをめぐらした。いまにもこの場に、マリアーネが姿を現すのではなかろうかと思った。ああ、しかし、この書割を必要とする切狂言が、当時ドイツの舞台でしばしば上演されたというだけのことであった。

ほかの役者たちがやってきて、彼の思いを妨げた。同時に、楽屋によく顔を出す二人の常連が入ってきて、熱烈にヴィルヘルムに挨拶した。一人はどうやらメリーナ夫人に思召《おぼしめし》があるらしかったが、一人は根っからの芝居好きであった。どんな立派な劇団でもファンに欲しがるような人物であった。彼らが芝居通《つう》なのか、あるいはたんなる芝居好きなのかは、ちょっと言い難かった。しかし彼らが芝居通か否かは別として、たいへんな芝居好きであったことに間違いはない。そしていいものを尊重し、悪いものを拒否するだけの目はもっていたが、一方では、芝居好きのあまり、あまり出来のよくないものまで、それなりに評価した。そして、始まる前から胸をときめかせ、見終わると、それを思い返してはまた楽しむ素晴らしい喜びは、彼らには何物にも代え難かった。舞台の道具立てさえも彼らには喜びであり、精神的なものは彼らを恍惚《こうこつ》とさせた。ばらばらな下稽古さえ、彼らに幻想を呼び起こすほどの芝居好きであった。欠点はつねに、遠くにある物のように目に入らず、いい点は、身近な物のように胸にふれた。要するに彼らは、すべての芸術家が、それぞれの分野で、願わしく思うような愛好家であった。書割から平土間へ、平土間から書割へと好んで行き来し、お気に入りの居場所は楽屋であった。役者の姿勢や衣装、朗読や朗唱を熱心に注意してやったり、彼らのあげた効果について活発に話し合ったり、役者たちがつねに注意を怠らず、怠けず、正確であるように、絶えず骨折り、ときどき皆におごってやったり、ちょっとした贈物をしたり、あまり金《かね》のかからない席を設《もう》けてやったりした。二人は下稽古や上演のさいに、舞台に顔を出してもよいという特権をあたえられていた。『ハムレット』の上演に関しては、彼らは、すべての点で、ヴィルヘルムと一致しているわけではなかった。ヴィルヘルムはときどきは譲ったが、たいていは自分の意見を通した。そして全体としては、この話し合いは、彼の趣味を鍛えるのに役立った。彼は二人に、彼がいかに彼らを有難く思っているかを率直に告げた。しかし彼らは、この共同の努力が、ドイツ演劇の新時代を招来するのに役立とうなどとは夢にも考えていなかった。

舞台稽古のとき、この二人がいてくれたのは非常に役立った。とくに彼らが力説したのは、舞台稽古の時も、上演の時にやろうと思っている姿勢や動作は、つねにせりふと結びつけ、すべてが習慣的に一致するようにしなければならない、ということであった。とくに手は、悲劇の舞台稽古の時に、下《くだ》らない動きをしてはならない。舞台稽古のとき、嗅ぎタバコを吸う悲劇役者を見ていると不安になる。そういう役者は、上演のさい、きっと同じ場面で、ひとつまみやりたくなるからだ。さらに、短靴をはいてやらなければならない役を、長靴をはいて稽古してはならない。舞台稽古のとき女優が、スカートのひだに手をつっこんでいるのを見るほど苦痛なことはない、と彼らは断言した。

そのほかにも、二人の説得によって非常に有益なことが生じた。すなわち、男優全員が軍事教練を受けることになったのである。「軍人の役がたくさん出てくるのですから」と彼らは言った。「最低の教練も受けたことのない人間が、大尉や少佐の制服を着て、舞台の上をうろつき回るのを見るほど、惨めなことはありませんからね」

ヴィルヘルムとラエルテスの二人が、まず最初に、ある下士官《かしかん》の教練を受け、同時にフェンシングの練習を熱心につづけた。

こうして二人は、うまい具合に寄せ集められた一座の養成に非常な努力をはらった。彼らの度外《どはず》れの愛好者ぶりを、時に観客にもの笑いの種にされながらも、いずれは観客に満足してもらえるであろうと思って、心を砕いたのであった。ところが役者たちは、この二人にさほど感謝しなければならないとは思っていなかった。とくに役者にとっての主要点、すなわち、大きな声で、明瞭にせりふを述べるのは役者の義務であるということを、口をすっぱくして教えようとしたからである。これについては、最初二人が考えてもいなかったほどの抵抗と反発があった。たいていの者が、いまのままで十分聞こえていると主張し、観客に聞こえるようにせりふを述べようと努力する者はほとんどいなかった。ある者は建物の欠陥のせいにし、ある者は、自然に、そっと、優しく語らなければならない時に、大声をあげるわけにはいかない、と言った。

おそろしく辛抱強い二人の愛好家は、あらゆる手をつくして、このもつれを解きほぐし、このわがままに片《かた》をつけようと努めた。彼らは理を説き、ときにはお世辞《せじ》までつかって、ついにその目的を達した。そのさい、ヴィルヘルムのよき先例がとくに役立った。彼は稽古のとき、二人にいちばん遠い席に坐ってもらい、はっきり聞きとれない時には、すぐさま、キーでベンチを叩いてくれるように頼んだ。彼は明瞭に発音し、適度に声を出し、しだいに調子を高めたが、もっとも激した箇所でもがなり立てるようなことはしなかった。キーの音は、練習を重ねるごとに減った。ほかの者もしだいにこのやり方を受け入れ、ついには、こんどの芝居は、劇場の隅々まで、誰の耳にも聞きとれるであろうことが期待できるようになった。

この例を見ても、人間というものは、いかに自己流のやり方によってのみ、その目標に到達しようとするか、本来自明なことを理解させるのにも、いかに苦労しなければならないか、何事かをなそうと願っている者に、それあって初めてその計画が可能となる初歩的な条件を認めさせることが、いかに困難であるかがわかる。

第九章

舞台装置や衣装や、その他必要なものがつぎつぎに整えられていった。ヴィルヘルムは、いくつかの場面、いくつかの箇所について、奇妙な提案をし、ゼルロもそれを承知した。それは、一つには契約のさいの約束を考慮してのことであり、一つには自分も納得したからのことであったが、同時にまた彼は、こうした譲歩によってヴィルヘルムを手中におさめ、つぎの機会に、それだけ有利に自分の意図に従わそうと思っていたのである。

ヴィルヘルムの提案というのは、例えば、最初の謁見《えっけん》の場では、王と王妃は、幕の上がった時から玉座に着いており、廷臣たちはその両脇に立ち、ハムレットは目立たないように廷臣のあいだに立っていることにしようというのであった。「ハムレットはじっとしていなければなりません。黒い服を着ているだけでも、結構目立つからです。彼は人目に立たないように隠れていなければなりません。謁見が終わって、王が彼に息子として話しかける段になって初めて、前面へ出て、そこからこの場面が動き出すようにすればいいのです」

もう一つ厄介な問題は、ハムレットが母親との場面で激しい調子で口にする二つの肖像画であった。「二つとも等身大にして、舞台の奥の正面ドアの両側にかけて欲しいのです」とヴィルヘルムは言った。「しかも先王のは、亡霊と同じように完全に武装して、亡霊が現れるのと同じ側にかけなければなりません。その姿勢は、右手でなにか命令するような様子をし、少し横を向いて、肩越しに見るようにして欲しいのです。それは、亡霊がドアから出て行く瞬間に、肖像画と亡霊を完全に同じにするためです。その瞬間、ハムレットが亡霊の方を見、王妃が肖像画を見るようにすれば、効果は非常に大きいでしょう。その場合、義父の方には国王の正装をさせますが、先王よりは見栄えのしないように描いてもらいたいのです」

そのほかにもいろんな問題点があったが、それについてはおそらく触れる機会がまたあるであろう。

「最後にハムレットが死ななければならないという点についても、君はゆずる気はないんだね」とゼルロがたずねた。

「ハムレットを生かしておくわけにはいきませんよ。作品全体が彼を死に追いつめて行くんですからね。それについてはもう十分話し合ったじゃありませんか」

「しかし観客は生かしておきたいと思うよ」

「ほかのことならいくらでも観客を喜ばしてやりますが、今度ばかりは駄目です。ぼくたちだって、慢性の病気で死ぬ立派な有能な人を見たら、もっと長生きしてもらいたいと思いますよ。家族は泣いて医者にすがりつきますが、医者も生かしておくことはできません。医者が自然の必然に抵抗できないのと同様、ぼくたちは、誰もが認める芸術の必然に逆らうことはできません。観客が抱くべき感情ではなく、抱きたいと思っている感情をかき立てるのは、観客にたいする間違った譲歩です」

「金《かね》を払う者は自分の好きな商品を選べるんだぜ」

「ある程度はね。観客は尊重しなければなりませんが、子供のように扱って、金《かね》さえ取り上げればいいというものではありません。観客には、いいものを見せることによって、しだいに、いいものにたいする感覚と趣味を培《つちか》ってやらねばなりません。そうすれば彼らは、二倍も満足して金《かね》を払ってくれるでしょう。なぜなら、悟性どころか理性でさえ、この支出を非難することはできないからです。教化し、将来にたいして目を開いてやるためなら、かわいい子にするように、観客におべっかを使うことも許されましょう。しかし、誤りをいつまでもつづけさせ、それを利用するために、貴族や金持におべっかを使うように、観客におべっかを使ってはいけないのです」

二人はさらにいくつかのことを論じ合ったが、それは主として、この作品にさらになにか手を加えることができるか、なにが手を加えてはならないかについてであった。それについては、これ以上立ち入らないことにする。おそらく将来、この改作された『ハムレット』そのものを、興味をお持ちの読者にお見せする機会があるものと思う。

第十章

本稽古*も終わった。それは異常に長くつづいた。ゼルロとヴィルヘルムには、気にかかることがまだいくつかあった。準備には多くの時間を費やしたにもかかわらず、ぜひとも必要なものがいまに至ってもなお出来上がっていなかったのである。

例えば二人の国王の肖像画がまだ出来ていなかった。非常に大きな効果が期待される、ハムレットと母親との場面も、亡霊役もきまらず、したがってその肖像画も出来ていないので、ひどく迫力に欠けた。ゼルロはえたりと冗談を言った。「亡霊が現れず、歩哨がほんとうに空《くう》に斬りつけ、プロンプターが書割《かきわり》のうしろから、亡霊のせりふを喋らなきゃならないことになったら、結局おれたちは、見事にいっぱい食わされたことになるね」

「ぼくたちが信じていないと、あの不思議な友人は逃げてしまうよ。あの人はきっといい時に現れて、ぼくたちや観客を驚かしてくれるよ」

「きっとね。これで明日芝居《あした》がやれたら結構なことだね。まったく、思った以上に手を焼かされるね」

「明日芝居がやれたら、いちばん喜ぶのはわたしよ」とフィリーネが言った。「わたしの役なんかたいしたことはないけど。ほかの何百という芝居と同じで、芝居が終わったらすぐ忘れられてしまうのに、明けても暮れても同じ話ばっかり聞かされるのはもう嫌になったわ。お願い、もう厄介な話はやめにして。食卓を離れたお客は、あとで、どんなご馳走にだってけちをつけるのよ。そうよ。家に帰ったら、あんなまずいものがどうして口にできたのかわけがわからない、なんて言うものなのよ」

「フィリーネさん、あなたの例をぼくの弁明に使わせてください」とヴィルヘルムは言った。「饗宴が開かれるまでには、どんなに多くのものを、自然と技術、商業や工業や手工業が一緒になって作り出さなければならないかを、考えてごらんなさい。ぼくらの食卓にのるまでには、鹿は森のなかで、魚は川や湖のなかで、長い年月を過ごしたのです。そして主婦や料理女が、すべてを台所で調理したのです。ぼくたちは、遠い所の醸造業者や、船頭や、酒蔵番の苦労など気にもかけないで、まるで初めからそこにあったように、食後のぶどう酒をすするのです。しょせん楽しみなどその場かぎりのものだからといって、こうしたすべての人が、働いたり、作ったり、整えたりしなくていいものでしょうか。あるいは一家の主《あるじ》が、こうしたすべてのものを集め、貯えておかなくてもいいものでしょうか。どんな楽しみもその場かぎりのものではありません。楽しみのあたえる印象は、あとあとまで残るからです。ぼくたちが努力し、骨折ったものは、観客にも目に見えない力をあたえます。その力がどれほどの働きをするかは、ぼくたちにはわかりませんけど」

「そんなことはみんなどうでもいいの」とフィリーネは言った。「男の人たちは、いつも矛盾だらけだってことが今度もわかったわ。偉大な作者を傷つけまいとしてびくびくものなのに、この作品のいちばん素敵な思いつきは放*っぱらかしなんですもの」

「いちばん素敵な思いつきだって?」とヴィルヘルムは言った。

「そうよ。ハムレットだって得意になってる思いつきよ」

「はて、どこかな」とゼルロが言った。

「かつらをかぶっていらっしゃるなら、きれいさっぱりにはがして上げたいわ。頭を冷やす必要がありそうですもの」

ほかの者は考えこみ、会話はとだえた。誰もが立ち上がっていた。夜もふけ、お開きにしたいようであった。きめかねて突っ立っていると、フィリーネが、しゃれた、気のきいたメロディーで歌をうたい始めた。

歌わないで、夜の寂しさを、
そんなに悲しい声で。
いいえ、夜は、おお、美しい人たちよ、
楽しい集《つど》いの時なのよ。

かつて、女が男にとって、
美しい半身であったように、
夜は、この世の半身なの、
いちばん美しい半身なのよ。

昼は喜びに水をさすだけ。
そんな昼がどうして楽しめましょう。

気をまぎらしてはくれるけど、
ほかには、なんの役にもたちはしない。

だけど、夜の時がくれば、
香《かぐわ》しいランプは闇をはらい、
唇に唇をよせ、
たわむれと愛がそそがれる。

昼間には、激しく燃えて駆けてゆく、
せわしない、軽はずみな、アモールも、
夜になれば、ささやかな贈物にも、
ふとしたたわむれにも、足をとめる。
小夜啼鳥《ナハテイガル》は、恋人たちに、
やさしく、愛の歌をうたう。

囚われ人、悲しみに沈む人には、
嘆きの歌にきこえようとも。

ひそかに、胸をときめかせて、
あなたたちは、鐘の音《ね》に聞きいる。
ゆるやかに、十二の時をうち、
安らぎと憩いにさそう鐘の音に。

されば、心やさしき人よ、
長き昼には、日ごとに、
その苦しみがあり、夜には、
夜の楽しみあるを、心に刻め。

フィリーネは、歌い終えると軽く腰をかがめ、ゼルロは大声にブラヴォーと叫んだ。彼女はドアからとび出し、笑いながら遠ざかって行った。彼女が歌いながら、ヒールの音を響かせながら、階段を下りて行くのが聞こえた。

ゼルロは横の部屋に入った。アウレーリエは、夜の挨拶をしたヴィルヘルムの前にしばらく立ちどまって、こう言った。

「いやな女ね。心底から嫌い。ちょっとした仕草まで。ブロンドなのに、右のまつ毛だけ茶色だなんて。兄は興味があるらしいけど、わたしは見るのもいや。額の傷だって、下品で、気味が悪いわ。いつでも十歩は離れていたい。このあいだ冗談めかして、子供のころ父親が顔に皿をぶつけて、あの傷が残ったんだって言ってたわ。目と額に、この女に気をつけろと書いてあるようなものだわね」

ヴィルヘルムはなにも答えなかった。アウレーリエはますます腹が立ってきたらしく、こう言った。

「あの女に、愛想のいい、丁寧な口をきくなんてとてもできないわ。それほど嫌いなんだわ。それなのに、あの女ときたらお世辞《せじ》たら。あんな女なんてごめんだわ。あなただって、ヴィルヘルムさん、あの女にいくらか好意をお持ちのようね。そんな様子を見ていると、胸が痛くなってくるわ。尊敬してるみたいな気のつかいよう。あの女にそんな値打なんか、これっぱかりもありゃしないのよ」

「あの人がどういう女であるにしろ、ぼくはあの人に恩義があるのです。あの人の態度に非難の余地があるにしても、あの人の性格は公平に見てあげなくちゃいけません」

「性格ですって？　あんな女に性格があると思うの？　ああ、男の人ったら。これで男の人がわかりますわ。あなたたちはあんな女が好きなのね」

「ぼくを疑ってるんですか、アウレーリエさん。あの人と一緒に過ごした一分一秒だって説明してあげますよ」

「まあ、まあ。もう遅いし、喧嘩《けんか》はやめましょう。男の人ってみんなおんなじね。お休みなさい、ヴィルヘルムさん。お休みなさい、わたしのきれいな極楽鳥さん」

ヴィルヘルムは、こんな渾名《あだな》を頂戴する理由をたずねた。

「またね、また今度。極楽鳥には足がなくて、空中を漂って、エーテルを食べて生きてるんですって。作り話。詩的な作り話よ。お休みなさい。運がよかったら、素敵な夢をごらんなさい」

彼女は、彼を一人にして、自分の部屋へ入った。彼も急いで自分の部屋へ上がって行った。

腹立ちまぎれに、彼は部屋のなかを歩きまわった。アウレーリエの冗談めかしてはいるが、断乎たる口調に傷ついていた。彼女の言い分はまったく不当だと、彼は深く感じた。彼はフィリーネを、すげなく、手荒く、扱うことはできなかった。彼女は彼になに一つ悪いことをしたわけではなかった。それにまた、彼は彼女に少しも愛情を感じてはいなかった。その点自ら顧みて、誇りをもって、確固として、恥ずるところはないと思った。

服をぬぎ、ベッドに近寄ってカーテンを開《あ》けようとしたとき、ベッドの前に一足《いっそく》の女ものの上靴《うわぐつ》を見て、すっかり魂消《たまげ》てしまった。片方は立ち、片方は横になっていた。――それはまぎれもなくフィリーネの上靴だった。カーテンも少し乱れ、それどころか、揺れているように思えた。彼は立ちすくみ、じっと目をこらした。

腹立ちのあまり気が動転して、息がつまりそうになった。しばらく息を整えてから、落ち着いた声でこう言った。

「起きなさい、フィリーネ。なにを考えてるんですか。あなたの賢明さや、つつましさはどうなったんですか。明日、一座じゅうの噂になりたいんですか」

そよともしなかった。

「冗談じゃありませんよ。こんないたずらはお門違《かどちが》いですよ」

なんの物音もなく、なんの動きもなかった。

ついに意を固め、憤然としてベッドに歩み寄り、カーテンを引き明けた。「起きなさい。今夜あなたに部屋を貸すわけにはいかないんです」

驚いたことにベッドは空《から》っぽだった。枕にも布団*にも手を触れたあとはなかった。あたりを見回し、隈《くま》なく探してみたが、いたずら者の影もなかった。ベッドのうしろ、煖炉や戸棚のうしろにもなにもなかった。いよいよ熱心に探し回った。意地の悪い観察者が見たら、彼は、フィリーネが見つけたくて探しているのだと思ったことであろう。

眠気は消え失せた。上靴を机の上に置き、部屋のなかを歩き回って、ときどき机のそばに立ち止まった。いたずら者の守護神がそれを見ていたならば、彼はほとんど一晩じゅうその愛らしい上靴にかかりきり、うれしげにそれを眺めたり、手に取ったり、弄《もてあそ》んだりし、その挙句《あげく》、ようやく明け方になって、服を着たままベッドに倒れこみ、奇妙な空想にうなされながら眠った、ということであろう。

実際、ゼルロが入ってきたとき、彼はまだ寝ていた。「なにをやってんだ。まだ寝てんのか。なんてこった。舞台へ探しに行ったんだ。舞台にはまだ仕事がいっぱいあるんだぞ」とゼルロは叫んだ。

第十一章

午前も午後も、あっという間《ま》に過ぎ去った。劇場はすでに満員だった。ヴィルヘルムは急いで着付けにかかった。初めて衣装を試着した時はゆったりした気分であったが、いまはそうもしていられなかった。慌てて衣装を着けた。楽屋の女性たちのところへ行くと、彼女らは口々に、なにもかもうまく出来ていない、美しい羽根飾りはずれているし、バックルはゆがんでいる、と非難した。そして、またほどいたり、縫ったり、ピンで止めたりし始めた。序曲が始まった。フィリーネはひだ飾りに苦情をつけ、アウレーリエはマントにいろいろと文句を言った。「放っといてください。だらしのない方がハムレットに似合うんです」と彼は叫んだが、女性たちは彼を放さず、彼を飾り立てつづけた。序曲は終わり、芝居が始まっていた。彼は鏡をのぞき、帽子を目深《まぶか》にかぶり、化粧を直した。

そのとき誰か駆け込んできて、「亡霊だ、亡霊だ」と叫んだ。

ヴィルヘルムは、その日は一日じゅう、ほんとうに亡霊が現れるだろうかという、いちばん気にかかる問題を考えてみる暇がなかった。いまその心配は完全に消え去った。いまはその不思議な客演者を待つばかりであった。道具主任がやってきて、なにかとたずねるので、ヴィルヘルムは、その亡霊を見に行く暇がなかった。急いで玉座に駆けつけた。そこにはすでに王と王妃が、廷臣に囲まれ、壮麗に輝いていた。かろうじて彼は、ホレイショーの最後のせりふを聞いただけであった。ホレイショーは亡霊の出現で、すっかり混乱し、あやうく自分の役柄も忘れるほどであるように思えた。

幕が上がると、満員の客席が目の前に見えた。ホレイショーは、せりふを言い終わり、王の前からひきさがると、ヴィルヘルムのところへやってきて、王子に言うような口調で、「亡霊は鎧《よろい》を着ておりました。恐ろしくて皆ちぢみあがりました」と言った。

そのあいだも、白いマントを着、頭巾《ずきん》をかぶった背の高い二人の男が、書割《かきわり》の奥に見えるだけだった。そしてヴィルヘルムは、気が散り、落ち着かず、戸惑ってしまって、最初の独白もうまく行かなかったような気がして、退場のさい盛《さか》んな喝采を浴びたにもかかわらず、つぎの身の毛もよだつ、劇的な冬の夜の場面に登場する時も、ひどく気乗りがしなかった。しかし気を取り直し、うまくはめこまれている、デンマーク人の酒宴と大酒に関するせりふを、いかにもそっけない調子で述べているうちに、観客と同様、亡霊のことなど忘れてしまった。そのため、ホレイショーが、「そら、出ました」と叫んだとき、実際、魂消《たまげ》てしまった。慌ててふりむいた。丈高《たけたか》い高貴な容姿、低い、聞こえぬほどの足音、重そうな甲冑《かっちゅう》をつけているのに軽《かろ》やかな身動きに、彼は強烈な印象を受けて、石化したように突っ立ち、声をひそめて、「天使たちよ、神の御使《み》いたちよ、われらを守り給え」と言うことしかできなかった。彼は亡霊に目をこらし、二、三度息をついてから、取り乱し、とぎれとぎれに、絞り出すように、亡霊に語りかけた。しかしそれが、いかなる名人も及ばぬほどに素晴らしい表現になった。

この箇所の彼の翻訳も大いに役立った。原作に則して訳してあったが、その語の配列が、不意をうたれ、驚愕《きょうがく》し、恐怖にとらえられた心の状態を現すのにぴったりであったのである。

「聖《きよ》らかな霊か、堕地獄の悪霊か、ただよわせるのは天の霊気か地獄の毒気か、意図が邪悪であろうと浄福であろうと、そのように威厳ある姿で現れたからには、ともに語ろう。ハムレット*と呼ぼうか、それとも国王、父上《ちちうえ》。ああ、答えてくれ!」——観客のあいだに深い感動が広がるのが感じられた。亡霊が手招きし、王子は、割れるような喝采を浴びながらあとに従った。

舞台が転換し、二人が遠く離れた空き地にやってきたとき、亡霊は不意に立ち止まり、ふりむいた。そのためハムレットは亡霊の間近に立った。渇望と好奇心にかられて、早速、見下ろしている眉庇《まびさし》の隙間《すきま》からのぞきこんだ。しかし、落ちくぼんだ目と、形のいい鼻が見えただけであった。おずおずと、うかがいながら、前に立っていた。しかし、兜《かぶと》のなかから最初の声が響き、よく通る、少ししゃがれた声で、「予《よ》はおまえの父の霊だ」と言ったとき、ヴィルヘルムはぞっとして、二、三歩あとずさりした。観客も皆ぞっとした。誰もがその声に聞き覚えがあるような気がした。ヴィルヘルムは父の声に似ていると思った。これらの奇妙な感情と思い出、客演者の正体《しょうたい》を知りたいという好奇心、しかしそれは彼を侮辱することになるのではないかという不安、この場で、彼に近寄りすぎるのは演技の上でもまずいのではないかという考慮、などのために、ヴィルヘルムの心は千々《ちぢ》に乱れた。亡霊の長いせりふのあいだ、彼は絶えず姿勢を変え、心が揺れ動き、途方に暮れ、注意をこらしているかと思うと、放心の状態であったりしたので、亡霊が皆の恐怖を呼び起こしたのと同様、彼の演技は皆の讃嘆を呼び起こした。亡霊は悲しみよりは、むしろ、恨みの、亡霊特有の長ったらしく果てしない恨みの感情をこめて語った。それは、この世のすべてから切り離され、無限の苦悩にひしがれている偉大な魂の嘆きであった。最後に亡霊は、奇妙な具合に奈落に沈んだ。軽い、灰色の、透き通ったヴェールが、蒸気のように迫《せ》りから吹き上がったかと思うと、亡霊を包み、沈んで行ったのである。

ハムレットの友人たちが帰って来、剣にかけて誓った。しかし亡霊は奈落でもぐらのように忙しく動き回り、彼らがどこに立っていても、絶えず足もとから、「誓え！」と叫ぶので、足に火がついたように慌てて場所を変えた。しかし場所を変えるごとに、足もとから小さな炎が上がり、ますます効果を高め、すべての観客に深い印象をあたえた。

こうして芝居はよどみなく進み、失敗はまったくなく、万事がうまく運んだ。観客は満足の様子を見せ、俳優たちの喜びとやる気は、場面ごとに盛り上がって行くように思えた。

第十二章

幕が下《お》り、激しい喝采が隅々から湧《わ》き起こった。四人の王侯たちの屍体《したい》は素早くとび上がり、大喜びで抱き合った。ポローニアスもオフィーリアも墓から出てきて、次回の予告を述べに幕の前に出たホレイショーが、盛《さか》んな喝采を受けているのを、うれしげに聞いていた。観客は別の芝居の予告など聞こうともせず、熱狂的に今日の芝居の再演を望んだ。

「大当りだ」とゼルロが叫んだ。「しかし今晩は理屈っぽい話はやめだ。問題は第一印象だ。誰かが初日で尻ごみしたり、勝手なことをしたからって、つべこべ言うのはやめよう」

会計係がやってきて、ずっしり入った金庫をゼルロに渡した。「初日にしては上々《じょうじょう》でしたよ」と彼は言った。「先の見込みも明るいでしょうな。ところで、約束の夕食会はどこであるんですか。今日はたっぷりご馳走になれるんでしょうな」

彼らは、舞台衣装のままで集まり、内輪で祝宴を催すことにしていたのである。場所の設定はヴィルヘルムが、料理の手配はメリーナ夫人が引き受けていた。

いつもは書割《かきわり》などを書くのに使っていた部屋をきれいに片づけ、いろんな書割をならべて飾り立てた。そのため、庭園のようにも柱廊のようにも見えた。入ってきた者は皆、多数のろうそくの光で目もくらむほどであった。惜しげもなく焚《た》かれた香《こう》のもやの漂うなかに、はなやかな輝きが、料理をならべ、飾り立てられた卓の上に広がっていた。誰もが歓声をあげながら、手回しのよさをほめ、勿体《もったい》ぶった身ぶりで席に着いた。まるで、霊界の王一家が食卓を囲むという形であった。ヴィルヘルムはアウレーリエとメリーナ夫人のあいだに、ゼルロはフィリーネとエルミーレのあいだに席を占めた。誰もが、自分自身と、自分の席にご満悦であった。

二人の芝居好きも、同様に席につらなり、一座の喜びを盛り上げていた。二人は、上演中何度も舞台裏を訪れ、自分や観客の満足ぶりを、飽くことなく伝えていた。今度は個々のことに話を転じ、誰もがそれぞれにほめ上げられた。

信じられぬほどに熱をこめて、それぞれの功績や、出来のよかった場面が、つぎつぎにほめそやされた。食卓の端《はし》につつましく控えていたプロンプターも、ピラスの荒武者ぶりを大いにほめられた。ハムレットとレイアーティーズの剣さばきは、いくらほめてもほめ足りないという有様であった。オフィーリアの悲しみは、口にもつくせぬほど美しく、高雅であったし、ポローニアスの演技に至っては、言うべき言葉もない、ということになった。居合わす者は皆、他人にあたえられる賛辞のうちに、またその賛辞を通して、自分への賛辞を聞きとった。

居合わさない亡霊も賛辞と称讃を受けた。亡霊は恵まれた喉《のど》と、すぐれた感覚によってその役をこなした。皆がもっとも不思議に思ったのは、この男が、一座のうちに起こったすべてのことに通じているように思えたことであった。彼が画家のモデルになったように、描かれた肖像画にそっくりであった。芝居好きの二人は、亡霊が肖像画の近くに現れ、瓜二つの像の前を通り過ぎるのを見てぞっとした、と口をきわめてほめた。あの場面は虚実が奇妙に入り交《ま》じっていて、王妃には亡霊が見えないのだと、観客は本当に信じこんでいた、と言った。この機会にメリーナ夫人は、あの場面で、ハムレットが下の亡霊を指さしているのに、じっと上の肖像画を見ていた、と言って大いにほめられた。

亡霊はどうやって入ってきたんだろう、と皆がたずね合った。そして道具係から、いつもは舞台装置でふさがれているが、今晩はそれをゴシック風の広間に使ったので開《あ》いていた裏木戸から入ってきた、と聞かされた。白いマントを着、フードをかぶった二人の大柄な男が入ってきた。二人は区別がつかぬほどよく似ていた。二人は第三幕が終わると、おそらくまたそこから出て行ったのであろう、ということであった。

特にゼルロは、亡霊がめそめそとした泣《な》き言《ごと》口調にならないばかりか、真の英雄にふさわしく、息子を鼓舞するせりふを最後につけ加えたのをほめた。ヴィルヘルムはそれを覚えていたので、台本に書き加えようと約束した。

誰もが饗宴にうかれて、子供たちと竪琴弾きがいないのに気づいていなかった。しまもなく彼らは、ひどく陽気に登場してきた。誰もが奇妙な恰好をして、一同揃っ入ってきた。フェーリクスはトライアングルを鳴らし、ミニョンはタンバリンを打ち、老人は肩にかけた重い竪琴を前に回して、それを弾《ひ》いた。彼らは食卓を回り、いろんな歌をうたった。皆が彼らに料理をあたえ、また、子供たちに親切をするつもりで、飲みたいだけ甘いぶどう酒を飲ませた。というのは、彼ら自身が、今晩二人の芝居愛好者から贈られた何籠かの高価なぶどう酒をたらふく飲んでいたからである。子供たちは跳《は》ね回り、歌いつづけた。とくにミニョンは、かつて見たこともないようなはしゃぎようであった。彼女のタンバリンは、想像もできぬほどに巧みで鮮やかであった。皮に当てた指を素早く動かして鳴らすかと思うと、手の甲や拳《こぶし》で打ち、あるいは、さまざまなリズムで、皮の部分を、膝や頭に打ち当て、あるいはまた、鈴だけを鳴らし、こうして単純きわまる楽器から、まことに多彩な音色《ねいろ》を誘い出したのであった。こうして長いあいだ騒ぎ回ったあとで、子供らは、ヴィルヘルムの真向いの席の肘掛椅子が空《あ》いていたので、そこへ坐りこんだ。

「そこは空けときなさい」とゼルロが言った。「そこはどうも亡霊の席らしいんだ。亡霊がきたらひどい目にあわされるぞ」

「亡霊なんかこわくない」とミニョンは言った。「来たらどいてあげるわ。あれはあたしの叔父さんなの。悪いことなんかしないわ」この言葉は、彼女の父親ということになっている男が、「大悪魔」と呼ばれていたことを知らない者には、なんのことかわからなかった。

一同顔を見合わせ、ゼルロが亡霊の正体を知っているのではないかという疑いがますます強くなった。一同喋り、かつ飲んだ。そして女たちは、ときどきおずおずとドアの方を見た。

大きな肘掛椅子に坐っている子供たちは、箱から顔を出している道化人形のように、顔だけ食卓の上に出していたが、その恰好のまま人形芝居をやり始めた。ミニョンは螺子《ねじ》のきしむ音をそっくりに真似、しまいには、本物の木の人形でなければ耐えられないほど、頭をぶつけ合ったり、食卓の角《かど》にぶつけたりした。ミニョンは気でも違ったようにはしゃぎ、皆は、初めは面白がって笑っていたが、しまいには止めに入らねばならなくなった。しかし、なんと言って言い聞かせてもやめようとはしなかった。とび上がり、タンバリンを手に持って、狂ったように食卓の周りを踊り回った。髪をなびかせ、首をのけぞらせ、手足を空中に投げ出すようにした。その姿はマイナス*を思わせた。古代の美術品に見られるその奇怪な、あるとも思えぬ姿勢は、いまもなおわれわれを驚かすのである。

子供たちの芸と騒ぎにかき立てられて、ほかの者も一役買って、一座を楽しませようとした。女たちはカノンを二、三うたい、ラエルテスはナイチンゲールの鳴き声を真似、「うるさ型」はビヤボン*で協奏曲をピアニッシモでやった。そのうち、隣り合った男女はさまざまな戯《ざ》れごとを始め、手を触れ合ったり、からませたり、そのうちの何組かは、お安くない気配も見え始めた。とくにメリーナ夫人はヴィルヘルムに、あからさまな愛情をかくしおおせぬという風体《ふうてい》であった。夜もふけてきた。わずかに一人だけ冷やかに構えていたアウレーリエは、立ち上がって、ほかの者に、お開きにしましょうと言った。

ゼルロはお別れに花火を披露した。どうやるのかわからないが、口で、打上げ花火、爆竹《ばくちく》、輪転花火の真似をした。目をとじていると、それは本物そっくりに聞こえた。一同立ち上がり、婦人方に手を差し出し、家まで送って行った。ヴィルヘルムは最後にアウレーリエと部屋を出た。階段のところで出会った道具係が、「これが、亡霊が消えた時のヴェールです。迫《せ》りにかかっていました。いま見つけたんです」と言った。――「奇妙な聖遺物だね」とヴィルヘルムは言って、それを貰い受けた。

その瞬間、彼は左腕をつかまれ、同時に、激しい痛みを感じた。ミニョンが隠れていて、彼をつかまえ、腕に噛みついたのであった。彼女は彼のそばをすりぬけ、階段をかけ下りて消えた。

外に出てみると、たいていの者が、今夜は少し飲みすぎたと気づいた。別れの挨拶もせず散って行った。

部屋にたどり着くや否や、服をぬぎすて、灯《ひ》を消して、ベッドにもぐりこんだ。たちまち眠りに落ちたが、煖炉のかげになにか物音がして目が覚めた。熱した空想の前に、甲冑《かっちゅう》をつけた王の姿が漂った。身を起こして亡霊に話しかけようとした。そのとき、やわらかい腕に抱きしめられ、激しいキスで口をふさがれ、胸が押しつけられた。彼にはそれを押しのける気力はなかった。

第十三章

翌朝ヴィルヘルムは不快な気持でとび起きたが、ベッドは空《から》だった。眠っても完全にはぬけきらない酔いのために頭は重かった。見知らぬ夜の訪客《ほうきゃく》のことを考えると落ち着かなかった。最初に疑ったのはフィリーネであったが、彼が抱いた愛らしい体はフィリーネのものとは思えなかった。激しい愛撫を受けながら、ヴィルヘルムは、この不思議な、無言の訪客のかたわらに眠ったのであったが、いまはその痕《あと》さえ見当らなかった。ベッドからとび出し、服を着ながら見ると、いつもは閂《かんぬき》をかけておく扉が半開きになっていた。昨夜《ゆうべ》きちんと締めたかどうかは思い出せなかった。

しかしもっとも不思議だったのは、ベッドの上に見つけた亡霊のヴェールであった。おそらく自分で持ってきて、そこへ投げ出しておいたのであろう。それは灰色のヴェールで、その縁《ふち》に文字が黒く縫いこんであった。彼はヴェールを広げ、つぎのような文句を読んだ。「最初にして最後。逃げよ！　若者、逃げよ！」彼はぎょっとし、言うべき言葉もなかった。

その瞬間ミニョンが入ってき、朝食を持ってきた。彼はミニョンの様子を見て驚いた、というよりは愕然とした。彼女は一晩のうちに大きくなったように思えた。気品のある端正な態度で近寄り、真剣な目つきで彼の目をのぞきこんだ。彼は見返すことができなかった。彼女はいつもと違って彼に触れなかった。いつもは手を握ったり、頬や口や腕や、あるいは肩にキスをするのであったが、今朝は用事をすますと黙って出て行った。

きめられていた本読みの時間が近づき、一同顔を揃えたが、昨日の祝宴のために、誰もが調子が狂っていた。勢いよく説いて聞かせた原則に、自分が最初に背《そむ》くことがないように、ヴィルヘルムはせいいっぱい気をひきしめた。日頃の訓練のおかげでなんとか切り抜けた。訓練や習慣は、すべての芸術において、天才や気まぐれがしばしば見逃す空隙《くうげき》を埋めてくれるものなのである。

たしかにこの機会に、将来長くつづくような状態、いや、生涯の生き方をきめる職業となるような状態を、祝宴をもって始めてはならないという考えの正しいことが確かめられたのである。祝い事は、ことが成功をおさめた時に初めて行われるべきものなのである。最初に行われる祝祭は、努力を呼び起こし、長くつづく労苦にさいして、われわれに力を貸してくれるはずの、意欲と力を失わせるからである。あらゆる祝祭のうちでもっとも不適切なのは、結婚式のさい賑々《にぎにぎ》しく祝宴を行うことである。何物にもまして結婚式は、静粛に、謙虚に、希望をもって、とり行われなければならない。

こうしてこの日は何事もなく過ぎ去った。ヴィルヘルムには、この日ほど気の抜けた日はないような気がした。夜にはいつものように議論することもなく、皆はあくびをし始めた。『ハムレット』にたいする興味もなくなり、明日二回目の公演をしなければならないのを、むしろ煩《わずら》わしいことのように思った。ヴィルヘルムは亡霊のヴェールを見せた。それを見て誰もが、亡霊は二度と顔を見せないだろうと考えないわけにはいかなかった。とくにゼルロの意見がそうであった。彼はあの奇妙な人物の助言にはよく慣れているようであった。しかし、「逃げよ！　若者、逃げよ！」という言葉の意味は説明できなかった。またゼルロには、一座のもっともすぐれた俳優を去らせる意図をもっているらしい人物に、賛成できるはずもなかった。

そこで、仕方なく、亡霊の役はやかまし屋に、王の役は「うるさ型」にやらせることになった。二人は、それらの役はすでに勉強してあると明言した。それは不思議でもなんでもなかった。二人は、というのは、この芝居は、何度となく稽古し、細々《こまごま》と議論していたので、誰もが、いつでも役を取り替えることができるほど熟知していたからである。それでも、いくつかの点は急いで稽古した。すっかり遅くなって別れるとき、去りぎわにフィリーネはヴィルヘルムに、「上靴をとりに行かなくちゃならないわ。錠をかけないでね」とそっと囁《ささや》いた。部屋に帰ったとき、彼はこの言葉に少なからず当惑していた。昨夜の客はフィリーネだったかもしれないという推測が、この言葉によって強められたからである。われわれもこの意見に同意せざるをえない。とくにわれわれには、この点彼を疑ったり、別の変な疑いを彼に抱かせたりする理由が見当らないからである。彼は落ち着かないままに、何度となく部屋のなかを歩き回った。そして本当に、閂《かんぬき》はまだおろしていなかった。

突然ミニヨンが部屋にとびこんできて、ヴィルヘルムをつかまえ、「マイスターさん、大変、火事です！」と叫んだ。ドアからとび出すと激しい勢いで上の階段から煙がおしよせてきた。通りでも「火事だ」という叫びが聞こえた。竪琴弾きが楽器を腕に抱え、煙のなかを、息をきらして階段をかけ下りてきた。アウレーリエが部屋からとび出し、小さなフェーリクスをヴィルヘルムの腕に投げた。

「この子をお願い。わたしたちはほかの物を出しますから」と彼女は叫んだ。

危険はさほど大きくないと考えたヴィルヘルムは、まず火元にかけつけ、広がらないうちに消そうと思った。子供を老人にあずけ、小さなアーケードを通って庭に通じている螺旋《らせん》階段を下《お》り、子供たちと外にいるように命じた。ミニョンは灯《あか》りを持って、老人の足もとを照らした。ついでアウレーリエにも、同じ道を通って荷物を運び出すように言った。そして自分は煙のなかにおどりこんだが、たちまち危険を冒《おか》す無駄を悟った。炎は隣の家からくるらしく、すでに屋根裏部屋の木組みや梯子《はしご》階段に移っていた。救助にかけつけたほかの者も彼も、煙と火に苦しんだ。しかし彼は皆をはげまし、水を持ってこいと叫んだ。そして皆に、炎を避ける時は一歩一歩下がるように言い、皆と一緒に留まるからと約束した。その時ミニョンがかけ上がってきて、「マイスターさん、フェーリクスを助けて！　おじいさんは気が違った！　フェーリクスを殺そうとしている！」と叫んだ。ヴィルヘルムは夢中で階段をかけ下《お》り、ミニョンはあとを追った。

アーケードに通じる階段の最後の二、三段目のところで、彼は驚いて立ち止まった。そこに積んであった藁《わら》と柴の大きな束《たば》が、あかあかと燃え上がっていた。フェーリクスは地面に倒れて、泣き叫んでいた。老人はうなだれて、脇の壁のそばに立っていた。「どうしたんだ、じいさん」とヴィルヘルムは叫んだが、老人は答えなかった。ミニョンはフェーリクスを抱き起こし、ようやく庭へひきずって行った。ヴィルヘルムは燃えている束をばらし、踏み消そうとしたが、かえって炎の勢いを強めただけだった。しまいには眉や髪の毛まで焦げだしたので、庭へ逃げ、炎のなかを老人を引っ張って行った。老人は、髯《ひげ》をこがしながらしぶしぶついて行った。

ヴィルヘルムは急いで庭じゅう子供たちを探し回った。二人は離れた園亭の入口の所にいた。ミニヨンは一心にフェーリクスを落ち着かせようとしていた。ヴィルヘルムはフェーリクスを膝に抱き上げ、たずねたり、撫《な》でたりしてみたが、二人の子供からまとまった話はなにも聞き出せなかった。

そのうち火は猛烈な勢いで何軒かの家に燃え移り、辺り全体を照らし出した。ヴィルヘルムは炎の赤い光で、フェーリクスを調べてみた。傷や血も見られず、瘤《こぶ》もなかった。体じゅう撫でてみたが、痛がる様子はなかった。フェーリクスはしだいに落ち着き、炎を驚いて見ていたが、そのうち、垂木《たるき》や梁《はり》がつぎつぎに燃え上がり、イルミネーションのように輝くのを見て、はしゃぎ始めた。

ヴィルヘルムは服や、そのほかの失ったかもしれないもののことは考えなかった。非常に大きな危険をのがれた二人の子供が、自分にとっていかに大事であるかを痛切に感じた。まったく新しい感情でフェーリクスを胸に押しつけ、ミニヨンも、うれしく優しい気持で抱こうとした。しかしミニョンはそれをそっと拒み、彼の手をとってしっかりと握りしめた。

「マイスターさん」と彼女は言った(彼をこの名で呼ぶのは今夜が初めてで、これまでは、旦那さまとか、のちには、お父さんと呼んでいた)。「マイスターさん、ほんとうに危ないところを助かったわね。フェーリクスは死ぬところだった」

ヴィルヘルムは、いろいろとたずねてみた結果、ようやくつぎのようなことを知ることができた。ミニョンがアーケードの所まできたとき、竪琴弾きは彼女の手から灯《あか》りを奪い取り、やにわに藁に火をつけた。それからフェーリクスを下《お》ろすと、奇妙な身ぶりで、手をフェーリクスの頭に置き、彼を生贄《いけにえ》にしようとするかのようにナイフを引き抜いた。ミニョンはおどりかかり、彼の手からナイフを奪い取り、大声をあげたので、いくつかの物を庭へ出していた人が家からかけつけて、彼女を助けてくれた。しかしその人は取り乱していたので、老人とフェーリクスだけをあとに残して、また行ってしまった。

二、三軒の家がすっかり火に包まれていた。アーケードが燃えているので、誰も庭へくることができなかった。ヴィルヘルムは、自分の持物よりも友人たちのことが心配で、途方に暮れていた。子供たちを放っておくわけにも行かず、ますます大きくなる火の手を眺めていた。

不安な状態のうちに二、三時間が過ぎた。フェーリクスは彼の膝で眠り、ミニョンは彼のそばで横になり、彼の手をしっかりと握っていた。消火につとめた甲斐《かい》あって、火はようやくおさまってきた。燃えつきた建物が崩れ落ちた。朝がきた。子供たちは寒がり始めた。彼も、薄着をしていたので、おりてくる露が耐え難いほどであった。子供たちを焼け落ちた家の残り火へ連れて行った。彼らは炭と灰の山で心地よく暖まった。

夜が明けるにつれ、友人たちや知人たちが集まってきた。みな無事で、多くを失った者もなかった。

ヴィルヘルムのトランクも見つかった。十時近くになると、ゼルロは皆をせき立て、『ハムレット』の、少なくとも、新しい配役の数場面だけでも、稽古させようとした。そのうえ彼は、警察ともなにかと交渉しなければならなかった。聖職者たちは、このような神の裁きのあとでは、劇場は閉じたままにしておかなくてはならない、と主張した。それにたいしてゼルロは、面白い芝居の上演は、昨夜失ったものを補うためにも、恐怖におそわれたひとびとの気を引き立てるためにも、以前にもまして時宜《じぎ》を得たものである、と主張した。この意見が通り、劇場は満員になった。俳優たちは、珍しく熱意をもって、初演の時よりも情熱的に大胆に演じた。観客たちは、昨夜の恐ろしい出来事で気分が高まっていた上に、一日をぼんやりと無為に過ごして退屈していたために、つねにもまして面白い催しを求めていたので、異常なものにたいする感受性が高まっていた。大部分は、芝居の評判につられてやってきた新しい観客で、初演と比較することはできなかった。やかまし屋は、あの未知の亡霊とそっくりに演じたし、同様に「うるさ型」も前の演者をよく見習っていた。また、彼が貧相なのも大いに役立って、緋のマントをまとい、白貂《しろてん》の襟《えり》をつけてはいるが、でっち上げの、貧相な王様と罵《ののし》るハムレットのせりふにぴったりだった。

これほど奇妙な成行きで玉座《ぎょくざ》に着いた者もまずあるまい。ほかの者たち、とくにフィリーネは彼の新しい高貴な身分を大いにからかったが、彼は、偉大な識者である伯爵が、彼を初めて見た時から、このことを、いや、これ以上のことを予言してくださったのを忘れないでもらいたいと言った。それにたいしてフィリーネは、もっと謙遜《けんそん》にしなさいとたしなめ、城中でのあの不幸な夜を思い出し、つつましく王冠を戴《いただ》くように、そのうち、上着の袖《そで》に白い粉をまぶしてあげる、と断言した。

第十四章

誰もが急いで宿舎を探さなければならなかった。そのため一座の者は散り散りになった。ヴィルヘルムには、一夜を過ごした庭の園亭が気に入っていた。鍵《かぎ》も容易に手に入ったので、そこへ移ることにした。アウレーリエの今度の住まいが非常にせまかったので、フェーリクスを引き取らねばならなかったが、ミニョンも少年を手放したがらなかった。

子供たちは二階のこぎれいな部屋を占領し、ヴィルヘルムは下の広間に陣取った。子供たちは眠りこんだが、彼は落ち着けなかった。

昇ったばかりの満月に明々《あかあか》と照らされている優雅な庭園の向こうには、痛ましい焼け跡が残り、あちこちからまだ煙が上がっていた。大気は爽《さわ》やかで、夜は言いようもなく美しかった。フィリーネは、劇場から出しなに肘で彼をつつき、二、三なにか囁《ささや》いたがよく聞きとれなかった。彼は混乱し、腹立たしかった。彼女がなにをしようとし、彼がなにをすればいいのかわからなかった。フィリーネは二、三日彼を避けていて、今晩初めて合図を送ってきたのであった。残念なことに、閂《かんぬき》をおろさないでと言った扉は焼け落ち、かわいい上靴は煙になった。庭へくるつもりであるとしても、どうやって入ってくるのか、彼にはわからなかった。彼女には会いたくなかった。それでいて、是非《ぜひ》とも彼女に自分の気持を伝えたかった。

しかし、それよりも重く彼の心にかかっていたのは、昨夜以来姿を見せない竪琴弾きの運命であった。片づけのさい、瓦礫《がれき》の下で死んでいる彼が見つけ出されるのではないかと、ヴィルヘルムは恐れていた。誰にも言わなかったけれども、火事の元は老人ではないか、と彼は疑っていた。というのは、燃え、煙を上げている屋根裏から最初にかけ下りてきたのは彼であったし、アーケードでのすてばちな行為は、この不幸な出来事の結果であるように思えたからである。しかし、警察の行った調査の結果、火事が起こったのは、彼らの住んでいた家ではなく、三軒先の家であることがわかった。火は屋根裏をつたってたちまち燃え広がったのであった。

ヴィルヘルムが、園亭に坐って、これらのことを思いめぐらしているとき、近くの木陰道を誰かがしのび歩くのが聞こえた。そのあとすぐ聞こえてきたもの悲しい歌によって、それが竪琴弾きであることがわかった。歌詞はよく聞きとれた。それは狂気の淵にいる不幸な人の慰めの歌であった。残念ながら、その歌の最後の一節しかヴィルヘルムの記憶には残っていない。

門辺《かどべ》に歩みより、
そと、つつましく、吾《あ》は立たん。
清き手の、パンを恵みなば、
吾《あ》はまた去りゆかん。
人はみな、吾《あ》を見なば、
おのが幸《さち》を思うらめ。
ひとしずくの涙、ほほをつたう。
されど、吾《あ》は知らず、そが涙のゆえを。

歌いながら彼は、遠い街道に通じる庭木戸の所へきたが、錠がおりているのを見て、生け垣を乗り越えようとした。しかしヴィルヘルムは彼を引き止め、優しく話しかけた。老人は木戸を開けてくれと頼み、逃げたいのだ、逃げなくてはならないのだ、と言った。

ヴィルヘルムは、庭から出て行くことはできても、町から出て行くことはできない、と言い聞かせ、そんなことをすれば、どんな嫌疑を招くかもしれないとさとした。しかし彼は聞き入れようとしなかった。老人は自分の考えを言い張った。ヴィルヘルムはゆずらず、しまいには半ば力ずくで老人を園亭に押しこみ、自分もろともそこに閉じこめた。そして彼と奇妙な会話を交《かわ》したが、われわれは読者を、無用な考えや、不安な感情で苦しめないために、詳しく語るのはやめにして、そっくり割愛することにする。

第十五章

明らかに狂気の兆《きざ》しを示しているこの不幸な老人をどうすればいいのか、ヴィルヘルムはほとほと困り果てたが、ラエルテスがその日の朝のうちに、この困惑から彼を救い出してくれた。前々からの習慣で、至る所をほっつき歩くラエルテスは、コーヒー店で、最近ひどい鬱病《うつびょう》の発作に苦しめられていた一人の男に出会った。彼は、こういう患者の治療を特別な仕事にしている地方司祭のもとに預けられた。この場合も治療は成功し、まだ町にいたその司祭は、治してもらった人の家族から非常に尊敬されていた。

ヴィルヘルムはすぐさまその男を探しに出かけ、老人の症状を打ち明けた結果、二人の意見は一致した。いろいろな口実を設けて老人を口説《くど》いた挙句《あげく》、その男に託することができた。ヴィルヘルムには別れはつらかった。治癒した老人にまた会えるという希望だけが、かろうじてその悲しみに耐えさせてくれた。老人を身の周りに見、才気に満ち、心のこもった音楽を聞くことに、あまりにも慣れていたのである。竪琴は焼けてしまったので、新しいのを買い、旅に持たせてやった。

ミニョンのわずかばかりの衣装も焼けてしまった。新しいのを作ってやろうということになったとき、アウレーリエは、そろそろ女の子の服を着せた方がいいと言った。

「絶対にいや」とミニョンは叫び、頑強にもとの服がいいと言い張った。彼女の言うとおりにするほかはなかった。

一座の者は、あれこれとものを考えている暇はなかった。つぎつぎに芝居が行われたからである。

ヴィルヘルムはたびたび観客の意見を聞きに出かけた。彼が聞きたいと思っている声に出合うことはごく稀《まれ》で、むしろ、気が滅入り、腹の立つ意見を耳にする方が多かった。例えば、『ハムレット』の初演のすぐあと、若い男が、あの晩劇場でいかに満足したかを、勢いこんでまくし立てていた。よく聞いてみて、ヴィルヘルムはひどく恥ずかしい思いをした。その若い男は、うしろの客たちが腹を立てているのに、帽子をぬがず、ねばり強く芝居の間じゅうかぶっていたと言い、その英雄的行為を大得意で喋っていたのである。

別の男は、ヴィルヘルムはレイアーティーズの役をたいへん上手に演じたが、ハムレットをやった役者にはあまり満足できなかった、と言った。この取違えはあまり不自然とは言えなかった。ヴィルヘルムとラエルテスとは、ほんのちょっぴりとではあるが、似ていたからである。

第三の男は、ヴィルヘルムの演技を、とくに母親との場面の演技を、口をきわめてほめたが、ただそのクライマックスのところで、チョッキの下から白い紐《ひも》がのぞいて、イリュージョンがひどくそこなわれたのは残念だ、と言った。

その間《かん》、一座の内部にもさまざまな変化が起こっていた。フィリーネは、火事のあとのあの晩以来、ヴィルヘルムに近づく気配をまったく見せなかった。彼女は、わざとのように、遠い所に宿を借り、エルミーレと仲よくして、アウレーリエは喜んだことであろうが、ゼルロの所へも滅多《めった》に現れなかった。相変らずフィリーネに思召《おぼしめし》のあるゼルロは、そこへ行けばエルミーレにも会える望みがあるので、たびたびフィリーネを訪れた。ある晩、彼はヴィルヘルムをも伴った。入ったとき二人は、フィリーネがつぎの間《ま》で、赤い制服を着て白いズボンをはいた若い士官の腕に抱かれているのを見て、ひどく驚いた。顔をそむけたので、士官の顔は見えなかった。フィリーネは控えの間《ま》へ出てきて、訪ねてきた二人を迎え、うしろの扉をしめた。「とんでもないところを見られちゃったわね」と彼女は言った。

「別に驚くほどのことじゃありませんよ」とゼルロは言った。「それより、美しくて若い、羨《うらや》むべき友人を紹介してくれませんか。大丈夫ですよ。焼餅《やきもち》無用ってのは、いつもあなたに仕込まれてますからね」

「その疑いはしばらくお預け」とフィリーネはいたずらっぽく言った。「いま言えるのは、あの人はわたしの女友達だってことだけ。二、三日そっと私のとこに泊めて欲しいと言ってるの。そのうちあの人の身の上を教えてあげますわ。いいえ、あの興味ある少女を紹介してあげるかもしれませんわ。そうしたらわたしは、謙遜と寛大さを勉強しなきゃならないでしょうね。だって、男の人は、新しい女性と知り合うと、古い女友達を忘れるんですもの」

ヴィルヘルムは凝然として突っ立っていた。というのは、赤い制服を目にした瞬間、マリアーネの大好きな上着を思い出したからである。それはマリアーネの姿、マリアーネのブロンドであった。ただ、いま見た士官の方が、少し背が高いようであった。

「お願いです」とヴィルヘルムは叫んだ。「もっとあなたのお友達のことを教えてください。男装の麗人を紹介してください。ぼくたちはもう秘密を知ったのです。誓って秘密はまもります。あの人を紹介してください」

「まあ、夢中になっちゃって。落ち着いて、落ち着いて。今日はこれでおしまい」

「せめて名前だけでも」

「そしたら秘密じゃなくなるわ」

「せめて名だけ」

「じゃあ、当ててごらんなさい。ただし三度だけよ。そうでなかったら、カレンダー*を全部めくることになるわよ」

「わかった。それじゃあ、ツェツィーリエ？」

「ツェツィーリエじゃないわ」

「ヘンリエッテ？」

「違う。用心なさい。今度であなたの好奇心もおしまいよ」

ヴィルヘルムはためらい、体が震えた。口を開こうとしたが、言葉が出てこなかった。ようやく、どもりながら「マリアーネ?」と言った。「マリアーネだ!」

「ブラヴォー! 当り!」とフィリーネは、いつものように、踵《かかと》で回りながら叫んだ。

ヴィルヘルムは言葉が出なかった。ゼルロは彼の動揺に気づかず、フィリーネに、ドアを開《あ》けてくれとしつこく頼んでいた。

そのため、突然ヴィルヘルムが、二人のふざけ合いをさえぎって、フィリーネの足もとに身を投げ出し、情熱をこめて、「その人に会わせてください」と叫んだとき、二人はひどく驚いた。「その人はぼくの人、ぼくのマリアーネなんです。ぼくが一日も忘れたことのない人。この世の誰にもまさる人なのです。せめて、その人の所へ行って、ぼくがここにいると言ってください。その人に初恋と青春のすべての幸福を捧げている男が、ここにいると伝えてください。その男は、愛想もなくその人を捨てたことの弁解がしたいのです。許しを乞いたいのです。その人がどんな間違いをしたとしても、許すつもりです。それどころか、一目《ひとめ》会えさえしたら、その人が生きていて、仕合せであることさえわかれば、もうなにも要求しないつもりです」

フィリーネは頭をふって、「ヴィルヘルムさん、大きな声をしないで」と言った。「だまし合いはよしましょう。あの人が本当にあなたのお友達なら、いたわってあげなきゃいけませんわ。だって、ここであなたに会おうなんて夢にも思っていないんですもの。あの人がここへきたのは、全然別の用事のためなのよ。それに、都合の悪い時に昔の恋人に会うよりは、幽霊を見る方がましだって言うじゃないの。あの人に聞いて、心構えをしてもらうわ。そうして、どうすればいいか相談するわ。明日わたしから、何時にきていただくか、あるいは、きていただいてもいいか、お手紙を書きます。わたしの言うとおりにしてね。わたしとわたしのお友達の意志に逆らって、あの素敵な人を、誰にも断じて会わせはしません。ドアをもっとしっかり締めておくわ。おのやまさかりを持ってきたって駄目よ」

ヴィルヘルムはさらに頼み、ゼルロは説きつけようと努めたが、フィリーネは聞こうとしなかった。ついに二人はあきらめて、部屋を出、家をあとにした。

ヴィルヘルムがいかに落ち着かぬ夜を過ごしたかは、容易に想像できよう。翌日は、フィリーネの手紙を待ちながら、時の過ぎるのがもどかしかった。運悪くその夜は舞台に出なければならなかった。舞台に立つのがこれほど苦痛に思えたことはかつてなかった。芝居が終わると、招待の手紙がきているかもたずねずに、フィリーネのもとへ急いだ。ドアには錠がおりていた。そして家《いえ》の者は、お嬢さんは今朝《けさ》若い士官と出かけた、二、三日で帰ってくると言っていたが、勘定もすんでいるし、荷物もみんな持って行ったので、もう帰ってこないだろうと思う、と言った。

ヴィルヘルムはこの知らせを聞いて呆然《ぼうぜん》とした。彼は急いでラエルテスのところへ行き、彼女のあとを追い、なにがなんでも、彼女の連れの正体を確かめようと思う、と言った。それにたいしてラエルテスは、友人の興奮と軽率さをたしなめ、「誓ってもいいが、あれはフリードリヒに違いない。ぼくはよく知っているが、あの若者は良家の出なんだ。あの男は、フィリーネにぞっこん惚れこんでいて、しばらくフィリーネと暮らせるだけの金《かね》を、身内からせびったんだろう」と言った。

こう言われてもヴィルヘルムは納得はしなかったが、いかにもありそうな話だと思った。さらにラエルテスは、フィリーネがヴィルヘルムたちに言った話は、真っ赤な嘘で、体つきも髪の色もフリードリヒにそっくりだ、十二時間も前にとび出したのなら、容易なことでは追いつけまい、それに、いちばん大事なのは、君たち二人がいなくなるとゼルロは芝居ができなくなるってことだよ、と言った。

こうしてあれこれと言い聞かされて、ついにヴィルヘルムは、自分で追いかけることだけはあきらめた。その夜のうちにラエルテスは、この用件を任せることのできる有能な男を連れてきた。この男は、何度も身分高い人たちのために、旅中《りょちゅう》、飛脚をつとめたり、案内をしたりしたことのある、落ち着いた人物で、ちょうどいま、仕事がなくて遊んでいたのである。金《かね》を渡し、詳しく事情を説明して、逃亡した二人を探し、追い付いたら目を離さないようにして、どこにいるか、どうしているかを即刻二人に知らしてもらいたい、と頼んだ。彼は直ちに馬にまたがり、怪しい二人のあとを追った。この処置によってヴィルヘルムは、多少は落ち着きを取り戻した。

第十六章

フィリーネがいなくなったことは、舞台でも、観客のあいだでも、あまり大した騒ぎにはならなかった。彼女はなににつけても、あまり本気でやらず、女たちはみな彼女を嫌い、男たちは舞台でよりも、二人だけで会いたがった。こうして彼女の素晴らしい、舞台にうってつけの才能は、陽《ひ》の目を見なかった。ほかの一座の者は、フィリーネがいなくなっただけに、いっそう努力した。とくにメリーナ夫人は、その熱心さと注意深さにおいて群を抜いていた。前々から彼女は、ヴィルヘルムの原則を学びとり、彼の理論と範例にならっていたので、近頃は、その態度に、なんとなく彼女を興味ある存在と思わせるようなものがそなわってきた。まもなく彼女は正格な演技を身につけ、会話の自然な調子を完全にものにした。また、感情表現の調子もある程度はこなせるようになった。ゼルロの気分に合わせることを心得、彼を喜ばせるために、歌の稽古にもはげんだ。そして実際まもなく大いに上達し、一座の団欒《だんらん》には、彼女の歌が欠かせないまでになった。

新しい役者が何人か加わったことによって、一座はいっそう完全なものになった。ヴィルヘルムもゼルロも、それぞれに、その持ち味を発揮して、ヴィルヘルムは、すべての作品において、全体の意味と調子をとらえることを強調し、ゼルロは、個々の細かい部分を丹念に点検した。こうして、称讃に価する熱意が俳優たちをも活気づけ、観客は彼らに、活発な関心を寄せた。

「うまく行ってるようだね」と、ある時ゼルロが言った。「このままつづけば、そのうち観客も正道《せいどう》にのるよ。馬鹿げた、下手《へた》くそな芝居で観客をごまかすのはわけもないことだが、理の通った、まともな芝居を面白くやって見せたら、きっとそちらに目を向けるようになるよ。

ドイツの演劇にいちばん欠けているものはなにか、役者も観客も分別を失っているのはなぜか、それは、舞台にかかるものが、全体に、あまりにも雑多で、判断のより所になる基準がどこにもないということからきているのだ。われわれがドイツの演劇を、境界もなにもない野外劇場みたいに広げてしまったのはまずかったとぼくは思う。しかし、そのうち、国民の趣味が正しい圏線を引いてくれるまでは、座長も俳優も、いま、せまい圏内にとじこもることはできないしね。どんな立派な社交界だって、一定の制約があって初めて存続できる。すぐれた劇場だって同じことだ。ある種の技巧やせりふ回し、ある種の題材や、身ぶりの仕方は、排除しなければならない。所帯を引き締めたからって、貧乏になるわけじゃないからね」

この意見には、大なり小なり、賛成の者もあれば、反対の者もあった。ヴィルヘルムと多くの者は、イギリス演劇の肩をもち、ゼルロと二、三の者は、フランス演劇の肩をもった。

皆は、暇な時に(残念ながら俳優には、暇な時間はたっぷりある)、集まって、イギリスとフランスのいくつかのもっとも有名な作品に目を通し、もっともすぐれ、模倣に価する作品を選び出そうということで一致した。そして、まず最初に、いくつかのフランスの作品を読むことになった。アウレーリエはそのつど、朗読が始まるとすぐ、部屋を出て行った。皆は、初めのうち、体の具合でも悪いのかと思っていたが、ある時ヴィルヘルムが、不思議に思ってたずねてみると、アウレーリエはこう言った。

「ああいう朗読の席にはいたたまれないの。心が張り裂けそうなのに、聞いたり、判断したりできるわけがないじゃありませんか。わたしはフランス語が心底《しんそこ》から嫌いなの」

「どうしてフランス語を嫌うんですか。ぼくたちの教養の大部分は、フランス語のおかげなんですよ。ぼくたちの本性《ほんせい》が形をなすまでは、まだまだお世話にならなきゃならないんですよ」

「偏見で言うんじゃないのです。不幸な印象によって、不実なお友達の嫌な思い出によって、あの美しい、洗練された言葉にたいする喜びが奪われてしまったのです。いまは心底からフランス語が嫌いです。二人の仲がうまく行っているあいだは、あの人はドイツ語で書いてきました。心のこもった、真実味のある、力強いドイツ語でした。ところが、わたしと別れようと思い始めた頃から、フランス語で書いてくるようになったのです。前にも、ときどき、冗談半分に書いたことはありましたけど。なぜなのかわたしにはすぐわかりました。ドイツ語で書けば顔の赤くなるようなことを、平気で書けるからなのです。留保したり、曖昧なことを言ったり、嘘をつくには、うってつけの言葉なのです。なんというペルフィドな*言葉でしょう。有難いことに、ドイツ語には、ペルフィドの含む意味を全部言い表す言葉はありません。それに較べたら、哀れなトロイロース*なんかは、無邪気な子供です。ペルフィドはトロイロースに、享楽と傲慢と意地悪をつけ加えたものです。こんな微妙なニュアンスを一語で表現できる洗練された国民は羨ましいかぎりです。フランス語はほんとうに世界語です。世界語になる値打があります。世界中の人が、だまし合ったり、嘘をついたりするのに。あの人のフランス語の手紙も、やはりよく出来ていました。その気になって読めば、温かくて、情熱的な響きさえありました。しかしよく読んでみると、きまり文句、胸の悪くなるようなきまり文句ばかりでした。あの人はフランス語全体にたいするわたしの喜び、フランス文学にたいする喜び、あの言葉で語られた、高貴な魂の、美しい、貴重な表現にたいする喜びさえも、台なしにしたのです。フランス語を聞くと、わたし、ぞっとするんです」

という具合に、彼女は何時間でも喋りつづけて、不満をぶちまけ、ほかの人の話の腰を折ったり、調子を狂わせたりした。結局はゼルロが、少々手厳しい口調で、彼女の気まぐれなお喋りをやめさせはしたものの、その晩の談話は、まず滅茶滅茶になってしまうのがおちであった。

えてしてこういうことは起こりがちなものであって、さまざまな人間が、さまざまな事情で集まって、作り出したものが、完全な状態で長つづきするということはありえないのである。劇団にしろ、国家にしろ、友人の集まりにしろ、軍隊にしろ、一般に、その完全さ、一致、満足、活動が最高の段階にある時が話題にされるのであるが、しかし、たちまち構成員が変わり、新たな顔ぶれが加わり、人が事情に合わなくなり、事情が人に合わなくなる。そうなると、すべてが変わり、それまで結ばれ合っていたものが、たちまち瓦解《がかい》してしまう。ゼルロの一座についても同じことが言える。ゼルロの一座は、しばらくのあいだは、ドイツ劇団として、最高の完璧さを誇っていた。たいていの俳優がそれぞれにその場を得、誰もが十分になすべきことを持ち、また、なすべきことを喜んで行《おこな》った。相互の人間関係もまずまずであった。最初のうちは、誰もが熱意をもって、朗らかに努めたので、その芸に多くの期待がもてると思えた。そのうち、一部の者は、感情がなくてもやれるものしかやれない操《あやつ》り人形であることがわかった。また、そのうち欲情がまざってき、そうなると、いかに立派な組織も立ち行かなくなり、分別ある善意の人が、まとめて置きたいと願うすべてのものも容易に崩壊してしまう。

フィリーネがいなくなったことは、皆が最初考えたほど、取るに足りないことではなかった。彼女は巧みにゼルロの相手をつとめ、ほかの者の心も、多かれ少なかれひきつけるすべを心得ていた。アウレーリエの激しさも、辛抱強く耐え、ヴィルヘルムの機嫌をとりむすぶのは、彼女のおはこであった。彼女は全体をまとめる一種の接着剤であったのである。まもなく誰もが、彼女のいなくなったことの損失を感じざるをえなくなった。

ゼルロは色事《いろごと》なしでは生きていられない男であった。エルミーレは、いつの間《ま》にか大人び、美しくなったとも言えるほどであったが、かなり前からゼルロの注意をひいていた。その恋に気づいたフィリーネは、抜け目なく、それを取り持とうと考えた。「早いとこ取持ちを覚えておかなきゃね。年をとったら、ほかにすることがなくなるものね」と彼女はつねづね言っていた。こうしてゼルロとエルミーレは、しだいに近づいていたが、フィリーネがいなくなると、すぐに結ばれ合った。こうした戯事《ざれごと》など冗談ではないと思っている老人には、なんとしてもこれを隠しておかなければならなかったので、それだけにいっそう、このささやかな情事《じょうじ》は二人には楽しかった。エルミーレの妹はこれを知っていた。そのためゼルロは、この二人にはいろんなことを大目に見なければならなかった。彼女らの最大の悪徳のひとつは、度はずれの食いしんぼう、というよりは、底なしの大食らいであった。その点フィリーネはまったく違っていた。霞《かすみ》を食って生きているとでも言おうか、ほんのちょっぴりしか食べず、シャンペングラスの泡をいともと優雅になめるだけで、それがまた、彼女の愛らしさに新たな光をあてるという形であった。

という次第で、ゼルロは、二人に気に入られるためには、朝食のあとすぐ昼食を食わせ、昼食と夕食のあいだには、なにかおやつを供さねばならなかった。ところで、ゼルロには、もう一つ別の思惑があって、その実現に心を砕いていた。彼は、ヴィルヘルムとアウレーリエのあいだに、愛情のきざしのようなものがあると思い、それが本物になることを切望していた。劇場運営の事務的な面はヴィルヘルムに全部まかせ、前の妹婿と同じように、ヴィルヘルムを忠実で有能な道具にしようと思っていたのである。すでに彼は、一座の世話の大部分を、少しずつ、気づかれぬように、ヴィルヘルムに任せていた。経理はアウレーリエが処理し、こうしてゼルロはまた以前のように、好き勝手に暮らしていた。しかし一方ではまた、ゼルロをもアウレーリエをもひそかに悩ましていることがあった。

観衆というものは、功なり名とげた公認の人たちにたいして独特な態度をとるものである。すなわち、そういう人たちにたいしてはしだいに冷淡になり、彼らよりはるかに劣る、新たに登場してきた才能をひいきし、前者には過度な要求をするくせに、後者には何事も大目に見るのである。

ゼルロとアウレーリエには、こうしたことを考えてみる機会は十分にあった。新入りの連中、とくに若くて見栄《みば》えのいい役者は、大方の注目を集め、喝采をひとり占めにした。一方、二人の兄妹は、終始、精根の限りをつくしても、拍手喝采のうれしい響きもなく、退場しなければならなかった。言うまでもなく、それには特別な理由があった。アウレーリエの驕慢《きようまん》さは人目をひき、その観客蔑視はひろく知られていた。ゼルロは誰にでも個々には愛想がよかったが、観客全体にたいするとげのある批評は、しばしば噂にのぼり、繰り返された。一方、若い役者たちは、よそ者であり、知人もなく、若くて好感がもて、そのうえ金《かね》にも困っていたので、それぞれに皆、ひいきの客がついた。

まもなく内部にも、不穏な動きや、さまざまな不満が生じてきた。ヴィルヘルムが座長の仕事を引き受けたことが知られると、たちまち、たいていの役者たちが、指示に従わなくなった。ヴィルヘルムは彼なりに、劇団全体にもっと秩序と几帳面《きちょうめん》さを取り入れようと願い、とくに、機械的に処理できることはすべて、まずなによりも、きちんと正確に行うように強く主張したが、その反抗はますますひどくなるだけであった。

実際しばらくのあいだは、ほとんど理想的とも言えるほどの状態であった人間関係が、たちまちのうちに皆、どこかの旅回りの一座でしか見られないほど、乱脈なものになった。そして残念なことに、ヴィルヘルムには、苦労と勤勉と努力を重ねて、この道の名人たるに必要なあらゆる要件を体得し、人格も活動の仕方も、それに合わして鍛え上げてきたいまになって、結局、気の沈む時などには、この仕事ほど、それに要する時間と労力に価しない仕事はほかにはないような気がした。仕事は面倒で、報酬は乏しかった。苦労の多い機械的な仕事をやり終えたと思うと、今度は、精神と感情を最高度に緊張させることによって、ようやくその活動の目的が達成されるようなこんな仕事よりは、一段落つけば、心の安らぎを楽しめるような、ほかの仕事をやってみたいものだ、と思った。それに加えて、兄の浪費についての、アウレーリエの繰《く》り言《ごと》を聞かされねばならなかったし、彼を妹と結婚させようと計っているゼルロの、遠まわしの思わせぶりもわからぬようなふりをしなければならなかった。しかも、心の奥深くにわだかまっている苦悩は秘めておかなければならなかった。あの正体不明の士官のあとを追わせた使者は帰ってこなかったし、便りもなかった。そのためヴィルヘルムは、マリアーネをまた失ったのではないかと恐れずにはいられなかったのである。

ちょうどそのころ、公《おおやけ》の喪《も》があって、劇場は二、三週間休演しなければならなかった。彼はその合間を利用して、竪琴弾きをあずけてある例の牧師を訪ねてみようと思った。牧師は快適な近郊に住んでいた。牧師館で彼が最初に見たものは、一人の少年に竪琴を教えている老人であった。彼はヴィルヘルムを見て大変喜び、立ち上がって手を差し出しながら、「ごらんのように、私もまだ世間の役に立っております。失礼してつづけさせていただきます。時間がきめられているものですから」と言った。

牧師は心をこめてヴィルヘルムに挨拶し、老人の経過は非常に順調で、完全に治る期待がもてる、と言った。

二人の話は、当然のことながら、狂気を治す方法に移って行った。

「肉体的なことが、克服し難い障害になることがしばしばありますが、そういう場合は、信頼できる医師に相談します。それ以外は、狂気を癒《いや》す方法はきわめて簡単だと思います。健康な人が狂気におちいらないようにするのとまったく同じ方法なのです。自発性を呼び起こし、秩序に慣れさせるのです。彼らの存在も運命も、多くの人と同じであり、異常な才能も、至上の幸運も、極端な不幸も、普通のものとほんの少し違うだけだということを理解させれば、狂気のしのびこむ余地はありません。すでに異常をきたしている場合でも、しだいによくなります。老人の日課はきめてあります。子供たちに竪琴を教え、畑仕事の手伝いをします。もうずいぶん快活になりました。自分で植えたキャベツを食べるのを楽しみにしています。私の息子がうまくなるように、熱心に竪琴を教えています。そして、自分が死んだら、竪琴を私の息子に贈るのだと言っています。彼にはなにか変な良心の呵責《かしゃく》があるようですが、私は牧師として、あまり口を出さないようにしています。しかし、活動的な生活はいろんな出来事を伴うものですから、彼もそのうち、どんな疑惑も活動によってのみ乗り越えられるものだということを悟るでしょう。私はことを急ぎません。しかし、彼の髯《ひげ》と僧服を取り除くことができれば、得るところは大きいでしょうね。他人から際立《きわだ》ちたいと思うことほど、われわれを狂気に近づけるものはありませんし、皆と同じことを考えて、多くの人とともに暮らすことほど、良識を保ってくれるものはないからです。残念なことに、われわれの教育や市民組織のなかには、われわれや、われわれの子供たちを、狂気にさそうものがなんと多いことでしょう」

ヴィルヘルムはこの思慮豊かな人のもとに数日留まり、気の違った人たちばかりでなく、利口だとか賢明だとか思われながら、その特異性が、狂気と紙一重《かみひとえ》の人たちの興味ある話を聞いた。

医師が入ってきて、会話は三倍も活気づいた。この人は、友人である牧師をしばしば訪れ、牧師の博愛的な努力を助けているのであった。彼は、病身にもかかわらず、医師というもっとも高貴な義務を、多年にわたって果たしてきた初老の人であった。彼は田園生活をこよなく愛し、戸外《こがい》の空気のなかでなければ、生きていられないような人であったが、それでいて、社交的で、活動的で、ずいぶん前から、あらゆる地方牧師と親交を結ぶのをとくに好んでいた。誰でも、なにか有益な仕事をしていると知ると、手立てをつくして援助しようとした。なにをすべきかに迷っている人には、なにか趣味をもつようにすすめた。同時に彼は、貴族や代官や領主裁判長とも交遊があったので、二十年のあいだに、農業のいくつかの分野の開発に、ひそかに、多大の貢献をし、農地や、家畜や、農民にとって有益なあらゆることを促進し、こうして、真の啓蒙を押し進めてきた。人間にとっての不幸はただ一つ、なんらかの観念にとらえられて、活動的な生活になんの影響もあたえないか、活動的な生活からまったく離れてしまうことである、と彼は言った。「私はいま、ある身分高い、富裕な夫婦のそういう症例を扱っています。いろいろ手をつくしてみましたが、これまでのところなんの効果もありません。牧師さん、これはどうもあなたのご専門の症例かもしれませんね。こちらのお若い方も、どうか他言《たごん》無用に願います。

ある貴族の留守中に、あまりほめられた冗談ではありませんが、主人の普段着をある若い男に着せて変装させたのです。夫人をそれでだますつもりだったのです。私にはただの冗談だったと言ってはいますが、どうも私には、その高貴な、愛すべき夫人に、道をふみはずさせてやろうと思ったのではないかという気がします。ご主人が思いもかけず早く帰ってきて、自分の部屋に入り、自分自身を見たのです。それ以来憂鬱病におちいり、まもなく死ぬのだと固く信じているのです。

彼は、宗教的な言辞を弄してとりいる連中の言いなりになり、夫人ともどもヘルンフート同胞教会*に入り、子供がないので、親戚のひとびとのものになるはずの財産の大部分を、その教会に寄付しようとしているのです。私はそれをどうやってやめさせたものか、手を焼いているところなのです」

「夫人ともどもですって」と、この話を聞いて少なからず驚いたヴィルヘルムは、激しい勢いで叫んだ。

「お気の毒なことにこのご夫人は」と、ヴィルヘルムの叫びを、たんなる思いやりからの同情と思った医師は言った。「ご主人よりも深い苦悩を抱いておられて、この世を捨てるのを嫌だとは思っておられないのです。その青年が別れを告げにきたとき、ご夫人は慎みを忘れて、芽生えてくる愛情を隠すことができなかったのです。大胆になった青年は、夫人を腕に抱き、ダイヤモンドをちりばめた、ご主人の肖像の入った大きなメダルを、夫人の胸に押しつけたのです。夫人は激しい痛みを感じましたが、それもしだいに消え、初めは赤みが残っていましたが、それもそのうちあとかたもなくなりました。私は人間として、夫人はなにもとりたてて自分を咎《とが》めることはないと確信していますし、医師としては、この圧迫が悪い結果をもたらすことはないと固く信じています。しかし夫人は信じないのです。しこりがあると言い、触診によってその妄想をとりはらおうとしても、いま感じられないだけだ、このしこりは結局癌《がん》になるのだと言い張るのです。

こうして、夫人の若さや愛らしさは、夫人にとっても、ほかの人にとっても、すっかり失われてしまったのです」

「ああ、おれはなんという不幸な男なんだ」とヴィルヘルムは、額を叩きながら叫び、席を立って戸外《こがい》へ走り出た。このような状態におちいったのは、かつてないことであった。

医師と牧師とは、この奇妙な発見にひどく驚いたが、夕方彼が帰ってきて、この事件の詳しいいきさつを述べ、激しく自分を責めた時には、彼を慰めにかからねばならなかった。とくに、彼のその他の事情をも、いま彼の置かれている暗い気分で語り始めたとき、二人は彼を、心から気の毒に思った。

翌日医師は、ヴィルヘルムの願いを快く聞き入れ、彼と一緒に町へ行って、不安な状態のままに残してきたアウレーリエに、彼とともに、できるかぎり力をかしてくれることになった。

彼女の容態は、はたして、彼らが思っていた以上に悪かった。彼女の病気は一種の間欠熱《かんけつねつ》であったが、彼女流に、わざと、発作を長びかせたり強めたりするので、余計手のほどこしようがなかった。医師は、医師であることを隠して紹介され、非常に気さくに、賢明に振舞った。彼女の体と精神の状態について話し合われた。そして医師は、こうした病気にもかかわらず、高齢に達することのできたひとびとの例をいくつか述べ、このような病気の場合は、激しい感情を故意にかき立てるのがもっともよくないと言った。とくに彼は、完全には治る見込みのない病的な体質にもかかわらず、真に宗教的な心を自らに培《つちか》う使命をもったひとびとを、非常に幸福な人だと思った、と打ち明けた。彼はこの話を、非常につつましく、いわば伝え聞きの話のように語り、同時に、いまは亡《な》いすぐれた女友達の手からあずかった、非常に興味ある原稿があるので、それをお見せしましょう、と二人に約束した。「私にはかけがえのないほど大切なものなのですが、原稿のままお貸ししましょう。『美わしき魂の告白』という標題だけは私のつけたものです」

さらに医師はヴィルヘルムに、神経の苛立《いらだ》っている不幸なアウレーリエの、食餌《しょくじ》療法や医学的な処置について、できる限りの助言をあたえ、手紙も書くし、なるべく自分でまたこようと約束した。

ヴィルヘルムが留守にしているあいだに、思いもかけないような変化が起こっていた。ヴィルヘルムは、監督を引き受けて以来、万事をある程度自由に、気前よく扱ってきた。

とくに道具類に気をつかい、なかでも、衣装、舞台装置、小道具はすべて、豊富に、上等なものをこしらえ、座員の好意をつなぎとめるために、彼らのわがままも大目に見てきた。もっと高尚な手段では、彼らを手なずけることができなかったからである。彼は、自分がこうするのは当然なことだと思った。なぜなら、ゼルロは、ちゃんとした座長をつとめる気はまるでなく、舞台の豪華さをほめられれば喜び、一切の経理を仕切っているアウレーリエが、あらゆる経費を差し引いても赤字にはならなかったと保証してくれ、お気に入りの女性たちにたいする異常な気前よさや、その他のことで背負いこんだ借金を支払うのに必要な金《かね》を出してくれさえすれば満足する、という有様であったからである。

これまで衣装を担当していたメリーナは、持前の冷静さと狡猾《こうかつ》さとから、事態を静観していたが、ヴィルヘルムの不在とアウレーリエの病気の悪化につけこんで、ゼルロに、実際はもっと収入をふやして支出を減らし、いくらかを貯蓄にまわすか、場合によっては、気儘《きまま》にもっと楽しく暮らせるはずだともちかけた。ゼルロはそれに喜んで耳を傾けたので、メリーナはあえてつぎのような話を持ち出した。

「私は、俳優たちの誰かのいまの給料が高すぎるなどと言う気はありません。腕のある連中ばかりで、どこの町でも歓迎されるでしょう。しかし、彼らの稼ぐ儲けに較べれば、彼らは貰いすぎです。私の提案は、オペラをやってみてはどうかということなのです。芝居となると、言うまでもなくあなたは、一人で一つの芝居をそっくりこなせるだけの力をお持ちです。あなたの実力が見損なわれていることは、いまあなた自身体験しておられるにちがいありません。あなたの共演者たちが素晴らしいからというのではなく、まずまずの出来だからといって、あなたの飛び抜けた才能が、いままでは正当に評価されていないのです。

昔のように、一人だけでおやりになってはいかがでしょう。そして、中くらいの、と言うか、お粗末な連中を、安い給料で集めて、あなたがよく心得ておられるように、その連中に機械的にやれることだけを仕込んで、ほかの連中はオペラへまわすのです。そうすればあなたは、同じ骨折りと同じ費用で、もっと多くの満足が得られ、これまでとは比較にならないほど多くの金《かね》が手に入るでしょう」

ゼルロはこの提案がすっかり気に入り、異論をとなえてはみたものの、異論に力はなかった。彼は、音楽が好きなので、前々からそういうものがやってみたかったのだ、と喜んでメリーナの提案を承認した。しかし、言うまでもないことだが、そういうことをすれば、観客の好みをますます邪道に引き込むことになるのではないか、まともなオペラでもなく、まともな芝居でもない、まぜこぜの芝居をやっていると、きっと、きちんとした、手抜きもしない芸術作品によって養われた趣味の残りかすまで、すっかり失われてしまうのではないかと心配だ、と言った。

メリーナは、ヴィルヘルム流のこうしたこうるさい理想主義や、観客によって教えられるのではなく、観客を教育するという思い上がりを、容赦なく笑いとばした。こうして二人は、金《かね》さえ儲かればいいのだ、金持になるか、あるいは陽気に暮らしさえすればいいのだ、という確信で一致した。そして、彼らの計画の邪魔になる人間は放り出したいものだとさえ言った。メリーナは、アウレーリエの健康が思わしくないので、長生きできないのではないか心配だ、と言ったが、心ではその真反対を考えていた。ゼルロは、ヴィルヘルムが歌手でないのを残念がったが、それによって、そのうち彼にやめてもらうつもりであることを匂わせた。メリーナは、節約できそうなものを表《ひょう》にして持ってきた。ゼルロは、彼によって三倍も、亡くなった義弟の穴埋めができると思った。彼らは、この話し合いは秘密にしておかなければならないことをよく心得ていたので、ますます固く結ばれ合った。そして機会があるごとにあらゆる出来事についてひそかに話し合い、アウレーリエとヴィルヘルムの企てることには、すべてけちをつけ、頭のなかで、彼らの新しい計画をますます練り上げていった。

二人は、彼らの計画を秘密にし、口に洩《も》らすことはしなかったけれども、態度にもその心づもりを秘しておくほど練れてはいなかった。メリーナは、自分の受持ちに関することでは、なにかとヴィルヘルムに反抗し、これまでも妹にたいして、思いやりのある態度で接したことのかつてないゼルロは、彼女が気まぐれで、激しい気性《きしょう》であるだけに、余計いたわってやらなければならないのに、彼女の病《やまい》が重《おも》るにつれ、つらく当たった。

ちょうどそのころ、『エミーリア・ガロッティ』*が上演された。配役は大いに成功し、この悲劇の限られた枠内でではあるが、誰もがその演技の多様性を残りなく発揮することができた。ゼルロはマリネリにぴったりであったし、オドアルド役の役者の演技も見事であった。メリーナ夫人は母親を演じて深い味わいを示し、エルミーレはエミーリアの役で、その持ち味を存分に発揮した。ラエルテスはアピアーニを非常に気品よく演じ、ヴィルヘルムは公爵の役の研究に数カ月もかけた。彼はこの機会に、高貴な態度と上品な態度とはどう違うか、どの程度前者は後者のうちに含まれていなければならないか、どの程度、後者は前者のうちに含まれてはいけないか、という問題を、一人で考えるとともに、ゼルロやアウレーリエともしばしば論じ合った。

マリネリ役として、宮廷人を、戯画風にではなく、上品に演じたゼルロは、この点についてすぐれた意見を述べた。「上品な態度というものは、本来消極的なもので、長期間の持続的な訓練を必要とするので、容易に真似できない。威厳を示すようなものを、態度に現してはいけない。それによって、ともすれば、形式的な傲慢な態度におちいるからだ。むしろ、威厳のないもの、下品なものをすべて避けるようにすべきだ。けっして自分を忘れず、自分にも他人にもつねに注意を払い、自分には厳しくし、他人には厳しすぎても優しすぎてもいけない。何事にも感動の様子を見せず、何事にも動かされず、けっしてあわてず、いかなる瞬間にも落ち着きを失わず、内心いかに動揺していても、外面的には悠然としていなくてはならない。高貴な人間は、時に自己を忘れることがあってもいいが、上品な人間にはそれはけっして許されない。上品な人間は非常に立派な服を着た人のようなもので、なにかにもたれるようなことはしないし、ほかの人もさわらないように用心する。ほかの人から際立って見えるけれども、孤立してはいけない。あらゆる芸術においてもそうだが、演劇においても、結局、もっとも難しいことを、いかにも楽々とやってのけなければならないのだ。したがって、上品な人間は、ほかの人からどれほどかけ離れていても、つねにほかの人と結びついているように見えなければならないし、つねに自然で、練れていなければならない。つねに第一人者らしく見えなければならないが、しかしけっして押しつけがましくしてはならない。

したがって、上品らしく見えるためには、実際に上品でなくてはならないことがわかる。女性の方が男よりも上品ぶることができるのも、宮廷人や軍人が、もっとも早く上品さを身をつけるのも、その理由はそこにある」

これを聞いてヴィルヘルムは、自分の役にほとんど絶望したが、ゼルロは彼の気を引き立て、個々の点についてきわめて細やかな注意をあたえて、彼の役づくりを助けたので、上演のさいには、少なくとも観客の目には、まことに上品な公爵を演じることができた。

ゼルロは、もしまだ気づいたことがあれば、上演のあと注意しようと約束していたが、兄妹のあいだに不快な争いが生じて、批評どころではなくなった。アウレーリエはオルシーナの役を、二度とは見られないほど見事に演じた。彼女はその役全体を非常によく心得ていて、稽古の時にはさりげなく演じていたが、いざ本番となると、いわば、彼女の苦悩の水門をいちどきに開いたのであった。それによって彼女の演技は、詩人自身が、創作に当って感情が火のように燃えたっている時にも、考えてもみなかったような演技になった。彼女の痛ましい努力は、異常なまでの観客の拍手によって報いられた。しかし、上演のあと皆が彼女を探したとき、彼女は半ば気を失って肘掛椅子に倒れこんでいた。

ゼルロは以前から彼女の、彼に言わせれば、誇張した演技と、多少ともあの不幸な話を知っている観客の前で、内心をさらけ出すことに腹を立てていたが、ほかの者に取り囲まれて、肘掛椅子に倒れこんでいる彼女を見ると、腹を立てた時の癖で、歯ぎしりし、足を踏み鳴らしながら、「放っとき給え。そのうち素っ裸で舞台に出るだろうよ。そうなったら喝采はいよいよ完璧になるさ」と言った。

「恩知らず！　人でなし！」と彼女は叫んだ。「もうじきわたしは、喝采の聞こえない所へ、裸で運ばれて行くんだわ」こう言うと彼女はとび起き、ドアの方へ急いだ。女中がマントを持ってくるのを忘れていた。駕籠《かご》もなかった。雨が降り、激しい風が通りを吹き抜けていた。引き止めようとしたが聞かなかった。すっかり逆上していた。わざとゆっくり歩き、冷気を称《たた》え、むさぼるように冷気を吸いこんでいるように見えた。家に帰り着いたとき、声がしゃがれて、ほとんど一言《ひとこと》も喋ることができなかった。しかし、首筋から背中にかけて、強い硬直を感じていることは口にしなかった。まもなく、舌がしびれたようになり、しどろもどろにしかものが言えなくなった。ベッドに運ばれ、あれこれと手をつくしたすえ、この症状はおさまったが、別の症状が現れてきた。熱が高くなり、危険な状態になった。

翌朝彼女は、一時間ほど落ち着いていた。ヴィルヘルムを呼び、一通の手紙を手渡し、こう言った。「この手紙は、もう長いあいだこの瞬間を待っていたのです。まもなく一生の終りがくるのを感じています。この手紙を自分で手渡して、あの不実な人に、二言《ふたこと》でも三言《みこと》でも言って、わたしの苦しみの仇《かたき》をとってやると約束してください。あの人にも感情はあります。わたしが死んだと聞けば、少なくとも一瞬は悲しんでくれるでしょう」

ヴィルヘルムは手紙を受け取りはしたものの、彼女を慰め、死という考えを遠ざけようとつとめた。

「いいえ。わたしのいちばん身近な希望を奪わないでください。わたしは長いあいだ死を待っていたのです。わたしは喜んで死をこの腕に抱きしめます」

その後まもなく、医師が約束していた手稿が届いた。彼女はヴィルヘルムに、それを読んでくれるように頼んだ。それのあたえた効果は、読者がつぎの巻を読まれれば、もっともよくご理解いただけるであろう。アウレーリエの激しい、反抗的な性質は突然やわらいだ。彼女は手紙を取り返し、別の手紙を書いた。彼女はそれを、非常におだやかな気分で書いたようであった。そしてヴィルヘルムに、あの人がわたしが死んだと聞いて悲しむようなことがあったら、あの人を慰め、わたしがあの人を許し、あの人の仕合せを願っていたと伝えて欲しい、と頼んだ。

この時から彼女は非常にもの静かになり、ときどきヴィルヘルムに読んでもらった手稿のなかの、いくつかの観念に思いふけり、それをわがものにしようと努めているようであった。体力の衰えは目につかなかったが、ヴィルヘルムがある朝訪ねてみると、思いもかけず、彼女は死んでいた。

彼は彼女を尊敬していたし、一緒に暮らすことにも慣れていたので、彼女を失ったことは、非常に悲しかった。彼女は、彼をほんとうに大切に思ってくれる唯一の人であった。最近のゼルロの冷やかさは目に余るものがあった。そこで彼は、頼まれた知らせを早く伝えるために、しばらく一座を離れようと思った。一方、メリーナにとっては、ヴィルヘルムが旅に出るのは、非常に望ましいことであった。メリーナはあちこちへ手紙を書き、早くも、男の歌手一人、女の歌手を一人雇い入れていた。そして二人を、しばらくは幕間劇《まくあいげき》に出して、観客に知ってもらい、将来のオペラにそなえるつもりであった。当分のあいだはこうして、アウレーリエの死と、ヴィルヘルムの不在は切り抜けられるはずであった。ヴィルヘルムには、数週間の休暇が得られさえすれば、ほかのことはすべてどうでもよかった。

彼は自分の任務を不思議なほど重大に考えていた。アウレーリエの死に深く心を動かされていた。そして、彼女があんなにも早く舞台から姿を消すのを見て、彼女の一生を縮《ちぢ》め、その短い一生をあれほど苦しみ多いものにした男を、憎まずにはいられなかった。死に臨んだ時のアウレーリエの最後の言葉はおだやかなものであったけれども、手紙を渡す時に、彼は、あの不実な男をきびしく責めてやろうと思った。そして、その時の気分に支配されないように、言うべき言葉を考えたが、書いているうちに、必要以上に激しいものになってしまった。書き改めた文章がうまく出来たと確信すると、それを暗記しながら、旅支度を始めた。ミニョンはそばで荷作りを見ていたが、彼に、南へ行くのか、北へ行くのかとたずねた。そして、北へ行くのだと聞かされると、「それじゃあ、ここで待ってる」と言った。彼女はマリアーネの真珠の首飾りをねだったが、彼はそれを拒むことができなかった。ネッカチーフはすでに貰っていた。そのお返しに、彼がそんなものは要《い》らないと言うのに、例の亡霊のヴェールを旅行バッグに押しこんだ。

メリーナは監督を引き受け、メリーナ夫人は、母親の目で子供たちの面倒を見ようと言った。ヴィルヘルムは子供たちと別れるのがつらかった。フェーリクスは別れぎわにひどくはしゃいでいた。そして、お土産《みやげ》になにが欲しいと聞かれると、「ぼく、お父さんが欲しい」と言った。ミニョンはヴィルヘルムの手を取り、爪先立ちしながら、愛情のそぶりは見せず、心をこめ、激しく、彼の唇にキスした。そして、「マイスターさん、あたしたちのことを忘れないでね。早く帰ってきてね」と言った。

われわれはヴィルヘルムを、千々《ちぢ》の思いにかられながら旅立つにまかせ、ここに一つの詩を掲げてこの巻をとじることにしよう。これはミニョンが深い思いをこめ、何度か歌ったものであるが、押し寄せる幾多の奇妙な出来事に妨げられて、これまでお伝えできなかったのである。

語れと言わないで。黙れと言って。
秘密がわたしのつとめなのですもの。

心のありたけをあなたに見せたいの。
だけど、わたしの定めが、そうさせてくれないの。

時がくれば心の闇も、
昇る陽ざしに明らむでしょう。
固い巌《いわお》も胸をひらき、
隠れた泉もほとばしるでしょう。

友のかいなに安らえば、
胸の嘆きもはれるでしょう。
だけど誓いがわたしの唇をとざし、
開いてくれるのは神さまだけなの。

第六巻

美わしき魂の告白

八つの年までわたしはいたって元気な子供でした。しかしその頃のことは、生まれた日のことをおぼえていないように、あまりよくおぼえていません。八つの年の初めにひどい喀血《かっけつ》をしました。その時の感じは深く心にきざまれ、強く記憶に残っています。あの出来事は昨日のことのように、いまでも細かいことまで目に浮かびます。

じっと寝ていなければならなかった九カ月のあいだに、わたしのものの考え方のすべての基礎が置かれたような気がします。わたしの精神が独自な発展をする最初の手がかりがあたえられたからです。

わたしは苦しみ、愛しました。それがわたしの心の本来の姿だったのです。激しい咳《せき》と消耗性の熱に苦しみながら、殻《から》にとじこもる蝸牛《かたつむり》のようにじっとしていました。少し楽になると、なにか楽しいことがしたくなりました。ほかの楽しみはすべて禁じられていたので、体をそこなわないように、目と耳で楽しみました。人形や絵本を持ってきてくれたり、ベッドのそばに坐ってくれる人には、なにか話をしてもらいました。

母の聖書の話は楽しく聞きました。父は自然の物で楽しませてくれました。父はきれいな収納戸棚をもっていました。ときどきその引出しをつぎつぎにもってきて、いろんなものを見せ、実物の説明をしてくれました。乾燥した植物や昆虫、いろんな解剖学的な標本、人間の皮膚や骨、ミイラなど、そういうものが、少女の病床に運ばれてきたのです。父が猟でとってきた鳥や獣も、台所へゆくまえにわたしに見せられました。しかし、この集《つど》いで「この世の頭《かしら》」＊にも一票もたせるために、叔母が恋物語や妖精の話をしてくれました。わたしはすべてを受け入れ、すべてが根をはりました。目に見えない存在と、いきいきと話した時もありました。そのころ母に書きとってもらった詩のいくつかを、いまでもおぼえています。

父に教えてもらったことを、何度もまた父に話しました。薬もすぐには飲まないで、「このお薬のもとはどこに生《は》えてるの？　どんな形をしてるの？　なんというの？」とたずねたものでした。叔母の話も石の上に落ちたわけではありませんでした。わたしは美しい服を着て、とてもかわいらしい王子さまたちに会うことを想像しました。王子さまたちは、この見知らぬ美しい子が誰なのかわかるまでは、落ち着くことができませんでした。白い服を着て、金色の翼をつけて、とてもわたしのためにつくしてくれる素敵な小さな天使とも、同じような冒険をしました。いつまでも想像しつづけたので、しまいには、天使がほんとうに生きているような気がしてきました。

一年たってだいぶ元気になりました。しかし、子供の頃の子供っぽさはなくなりました。人形と遊ぶことなどできなくなりました。わたしの愛情にこたえてくれるものを求めました。犬や猫や鳥など、父はいろんなものを飼っていましたが、そういうものがわたしをたいへん楽しませてくれました。しかし、叔母が話してくれた童話のなかで大切な役割をしていた動物を手に入れるためなら、どんなものも惜しみはしなかったでしょう。それは、農家の娘が森でつかまえて、飼っていた小羊なのです。そしてそれは、魔法で羊に変えられた王子さまだったのですが、おしまいにまた美しい若者になって、恩人の娘と結婚するのです。こういう小羊が欲しくてたまりませんでした。

しかし、そんなものが見つかるわけはありません。わたしの周りではすべてのものが、そっけなく過ぎてゆきました。そして、そういう素晴らしいものを手に入れようという希望はしだいに消えてゆきました。そのうち、不思議な出来事の書いてあるいろんな本を読んで楽しむようになりました。いちばん気に入ったのは『キリスト教徒になったドイツ人のヘルクレス』*でした。その敬虔な愛の物語はすっかりわたしの心にかないました。愛するヴァリスカになにか起こったり、恐ろしい目にあったりすると、ヘルクレスは急いで助けにかけつけるのですが、その前にまずお祈りをするのです。お祈りの言葉がその本に詳しく書いてありました。わたしにはそれが大変気に入りました。わたしがいつもおぼろに感じていた目に見えないものにたいする愛着は、それによってますます強められました。と言いますのは、わたしがなにもかも打ち明けるのは、なにをおいても、神さまでなければならない、と考えていたからです。

もっと大きくなると、手当りしだいなんでも読みましたが、いちばん気に入ったのは『ローマのオクターヴィア』*でした。小説の形で書かれた初期キリスト教徒の迫害に、わたしはきわめて強い興味を感じました。

そのうち、本ばかり読むことに母が苦情を言い始めました。父は母の手前、一日わたしの手から本を取り上げると、つぎの日にはまた返してくれました。母は利口な人でしたから、こんなことをしてもなんにもならないと思い、聖書も同じように熱心に読むようにすすめました。言われるまでもなく、わたしは聖書を非常な興味をもって読んでいました。同時に母は、いかがわしい書物がわたしの手に入らないように、いつも気づかっていました。下劣な本はわたし自身が投げすてたことでしょう。と言いますのは、わたしの王子さまや王女さまは皆、この上もなく立派な人ばかりだったからです。いずれにしても、性についての実際の話は、ひとの思うよりもよくわたしは知っていました。わたしはそれをたいてい聖書から学んだのです。いかがわしい箇所に出合うと、言葉を、わたしの目に浮かぶ事実と結び合わし、わたしの知識欲と連想力をつかって、巧みに真実をさぐりだしたのです。魔女の話を聞いたら、わたしは魔術についても通じたにちがいありません。

これほど本の虫であったのに、料理もおぼえたのは、母とこの知識欲のおかげでした。わたしが料理するところは、ちょっとした見ものでした。鶏や仔豚に包丁を入れるのは、わたしには一つのお祭でした。内臓を父のところへもってゆくと、若い学生に話すようにその説明をしてくれました。そして、心からうれしそうに、わたしのことをできそこないの息子だと、たびたび言ったものでした。

十二歳になりました。フランス語やダンスや素描を習うとともに、通例の宗教教育も受けました。宗教教育の時には、いろんなことを感じ、考えましたが、わたしの心にふれてくるようなものはなにもありませんでした。神さまの話は喜んで聞きました。仲間の者よりも上手に神さまについて話ができるのを得意に思っていました。そこで、宗教について お喋りするのに役立ついろんな本を熱心に読みました。しかし、わたし自身がどうなのか、わたしの魂が、永遠の太陽を反射する鏡のようになっているのか、そんなことは考えてもみませんでした。そんなことは、初めからそうなっているものだときめこんでいました。

フランス語も熱心に勉強しました。先生は有能な人でした。軽薄な経験主義者でも、ひからびた文法家でもありませんでした。いろんな学問を身につけ、世間も知っていました。フランス語を教えてくれると同時に、いろんなことでわたしの知識欲を満足させてくれました。わたしは先生が大好きだったので、先生のいらっしゃる時は、いつも胸をときめかせて待ったものでした。素描は難しいとは思いませんでした。先生に頭と知識があったら、もっと進歩していたことでしょう。先生は手先と熟練だけの人でした。

ダンスは初めはあまり面白くありませんでした。わたしの体が敏感すぎたのです。そして妹とばかり踊っていました。ところが、先生が、教え子の男の子と女の子のみんなで、舞踏会を催そうと思いついたために、この稽古が、前とはまったく違って面白くなったのでした。

多くの少年や少女のなかでとくに目立っていたのは、侍従長の二人の息子でした。弟はわたしと同《おな》い年でしたが、兄は二つ年上でした。こんな美しい子は見たことがない、と、皆が噂し合ったほどでした。わたしも二人を見るや否や、ほかの子はもう目に入らなくなりました。この時からわたしは、注意をこらして踊り、上手になりたいと思いました。どういうわけかこの二人も、みんなのなかでとくにわたしに目をつけてくれました。――要するに、最初の時からわたしたちは大の仲よしになり、このささやかな楽しみがまだ終わらぬうちに、もう、このつぎはどこで会おうかという約束をしてしまったのです。わたしにはたいへんな喜びでした。そして、翌朝二人が、花束をそえて、それぞれに親切な手紙をよこし、わたしの様子をたずねてくれた時には、わたしはもうすっかり有頂天になってしまいました。その時のような喜びは二度と味わったことがありません。親切は親切で、手紙は手紙で答えられました。その時から、教会や散歩道がランデヴーの場所になりました。若い仲間も、いつもわたしたちを一緒に呼んでくれました。しかしわたしたちもずるくて、知られてもかまわないことのほかは、両親に見抜かれないように隠していました。

というわけで、わたしは一度に二人の恋人を得たのです。どちらにするかはきめていませんでした。二人とも好きだったのです。三人でたいへん仲よくしていました。ところが、兄さんの方が突然重い病気になりました。わたし自身なんども重い病気をしましたので、病人に見舞の手紙を出したり、病人の口に合うおいしいものを送ったりして、病人を喜ばせました。ご両親はこうした親切をうれしく思い、息子がベッドを離れることができるようになると、息子の頼みをいれて、わたしと妹を招いてくださいました。その日からわたしは彼にきめました。わたしを迎えた彼の愛情のこもった態度は、子供のものではありませんでした。わたしたちの秘め事を完全なものに隠しておけるものではありません。彼は弟には内緒にしておこうと言いましたが、恋の炎がしました。弟さんはいろんないたずらをし、わたしたちの喜びの邪魔をして面白がっていましたが、彼が打ち壊そうと思ったわたしたちの情熱を高めただけでした。

こうしてわたしは本当に念願の小羊を見つけたのです。そしてこの情熱は、以前の病気と同じように、わたしに影響をあたえました。わたしはもの静かになり、激しい喜びは避けるようになりました。わたしは孤独を愛し、感じやすくなりました。また神さまのことを考えるようになりました。わたしがなんでも打ち明けることができるのは、つねに神さまでした。そして、その後も病気がちだった彼のために、涙にくれながらお祈りしたことを、いまでもよくおぼえています。

この出来事には子供っぽいところが沢山ありますが、わたしの心を育てるのにはたいへん役に立ちました。フランス語の先生は、これまでのようにありきたりの訳をする代りに、毎日、自分の感じたことを手紙にして書かせました。わたしは思いきって、『フュリスとダーモン*』という標題で、わたしの愛の物語を書きました。老先生はすぐに見破り、率直に打ち明けさせるために、その作文をひどくほめました。わたしはますます大胆になり、事実を細かい点まで率直に打ち明けました。どんなことがきっかけになったのかもうおぼえていませんが、あるとき先生はこう仰しゃいました。「よく書けていますね。とても自然です。だけどフュリスは気をつけないといけませんね。すぐに大変なことになりますからね」

わたしは、先生が問題を真剣にとっていらっしゃらないのに腹が立って、むきになって、大変なこととはどういう意味ですかとたずねました。先生はすぐさま、露骨に説明してくださいましたので、わたしは驚きを隠すことができないほどでした。しかしすぐに腹が立ってきて、先生がそんな考え方をするのが憎らしくなりました。しかし気をとりなおして、フュリスを弁護しようと思って、頰を赤くしながら、「だけど、先生、フュリスは真面目《まじめ》な少女なんです」と言いました。

だけど先生は意地が悪くて、真面目なフュリスをだしにしてわたしをからかいました。そして、フランス語で話しながら、真面目なという意味の「オネット」を種《たね》にして、フュリスの真面目さにいろんな意味をこじつけました。わたしはばかにされているような気がして、すっかり戸惑ってしまいました。先生は、わたしをこわがらせないように、打ち切りにしましたが、折を見てはまたその話を持ち出しました。そして、先生のもとで読んだり訳したりする戯曲や小さな物語がきっかけになって、いわゆる貞潔なるものが、情熱の挑戦にたいしては、いかに頼りない防壁であるかを、何度もお話しされました。わたしはもう反対はしませんでしたが、心のなかではいつも腹が立ち、先生のお話が重荷になってきました。

わたしのダーモンとは、しだいにまったく関係がなくなりました。弟の意地悪のために交際できなくなったのです。その後まもなく二人ともまだ若い盛りなのに亡《な》くなってしまいました。わたしは悲しみました。しかしやがて二人のことは忘れました。

一方、フュリスの方は、急速に成長し、すっかり健康になり、世間を知り始めました。皇太子が結婚し、父王が亡くなられたので、その後まもなく王位につかれました。宮廷でも町でも、活発な動きがありました。そのためわたしの好奇心にも、いろんな養分があたえられました。芝居や舞踏会や、それに付随するいろんなことがありました。両親はわたしたちをなるべく外に出さないようにしていましたが、わたしはすでにお目見得《めみえ》をすませていたので、宮廷に顔を出さないわけにはいきませんでした。外国の人たちも押し寄せてきました。どこの家もお客で一杯でした。わたしたちの家《うち》も、何人かの貴族が紹介され、お泊めした人もありました。叔父のところでは、あらゆる外国人に会うことができました。

その後もフランス語の先生は、控え目に、しかし的確に、警告をつづけておられましたが、わたしは心のなかではいつも、先生の仰しゃることを悪くとっていました。先生の仰しゃることが正しいとは一度も思ったことがありませんでした。おそらくその頃も、わたしの方が正しくて、どんな場合でも女はたいへん弱いものだと考える先生の方が間違っていたのかもしれません。しかし、あまりしつこく言われるものですから、あるとき、先生の方が正しいのかもしれないと不安になって、たいへん元気よくこう言いました。「危険がそんなに大きくて、人間の心がそんなに弱いのなら、わたしを守ってくださるように、神さまにお願いしますわ」

この無邪気な答を先生は喜ばれたようで、わたしの心がけをほめてくださいました。しかしわたしは本気でそう考えたのではけっしてありませんでした。その時は中身のない言葉にすぎませんでした。というのは、目に見えない存在にたいするわたしの感情は、ほとんど完全に消えていたからです。わたしをとりまくたいへんな数の人たちに心を乱され、激しい流れに押し流されていました。わたしの生涯のうちでいちばん空《から》っぽな時期でした。何日もなにも話さず、まともなことはなにも考えず、うかうかと日を過ごすというのが、わたしの毎日でした。好きな本のことも少しも考えませんでした。わたしをとりまく人たちは、学問のことなど夢にも考えていませんでした。そういうのがドイツの宮廷人だったのです。その頃この階級の人には、文化などかけらもありませんでした。

こういう交際仲間では、わたしは破滅の淵《ふち》まで連れてゆかれたに違いないと考えられるでしょう。わたしは感覚的にだけ陽気に日を過ごしました。気が散り、お祈りもせず、自分のことも神さまのことも考えませんでした。しかし、多くの美しい、金持の、立派な服を着こんだ男たちのうち、誰一人としてわたしの気に入った人がいなかったのは、神のお導きだったと思います。誰も彼《かれ》もふしだらで、それを隠そうともしませんでした。わたしはぞっとしました。彼らの話はいかがわしいことばかりで、それを聞いていると、自分が侮辱されたような気がしました。わたしは彼らに冷たくしていました。彼らの不作法ぶりは、時には、信じられないほどのものでした。わたしはいつも、いつもつっけんどんに扱ってやりました。

そのうえ老先生は、あるとき、こういうふしだらな青年は、たいてい、乙女の純潔にとってだけでなく、健康にとっても危険なのだと、そっと教えてくれました。そこでわたしは初めて、彼らがこわくなりました。なにかの拍子に誰かがすぐそばまでくると、それだけでもう不安になりました。グラスや皿はもちろん、誰かがいままでかけていた椅子さえ用心しました。こうしてわたしは、精神的にも肉体的にも完全に一人ぼっちになりました。そして、彼らが述べるお世辞《せじ》はみんな、お高く構えて、当然の賛辞だと考えていました。

その頃わたしたちのところに滞在していた外国人のうちで、一人の青年がとくに際立っていました。わたしたちは彼を冗談半分にナルチス*と呼んでいました。彼は外交官としていい評判を得、わたしたちの新しい宮廷で行われる人事異動で、有利な地位が得られることを期待していました。まもなく彼は父とも親しくなり、その知識と態度のために、もっとも有力な名士たちの内輪の席にも道が開かれました。父は彼のことを大いにほめ、彼の態度に自惚《うぬぼ》れめいたところがなければ、彼の美しい容姿はもっと注目をひくだろうと言っていました。わたしは彼を見て好感をもちましたが、言葉を交《かわ》したことはありませんでした。

大きな舞踏会があり、彼もきていたので、メヌエットを踊りましたが、とくに親しくなることもなく終わりました。わたしの健康を気づかって父が心配しますので、わたしはいつも激しいダンスは避けていましたが、この時も、激しいダンスが始まると、隣の部屋へ行き、トランプをしていた年輩のご婦人方のお相手をしました。

しばらく皆と一緒にとびはねていたナルチスも、わたしのいる部屋へ入ってきました。ダンスの最中におそわれた鼻血がおさまると、わたしといろんなことを話し始めました。三十分もすると、別に愛情などまじってはいなかったのですが、話がたいへん面白くなり、二人ともダンスのことはすっかり忘れてしまいました。それを見て、まもなく周りの人たちがからかい始めましたが、わたしたちは気にもとめませんでした。つぎの晩も話をする機会があり、互いに健康をいたわり合いました。

こうしてわたしたちは親しくなりました。ナルチスはわたしや妹を訪ねてくれました。そしてわたしはやっとまた、わたしがなにを知っているか、なにを考え、感じてきたか、会話のなかでどんなことが表現できるかが、わかってき始めたのです。以前から最上流の社交界に出入りしていたこの新しい友人は、歴史的、政治的分野に非常によく通じていたうえに、文学にも幅広い知識をもっていて、新刊書、とくにフランスで出た新刊書で、彼の知らないものは一つもありませんでした。彼はいろんな面白い本を持ってきたり、送ってくれたりしましたが、こういうことは、禁じられた恋よりももっと秘密にしておかなくてはなりませんでした。学問のある女は笑い物にされ、教育を受けた女は嫌われたからです。おそらく、多くの無学な男に恥をかかせるのは失礼だと思われたからでしょう。わたしの精神を育成するこの新しい機会を、非常に願わしいことと考えていた父でさえ、この文学的交遊を秘密にしておくように、強く求めたのでした。

わたしたちの交際は一年ほどつづきました。しかし、なにかの折に、わたしに愛とか優しい言葉を口にしたことはありませんでした。彼はいつでも礼儀正しく、親切でしたが、情熱を現すようなことはありませんでした。むしろ、そのころ並はずれて美しくなっていた妹の魅力に、無関心ではいられないようでした。そして冗談に、外国語で妹にいろんな愛称をつけていました。彼はいくつかの外国語をたいへん上手に話し、その特有な言回《いいまわ》しを、ドイツ語の会話にまじえるのが好きでした。妹はこうした彼の優しさにとりたててこたえようとはしませんでした。妹はもう別の糸に結ばれていたのです。それに、どちらかというと、妹はたいへんせっかちでしたし、彼の方は感じやすい質《たち》でしたので、些細なことで言い争うことがよくありました。彼は母や叔母とも折合いがよく、しだいに家族の一員のようになりました。

もしも奇妙な偶然によって、わたしたちの関係が突然変わらなかったならば、わたしたちの生活はそのまま長くつづいたことでしょう。わたしは妹と一緒にある家に招待されました。わたしはそこへ行くのは好きではありませんでした。そこのお客はひどく雑多で、粗野とは言わないまでも、下品な連中がよくきていたからです。こんどはナルチスも呼ばれていて、そのためにわたしも行く気になったのです。彼がいれば、わたし流に話のできる人がいることはたしかだったからです。食事の時からもういろんな不愉快なことがありました。何人かの男はひどく酔っぱらっていました。食事のあとで、罰金遊びが始まりそうでしたが、果たしてそうなりました。それはたいそう騒々《そうぞう》しく、勢いよく進みました。ナルチスに罰金が課せられました。それは一座の人みんなの耳に、それぞれ気に入るようなことを囁《ささや》くという課題でした。わたしの隣にいた大尉夫人のところに、彼は長くいすぎたようでした。突然大尉が彼に頬打ちをくわせました。すぐそばに坐っていたわたしの目に、髪粉がとびこんできたほどの頬打ちでした。目をぬぐって、いくらか驚きからさめて、見てみると、二人は抜き身の剣を持って構えていました。ナルチスは血を流していました。大尉の方は、酒と怒《いか》りと嫉妬《しっと》でわれを忘れ、ほかの人たちが総がかりでも引き止めかねていました。わたしはナルチスの腕をつかみ、ドアから出て、階段をのぼり、別の部屋へ連れて行きました。そして、あんなに狂ったようになっている相手では、ナルチスが危ないと思って、すぐドアに鍵をかけました。

わたしたちは二人とも、傷は大したことはないと思っていたからです。手に軽い切り傷があっただけだからです。しかしまもなく、大量の血が背筋から流れ落ちているのに気づきました。頭にひどい傷を負っていたのです。不安になりました。助けを呼ぶために踊り場に出てみましたが、誰も見当りませんでした。みんな下にいて、荒れ狂っている男をとり静めようとしていたのです。やっと、この家の娘さんがかけ上がってきましたが、ひどくはしゃいでいるので、少なからず不安になりました。彼女はこの馬鹿げた大騒ぎと、いまいましい喜劇に、死ぬほど笑いころげているのです。わたしは、外科医を呼んできて欲しいと一心に頼みました。彼女はお転婆《てんば》ぶりを発揮して、すぐさま階段をとび下り、自分で呼びに行ってくれました。

わたしはまた怪我人のところへ帰って、わたしのハンカチを手に巻き、ドアにかかっていたタオルを頭に巻きました。相変らずひどく出血し、青ざめて、いまにも気を失いそうでした。助けてくれる人はそばには誰もおらず、わたしは思わず彼を腕に抱き、撫《な》でたり、優しい言葉をかけたりして元気づけようとしました。精神的なものにすぎませんでしたが、そうした介抱の甲斐《かい》があったらしく、彼は気を失わず、死んだように青ざめて坐っていました。

やっと、この家の働き者の奥さまがこられて、ナルチスがこういう様子でわたしの腕に抱かれ、二人とも血まみれになっているのを見て、たいそう驚かれました。ナルチスが怪我をしたとは誰も思わず、わたしがうまく連れ出してくれたとばかり思っていたからです。

そこで、ぶどう酒や芳香水や、そのほか、元気をつけたり、気分を爽《さわ》やかにしたりするだけのものが、山ほど持ちこまれました。そのうち外科医もきました。わたしはもう引き下がってもよかったのですが、ナルチスはわたしの手をしっかりつかんでいました。たとえ引き止められなくても、わたしは残っていたでしょう。包帯を巻かれているあいだじゅう、わたしは彼の唇をぶどう酒でしめしていました。そしてお客がみんな周りに立っているのに少しも気がつきませんでした。外科医の手当は終わりました。ナルチスは無言で、心のこもった別れの挨拶をしてわたしと別れ、家へ運ばれて行きました。

この家の奥さまはわたしを自分の寝室へ連れて行き、服をすっかり脱がせました。率直に申しますと、わたしの体から彼の血を洗い落としているとき、ふと鏡を見て、わたしは服を着ていなくても、美しいと思ってもいいのだということを初めて知りました。わたしの衣服は二度と着られませんでした。しかし、この家の人は、わたしより小さいか肥《ふと》った人ばかりだったので、奇妙な恰好をして家へ帰り、両親をたいそう驚かせました。

わたしの驚き、ナルチスの負傷、大尉の愚行など、その事件全体に、二人ともたいそう腹を立てました。父自身、ナルチスの仇《かたき》をとるために、すぐさま大尉に決闘を申しこまんばかりの勢いでした。また、そのだまし討ち的なやり口をその場で罰しなかったのはけしからんと言って、そこに居合わせた男の人たちをも罵《ののし》りました。と言いますのは、大尉は、頰打ちをくわせたあとすぐに剣を抜き、うしろからナルチスに切りつけたのは明らかだったからです。手の傷は、ナルチス自身が剣に手をかけた時に負ったものでした。わたしは口にも言えないほど腹を立て、興奮していました。心の奥底に眠っていた激情が、風を得た炎のように突然燃え上がったとでもいった有様でした。楽しみや喜びは、まず愛を生み出し、ひそかに育てるのにたいへん適していますが、もともと大胆なものである愛は、驚きによってもっとも容易にかり立てられて、決断を下《くだ》し、告白させるものなのでしょう。両親はわたしに薬をあたえ、寝かせました。父は翌朝早く、ナルチスのところへ行きましたが、彼は創傷熱《そうしょうねつ》のためにすっかり弱りこんで、床《とこ》についていました。

二人のあいだでどんな話があったか、父はあまり言いませんでしたが、この事件が引き起こすかもしれない結果については、わたしを安心させようとしました。謝罪ですませるか、裁判沙汰にするか、などという話をしました。わたしは父をよく知っていましたので、父が、決闘しないでことを納めるとはとても信じられませんでした。しかしわたしは黙っていました。女がこういう問題に口を出すものではないと、早くから父に教えられていたからです。いずれにしても、二人のあいだでわたしに関する話があったようには見えませんでした。しかしまもなく父は、その時の話のもっと詳しい内容を母に洩《も》らしたのでした。父の話によると、ナルチスはわたしの介護にひどく感動して、父を抱擁し、わたしからうけた恩は生涯忘れないと言い、わたしと分ち合えないような幸福は望まない、父を岳父《がくふ》と呼ぶことを許してもらいたいと頼んだ、ということでした。母は父の言ったとおりを伝えてくれましたが、同時に、興奮にかられて言ったことをあまり真に受けてはいけないと注意してくれました。「ええ、もちろんよ」と冷静さをよそおって答えましたが、平気でいることはとてもできませんでした。

ナルチスは二カ月も病床にいました。右手の負傷のため、手紙を書くことはできませんでしたが、そのあいだもわたしに、優しい心づかいによって思いを伝えてくれました。こうした並はずれた優しさと、母に言われたこととがまざり合って、わたしの頭はさまざまなもの思いで一杯になっていました。町じゅうがこの事件でもちきりでした。わたしとこの話をする時は、特別な調子をこめ、わたしがどんなに否定しようと思っても、わたしの心をひどくゆすぶるような結論を引き出すのでした。これまでは遊びであり習慣であったものが、いまでは真剣な愛情に変わりました。わたしは不安な気持で暮らしていましたが、用心して皆の目からそれを隠しておこうとすればするほど、不安は増してきました。彼を失うかもしれないと考えると恐ろしくなりました。それでいて、もっと近い関係になるかもしれないと考えると、ぞっとしました。生半可《なまはんか》な知識しかない娘にとっては、結婚は考えるだけでも恐ろしいことでした。

こうした激しい動揺のために、わたしはまた自分自身を思い出しました。これまで昼も夜もわたしの目の前に漂っていた、気もそぞろな暮しのさまざまな像は、一挙にして消えうせました。わたしの心はまた動き始めました。しかし、目に見えないお方との長いあいだ断ち切られていたつながりをとりもどすのは、容易なことではありませんでした。わたしたちはまだ離れたままでした。多少はもとに帰りましたが、以前に較べるとたいへんな違いでした。

大尉が重傷を負った決闘は、わたしの知らないうちに行われました。世間の意見は、あらゆる点で、わたしの恋人の味方でした。彼はようやくまた人前に姿を見せるようになりました。頭と手に包帯をして、まっさきに訪ねてきたのは、わたしたちの家でした。この訪問に、わたしの胸は痛いほど高鳴りました。家《うち》じゅうが出迎えましたが、家の者も彼も、ありきたりに、お礼を言ったり、丁重な態度を示したりするだけでした。しかし彼は折を見ては、何度か愛情のしるしをそっと送ってくれましたが、それでも、わたしの不安は増すばかりでした。彼はすっかり回復すると、冬のあいだずっと、前のように徒歩でわたしたちを訪ね、自分の気持や愛のしるしを、いろいろ、そっと、送ってはくれましたが、相変らずすべてがはっきりしないままでした。

こうしてわたしはつねに試練のうちに置かれていました。心を打ち明けることのできる人は誰もありませんでした。神さまからはあまりにも遠く離れていました。すさんだこの四年のあいだに、神さまのことはすっかり忘れてしまっていたのです。ときどきはまた神さまのことを考えましたが、神さまとの仲は冷たいものになっていました。教会へは通いましたが、儀礼的なものにすぎませんでした。そのうえ、神さまの前に出る時は、美しい服を着て、ほかの人よりもすぐれていると思っている、わたしの美徳や品行や美点を、得意になって神さまに見せびらかしていたので、神さまは、そんな飾りたてたわたしなんかは、少しも気にとめてくださらないようでした。

廷臣が、恩寵を期待している領主に冷たくあしらわれたら不安になるでしょう。しかしわたしは少しも不安ではありませんでした。わたしは必要なものはなんでも持っていました。健康ですし、快適に暮らしていました。わたしがときどき神さまのことを思い出すのを神さまが認めてくださるなら、それはそれで結構なことですが、認めてくださらなくても、自分のつとめは果たしていると思っていました。

もちろんわたしがそのころ、自分のことをそう考えていたわけではありません。しかし、それがわたしの魂のほんとうの姿だったのです。けれども、わたしの考え方を変え、浄化する用意が、すでに始まっていたのです。

春がきました。ナルチスが、わたしが一人で家にいるとき、予告もなしに訪ねてきました。そのとき彼は恋人のように振舞い、心を許してくれるか、将来名誉ある、収入の多い地位についたら、手をあたえてくれるか、とたずねました。

彼はすでにわたしたちの宮廷に任用されていましたが、彼の名誉心を恐れて、急速に昇進させることを控えて、財産もあることだしというので、安い給料のままにしておいたのです。

わたしは彼がたいへん好きでしたが、彼が、率直に話のできる人でないことも知っていました。そこでわたしは気を落ち着け、まず父に話してくれるように言いました。彼は父の同意を疑っていないようでしたが、まずこの場でわたしの同意を得たいのだと言いました。とうとうわたしは、両親の賛成を絶対の条件として、承諾しました。そこで彼は正式に両親に話をし、両親は異存ない旨《むね》を答え、近く期待される昇進を機にということで、約束を交《かわ》しました。妹や叔母にも伝えられ、秘密にするようにきびしく言いわたされました。

こうして恋人が婚約者になりました。この二つのあいだの違いはたいへん大きいものでした。健全な考えをもったすべての少女の恋人を、婚約者に変えてくれる人がいたら、たとえこの関係が結婚に至らなくても、わたしたち女性にとって、たいへん有難い人だと言えましょう。二人のあいだの愛は、それによって減ることはなく、もっと理性的なものになります。数知れない小さな愚行、あらゆる媚態《びたい》や気まぐれは、たちまち消え去ります。婚約者が、どんなに美しい髪飾りをつけているよりも、朝の頭巾《ずきん》をかぶっている様子の方が好きだと言えば、健全な考えの娘なら、きっと髪型なんか気にしなくなるでしょう。そして彼の方でも、考え方が堅実になり、世間に見せるための飾り人形を作るよりは、一人の主婦を育てたいと思うでしょうが、それはまったく当然なことなのです。これはあらゆる面で言えることです。

幸運にも、婚約者が知性と学識の持主である場合には、そうした少女は、大学や外国で得るよりももっと多くのものを、学ぶことができます。彼女は婚約者があたえてくれる教養を喜んで受け入れるだけでなく、この道をさらに進んで行こうとします。愛は多くの不可能なことを可能にします。そして結局は、女性にとって必要な、また女性にふさわしい従順さも、すぐに身につきます。婚約者も良人《おっと》のように支配しようとはしません。頼むだけです。そして女性は、彼の望むところを読みとり、頼まれる前に実行しようとします。

こうしてわたしは、なにものにも替え難いほどのものを経験によって学んだのでした。わたしは仕合せでした。ほんとうに仕合せでした。世の仕合せがつねにそうであるように。つまり、短いあいだだけ。

このように静かな喜びのうちにひと夏が過ぎました。ナルチスはわたしを困らせるようなことはけっしてしませんでした。わたしはますます彼が好きになりました。心底《しんそこ》から彼を愛していました。彼もそのことをよく知り、有難いと思ってくれました。そうしているあいだに、一見些細なことから、わたしたちの関係をしだいに蝕《むしば》んで行くようなことが生じてきたのでした。

ナルチスは婚約者としてわたしに接し、まだ禁じられていることを求めようとはけっしてしませんでした。しかし、純潔と身もちのよさとの限界については、わたしたちの考えはたいへん違っていました。わたしは誰にも非難されないように生きたいと思い、世間に知られて困るような放縦さは断じて許しませんでした。つまみ食いに慣れている彼は、こういう摂生《せっせい》はきびしすぎると考え、そのため絶えず言い争いが起こりました。彼はわたしの態度をほめながらも、わたしの決心の根を掘り崩そうとしたのです。

わたしは、フランス語の老先生の「たいへんなことになる」という言葉を思い出し、同時に、その時わたしのもち出した救助策のことも思い出しました。

わたしはまた神さまと少し親しくなっていました。神さまはわたしにこんな素晴らしい婚約者をあたえてくださったのです。わたしはそれを神さまに感謝していました。地上の愛は、わたしの精神を集中させ、活動させました。そのため、わたしが神さまとかかわり合うことは、地上の愛と矛盾するものではありませんでした。ごく自然にわたしは、わたしを不安にさせるものを神さまに訴えました。それでいてわたしは、わたしを不安にするものを、自ら望んでいることに気づいていませんでした。わたしは自分が非常に強いのだと思っていました。そのためわたしは、「わたしを誘惑からお守りください」*などとは祈りませんでした。誘惑など遠く乗り越えているものと考えていたのです。わたしはこの貞潔という下《くだ》らない金《きん》ぴかの飾りものをつけて、得々《とくとく》として神さまの前に立っていたのです。そういうわたしを神さまは突き戻しはなさいませんでした。わたしがほんの少しでも神さまに近づくと、神さまはわたしの心に優しい印象を残されました。そして、その印象に動かされて、わたしはまた、ますます神さまを求めるようになっていったのです。

ナルチスがいなければ、わたしには全世界が死んだもののように思えました。ナルチスのほかにには魅力を感じるものはなにもありませんでした。おめかしをしようという気になるのも、彼に気に入られたいからにすぎませんでした。彼に会えないことがわかると、念入りにおめかしをしようなどという気にはとてもなれませんでした。わたしはダンスが好きでしたが、彼がいないと、体を動かすのさえ面倒な気がしました。豪華なパーティーに招かれても、彼がこないことがわかると、服を新調する気にも、古い服を流行に合わして仕立て直す気にもなりませんでした。わたしには誰もが嫌ではありませんでしたが、しかし誰もがわたしには煩《わずら》わしかった、と言った方がいいでしょう。いつもはトランプなどしたいとは少しも思ったことはありませんが、年上の方たちと一勝負することができると、今晩はうまく切り抜けたな、と思ったものでした。そして、古くからのお知合いの方が、そのことでわたしをからかったりすると、おそらくその晩初めて、微笑を浮かべるのでした。散歩の時でも、そのほかのあらゆる社交的な遊びの場でも、そういう具合でした。

わたしが選んだのはあの人だけ
わたしはあの人のためにだけ生まれてきたのかしら
わたしが欲しいのはあの人の愛だけ*

わたしはどんな集まりの席にいても、しばしば孤独でした。そしてたいていの場合、完全な孤独の方がわたしには望ましかったのです。しかしわたしの落ち着かない心は、眠ることも夢見ることもできませんでした。わたしは感じ、考えました。そして、わたしが感じ考えたことについて、神さまと話すすべを、しだいに会得《えとく》していったのです。そうすると、別の感情がわたしの心に生まれてきましたが、前の感情と矛盾するものではありませんでした。というのは、ナルチスにたいするわたしの愛は、天地創造の計画全体にかなうものであって、神さまにたいするわたしの義務に逆らうところは、どこにもなかったからです。この二つは矛盾するものではありませんでしたが、限りもなく異なったものでした。ナルチスは、わたしの前に漂い、わたしのすべての愛がそそがれる唯一の像でした。しかしもう一つの感情は、どのような像に向けられたものでもなく、そして、口にも言えないほど快いものでした。わたしは、このような感情はもう持っていませんし、わたしにとって、二度とありえないものなのです。

ナルチスは、ほかのことはわたしの秘密はなんでも知っていましたが、このことについてはなにも知りませんでした。まもなくわたしは、彼の考え方がわたしとは違っていることに気づきました。彼はたびたび本を持ってきてくれましたが、それらは、目に見えない存在とのつながりと呼ばれるすべてのものに、大小の武器を用いて戦いを挑むものでした。彼が持ってきてくれたものですから、それらの本を読みましたが、そこに書かれていることは、結局、初めから終りまで納得できませんでした。

学問や知識についても、二人のあいだには食い違いがありました。世間の男と同じで、学問のある女をばかにしていましたが、それでいて、絶えずわたしに教えようとしました。法律学はのぞいて、あらゆる学問についていつもわたしと話をしました。そしてあらゆる種類の本をつぎつぎに持ってきましたが、そのくせ、カルヴァン派の信徒が、カトリック教の国で、その信仰を隠しておかなくてはならないのよりももっと、女はその知識を秘密にしておかなくてはならないという、おかしな意見を繰り返すのでした。わたしはごく自然に、世間にたいして、ほかの人よりも利口で教育があるような様子は見せませんでしたが、彼の方がまず、ときどき虚栄心にかられて、わたしの美点を吹聴《ふいちょう》しました。

そのころ、影響力があり、才能豊かで、精神もすぐれているために、非常に尊重されている社交界の名士が、わたしたちの宮廷でたいへんもてはやされていました。この人はナルチスにとくに目をかけ、いつも自分のそばに置いておられました。二人は女性の純潔についても論議し、ナルチスはその話を詳しく伝えてくれました。わたしも自分の意見を率直に述べました。そしてナルチスは、それを文章に書くようにわたしに求めました。わたしはかなり流暢《りゅうちょう》にフランス語を書くことができました。老先生がしっかり基礎を教えてくださったからです。ナルチスとの文通もフランス語でしていましたし、洗練された教養は、当時はまだ全般的に、フランス語の書物からしか得られなかったのです。伯爵はわたしの書いたものが気に入り、わたしは、少し前に書いたいくつかの小さな詩までお見せしなければなりませんでした。要するにナルチスは、たしなみなく、自分の恋人のことを少々自慢したらしいのです。このお話は、伯爵が出発のさいにナルチスに送った、フランス語の詩による機知豊かな手紙で終わりました。ナルチスはたいへん満足していました。伯爵はその手紙のなかで、二人の友好的な議論にふれ、最後に、いろいろと疑ったり迷ったりしたすえに、魅力的な貞潔な夫人の腕に抱かれて、純潔とはなにかをもっとも確実に知る、ナルチスの幸福を称《たた》えていました。

この詩はまず最初にわたしに見せられましたが、そのあと、ほとんどすべての人に見せられたので、誰もがそれを見て、勝手なことを考えました。そのほかいろんな事柄でもこういう具合でしたので、彼の尊重する、わたしたちの知らない人が皆、わたしたちの家でも知られるようになりました。

ある伯爵一家が、この町の腕の立つ医師の治療を受けるために、しばらく滞在しておられました。ナルチスはこの家でも、息子のように扱われていて、わたしをそこへ連れて行きました。この家の立派な人たちのところでの会話は、精神的にも、気持の上からも、快いものでした。社交的な普通の遊びでも、ほかの家のように空虚なものではありませんでした。誰もがわたしたちの関係はご存知で、それに応じた扱いをしてくださいましたが、立ち入ったことにはふれようとなさいませんでした。わたしがこの新しいおつき合いのことを話すのは、わたしのその後の人生において、これによって多くの影響を受けたからです。

わたしたちが婚約してから、ほぼ一年が過ぎました。そして、それとともにわたしたちの春も過ぎました。夏がきて、すべてがより真剣に、より熱くなりました。

思いがけず何人かの方が亡《な》くなり、ナルチスの要求できる席があきました。わたしの運命がきめられる時が近づいたのです。ナルチスと彼のすべてのお友達が、彼に不利なある種の印象をもみ消し、彼の望んでいる地位が得られるように、できるかぎりの努力をしました。そしてわたしは、わたしの願いを持って、目に見えぬお友達の方へ向かいました。わたしは優しく迎えられたので、それがうれしくて何度も伺《うかが》いました。わたしは率直にわたしの希望を打ち明け、ナルチスがその地位につけるようにお願いしました。しかしわたしの願いは性急なものではなく、わたしの祈りをぜひともかなえてくださいなどとは求めませんでした。

その地位ははるかに劣る競争相手によって占められました。わたしはその知らせにたいへん驚き、自分の部屋にかけこんで、しっかり錠をおろしました。悲しみは最初涙になって溢れましたが、つぎに、「これは偶然起こったことではないのだ」と考えました。そしてそれにつづいて、この不幸なことのように見えるものも、わたしのほんとうの仕合せになるのだろうから、喜んでそれをお受けしようと決心しました。すると、苦しみの雲をすべて追い払ってしまうような、たいそう穏やかな気持がわき起こってきました。わたしは、この助けによって、どんなことにも耐えられると感じました。わたしは明るい顔をして食卓につき、家《いえ》の人たちを驚かせました。

ナルチスはわたしよりも力を落としていて、慰めてやらなければなりませんでした。彼は家族にも嫌なことがあって、ひどく悩んでいました。わたしたちは心から信頼し合っていましたので、なんでも打ち明けてくれたのです。別の仕官の口を求めましたが、それもうまく行きませんでした。わたしは彼のために、またわたしのために、深く心を痛めました。そしてわたしはすべてを、わたしの願いを快く受け入れてくださった方のところへ持って行きました。

この経験がわたしの心をなごませてくれればくれるほど、わたしは何度もこの経験を繰り返し、わたしがあれほどたびたび慰めを見出したところに、いつも慰めを求めました。しかしいつも慰めを見出せるわけではありませんでした。わたしは、太陽で暖まろうとしているのに、なにかが邪魔をして、日陰に置かれている人のような気がしました。「これはなんだろう」とわたしは考えました。わたしは熱心にその原因を探し、すべてがわたしの心の状態から起こっているのだということに、はっきり気づきました。心がまっすぐに神さまに向かっていない時には、わたしは寒いままでした。神さまの反応は感じられず、神さまの答を聞くことはできませんでした。「まっすぐに神さまに向かうのを妨げているのはなんだろう」というのが、第二の疑問でした。ここでわたしは、広野に立たされ、わたしの恋の歴史の二年目のほとんどまるまる一年のあいだつづいた探究に、わたしは巻き込まれたのでした。ほんとうはもっと早く片づくはずでした。まもなく手がかりは摑《つか》めたからです。しかしわたしはそれを認めず、逃げ口上《こうじょう》ばかり探していたのです。

わたしの魂がまっすぐに神さまに向かうのを妨げているのは、わたしが馬鹿げた楽しみにふけったり、下《くだ》らないことばかりしているからだということはすぐにわかりました。どのように、そして、どこで、ということもまもなく、すっかり明らかになりました。しかし、すべての人が投げやりで、頭までおかしくなっているような世の中で、どうすればそこから抜け出ることができるのでしょうか。わたしは、いまの状態はそのままにして、いかにも気楽そうに見えるほかの人たちと同じように、行き当りばったりに暮らしたいと思いました。しかしそれはできませんでした。わたしの内からの声が、絶えずそれに反対したからです。わたしは社交界から逃れ、境遇を変えようと思いましたが、それもできませんでした。わたしは一つの輪のなかに固くとじこめられていて、そこから生ずるいろんな結びつきから逃れることができませんでした。そのうえ、わたしにとって大事な事柄で、さまざまな不運がおしよせ、積み重なりました。わたしはたびたび、涙ながらに床《とこ》につき、眠れない夜を過ごしたあとで、また涙ながらに起きました。わたしは力強い支えが必要でした。しかし、道化師のように鈴つき帽子をかぶって、浮かれ歩いているわたしに、神さまは支えなどあたえてはくださいませんでした。

そこでわたしは、わたしのしているすべてのことを秤《はかり》にかけてみました。最初に槍玉にあがったのは、ダンスとトランプでした。賛成にしろ反対にしろ、これらについて語られ、考えられ、書かれているものを、手当り次第に探し出し、話題にし、読み、検討し、敷衍《ふえん》し、非難し、信じられないほど苦労しました。わたしがこれらのものをやめれば、ナルチスの感情を害するのは明らかでした。わたしたちがびくびくと生真面目《きまじめ》であると世間に見られ、もの笑いにされるのをひどく恐れていたからです。わたしは、自分が馬鹿げたこと、有害で馬鹿げたことだと思っているものを、自分が好きだからではなく、ただナルチスのためにだけやっていたのですから、すべてが耐え難くつらいものになっていたのです。

どうしてもわたしの気を散らし、内面的な平和をかき乱すこれらの行為をつづけながら、わたしの心を目に見えない存在の働きに開いておこうとして、どんなに努力したか、この葛藤がこういうやり方では片づけることができないのを、どんなに痛いほど感じなければならなかったかを述べようとすれば、冗長で繰り返しが多いという非難を避けることができないでしょう。というのは、ひとたび愚行の衣《ころも》をまとうと、それはたんなる仮装にとどまらず、その愚かしさはすぐさま体じゅうに染みこんでしまうからなのです。

ここでお許しをいただいて、たんなる歴史的記述の枠を越えて、わたしのなかで起こった変化について少し考えてみたいと思います。わたしが二十二歳のころ、いえ、もっと若いころ、同じ年頃の人たちが無邪気に楽しんでいることが少しも楽しいと思えないほど、わたしの好みや考え方を変えてしまったのはなにだったのでしょうか。なぜそうした楽しみが、わたしには無邪気なものに思えなかったのでしょうか。ほかでもなく、そうした楽しみがわたしにとっては無邪気なものではありませんでしたし、ほかの同じ年頃の人たちと違って、わたしは自分の心を知っていたからだ、と答えてもいいかと思います。いいえ、わたしは、求めずして得た経験から、一段と高い感情があって、それが、世の人がいたずらに楽しみごとに求めている満足を、ほんとうにあたえてくれるということを、そして、一段高いこの喜びのうちには、同時に、不幸な時にわたしたちに力をあたえてくれる宝が秘められているのだということを、知っていたからです。

しかし、若い人たちの社交的な楽しみや娯楽は、当然わたしにとって強い魅力をもっていました。なぜなら、それをしながら、なにもしていないようなふりをすることは、わたしにはできなかったからです。いまのわたしなら、その気にさえなれば、当時わたしを迷わせ、とりこにしかねないようないろんなことを、平然としてすることができるでしょう。しかしその頃は、こういう中間の道はありませんでした。魅力ある楽しみを捨てるか、爽《さわ》やかな気持にしてくれる内的な感情を捨てるかの、どちらかしかありませんでした。

しかし、わたしの心のなかの戦いも、わたしの知らないうちに決着がついていたのです。わたしのなかに、感覚的な喜びにたいする憧れが残っていたとしても、わたしはそんなものをもう楽しむことはできなかったのです。どんなにぶどう酒の好きな人でも、樽のいっぱいつまった酒倉にいて、すえた空気に息がつまりそうになっている時には、飲みたい気持などすっかりなくなってしまうでしょう。新鮮な空気の方がぶどう酒よりもいいのです。わたしはこのことをはっきりと感じました。ナルチスの愛を失うかもしれないという恐れに引き止められなかったならば、魅力あるものよりも善を選ぶのに、頭を悩ますことなど初めから要《い》らなかったでしょう。しかし結局、何度となく戦い、繰り返し考えてみたすえに、わたしを彼につなぎとめている絆《きずな》に鋭い目をそそぎ、それがごく弱いもので、わけなく断ち切れるものであることを発見しました。わたしを空気の薄いところにとじこめているのは、ガラスのケースにすぎないことに、わたしは突然気づいたのです。それを打ち砕く力さえあれば、わたしは救われるのです。

気づくや否や実行しました。仮面をぬぎ捨て、いつも心の命ずるままに行動しました。相変らずわたしはナルチスを愛していました。しかし、これまで湯のなかにつけてあった温度計は、自然の空気のなかに吊《つる》されました。温度計は大気の温度以上に上がることはできませんでした。

不幸なことに、温度は目に見えて下がってきました。ナルチスは遠のき始め、よそよそしくし始めました。それは彼の自由でした。しかし、彼が遠のくにつれて、わたしの温度計は下がりました。家族の者もそれに気づいて、わたしにいろいろたずねては、不思議そうな顔をしていました。わたしは男のような口調で説明しました。これまでわたしは十分に自分を犠牲にしてきました。わたしはこれからも、生涯の終りまで、どんな嫌なことでも彼と分ち合うつもりです。しかし自分のすることには、完全な自由を要求します。わたしのすることは、自分で確信できるものでなければなりません。わたしは自分の考えを、頑固に主張するつもりはけっしてありません。むしろ、相当の理由があれば、喜んで聞くつもりです。しかし、わたしの幸福にかかわることは、自分できめます。どんな強制も受けはしません。例えばコーヒーのように、普通は体によく、多くの人に好まれている飲物でも、自分の経験でわたしに害があることがわかれば、偉いお医者さまが勧めてくださっても、わたしは飲みません。それと同じように、あるいはそれ以上に、わたしを混乱させる行為は、それがわたしに道徳的に役立つと、どんなに説明されても、わたしは受け入れないつもりです。

わたしは、長いあいだひそかに用意していたので、こうした議論は、わたしにとって、少しも不愉快でなく、むしろ快いものでした。わたしは気が晴々《はればれ》とし、わたしの決心の価値を余すところなく感じました。わたしは髪の毛一筋ほどもゆずりませんでした。わたしが子供として遠慮しなくてもいい相手は、こっぴどくやりこめました。まもなくわたしは、家《うち》でも勝利をおさめました。母は若い時から同じような考えをもっていましたが、母の場合はそれが花を開くことがなかったのです。つまり、自分の確信を貫く勇気をもつ必要にせまられることがなかったのです。彼女は、わたしによって、自分のひそかな願いが満たされるのを見て喜んでいました。上の妹はわたしに賛成のようでした。下の妹は注意深く聞いて黙っていました。叔母はいちばん激しく反対しました。彼女のもち出す理由は、一から十まで世間並みのものでしたので、それに反論できるはずがないと彼女は思っているようでした。とうとうわたしは、どこから言ってもあなたは、この問題に口をはさむ権利はないのですよ、と言わなければなりませんでした。叔母はその後、自分の考えに固執する様子はほとんど見せませんでした。彼女はまた、この出来事を近くで見ていながら、なんの感情も示さないただ一人の人でした。彼女はなんの感情ももたず、きわめて偏狭な頭の持主だと言っても、言いすぎではありません。

父はいつもの考えどおりに振舞いました。父は無口な方でしたが、この問題についてはたびたびわたしと話してくれました。父の言い分は思慮のあるものでしたし、父の言うことだけに、反対しにくいものでした。しかし自分は正しいのだという深い感情に支えられて、反論しました。しかし、まもなく情況が変わって、父の心情に訴えなければならなくなりました。父の言い分が分別あるものだけに、それに言い負かされて、感情的に反論するほかなくなったのです。言いたい放題のことを言い、わっと泣き出しました。わたしがどんなにナルチスを愛していたか、この二年間どんなに我慢してきたか、自分のしていることの正しさをどんなに確信しているか、この確信を守るためなら、愛する婚約者や見せかけの幸福を捨ててもいい、必要とあれば、全財産を捨てる覚悟もある、自分の考えに反して行動するくらいなら、祖国も両親も友人も捨てて、他国で暮しを立てる方がましだ、と父に言いました。父は感動を隠してしばらく黙っていましたが、とうとう、わたしに賛成だとはっきり言ってくれました。

ナルチスはあれ以来、わたしたちの家を避けていました。そして父は、ナルチスが出席していた毎週の会合をやめてしまいました。このことは、宮廷でも町でもたいへんな評判になりました。ひとびとは、こういう場合にいつもそうであるように、いろんな噂をふれまわりました。一般の人がこういうことに強い関心をもつのは、彼らが甘やかされていて、心の弱い人たちが決心をするさいに、こういうことになんらかの形で影響をうけるからなのです。わたしは世間をよく知っていましたし、わたしたちはしばしば、そうするように勧められたことで、勧めた当の本人に非難されるものだということも知っていました。それはともかくとして、わたしは心のなかで、そうしたその場限りの意見など、まったく取るに足らないものだと思っていました。

それに反して、ナルチスを愛する気持を捨てようとは思いませんでした。彼は姿を見せなくなりましたが、彼にたいするわたしの気持は変わりませんでした。心から彼を愛していました。いわば新しいものを愛するように、前よりもずっと落ち着いた気持で愛していました。彼がわたしの確信を妨げないかぎり、わたしは彼のものでした。この条件が満たされないならば、王国と引替えでもお断りしたでしょう。数カ月も、わたしはこういうことを感じ、考えていました。そしてついに、落ち着いて行動できるだけの平静さと強さを感じたとき、愛情などは抜きにした、丁重な手紙を書き、なぜいらっしゃらないのかとたずねました。

瑣末《さまつ》なことでは自分の意見を述べることを好まず、いいと思ったことを黙って実行する彼のやり方を知っていましたので、今度はわざとわたしの方から返事を求めてやったのです。回りくどい文体の、くだらない常套句をつらねた、長い、味気ない(とわたしには思えたのですが)返事がきました。もっといい地位につかなければ、一家を構えることができないので、わたしに手を差し出すわけにいかない、これまでそれがうまくいかなかったのはわたしがいちばんよく知っているはずだ、このまま実りのない交際をつづければ、わたしの評判を傷つけるかもしれないと思うので、これまでどおりお訪ねしないのをお許しいただきたい、わたしを仕合せにできるようになれば、わたしにあたえた言葉は必ず守る、というようなことが書いてありました。

わたしは折返しつぎのように書いてやりました。わたしたちのことは広く世間に知られているのですから、いまさらわたしの評判を気づかってくれるのは遅すぎる。わたしの評判のことなら、わたしの良心と純潔がもっとも確かな証人になってくれるでしょう。このさいわたしは、あなたの言葉はためらうことなくお返しする。わたしはあなたが幸運を見つけることを願っている。するとすぐに短い返事がきましたが、本質的には前の手紙とまったく同じでした。地位を得たら、彼と幸運をともにする気があるかおたずねする、というだけのことでした。

これはわたしには、なにも言ってこないのと同じでした。わたしは身内の者や知人に、この問題は片《かた》がついたと言明しました。実際片がついたのです。彼は九カ月のちに、きわめて望ましい地位に昇進されると、人を介して、もう一度申し込んできましたが、言うまでもなく、一家を構えなければならない男の妻として、わたしの考え方を変えてもらわなければならないという条件がついていました。わたしは丁重に感謝し、幕の下《お》りた劇場から出て行く人のように、この物語にきれいさっぱりと別れを告げたのでした。

彼はすぐそのあとで、彼にとってはまったくわけもないことでしたが、金持の良家の娘と結婚しました。わたしは彼が彼なりに幸福になったことを知り、すっかり安心しました。

言っておかなくてはなりませんが、彼が地位を得る前にもあとにも、わたしには立派な縁談が何度もありました。父も母もわたしが譲歩することを願っていましたが、わたしはためらうことなくそれらを断りました。

荒天《こうてん》の三月と四月のあとで、この上もなく素晴らしい五月の天候を恵まれたような気がしました。健康にも恵まれ、口にも言えないほどの心の安らぎを楽しみました。どこを見回してみても、わたしは、婚約者を失って、かえって多くのものを得ていたのです。若くて感情も豊かであったわたしには、神のお創りになった天地が、前より千倍も素晴らしいものに思えました。前は、美しい庭にいながら退屈なので、社交界に出たり、トランプでもするほかなかったのです。わたしは自分の信心深さを少しも恥ずかしいとは思っていませんでしたが、芸術や学問にたいする愛も、隠してはおきませんでした。スケッチをしたり、絵を描いたり、本を読んだりしました。わたしを支持してくれる人もたくさんありました。わたしが捨てた、というよりはむしろ、わたしを捨てた上流社会の代りに、はるかに豊かで楽しい集まりがわたしの周りに出来ました。わたしは社交生活が好きでした。そして、年上のお知合いの方たちから離れたとき、孤独を恐れたことを否定はしません。しかしいまわたしは十分に報われました。いえ、報われすぎるほど報われたと言ってもいいでしょう。お知合いの範囲はますます広くなりました。同じ考え方の土地の人たちだけでなく、よその土地の人たちともお知合いになりました。わたしの話が評判になっていたのです。多くの人が、婚約者よりも神を大切に思う娘を見てみたいと思われたのです。その頃は全般に、ある種の宗教的気分がドイツで認められました。いくつかの侯爵家や伯爵家でも、魂の救いにたいする関心が目覚めていました。同じ関心を抱いている貴族も少なくはありませんでした。身分の低い人たちのあいだでも、こうした考えは広く行きわたっていました。

前にふれた伯爵家とはいっそうお近づきになりました。その後何軒かの御親戚が町に出てこられたので、御一家の人数はふえていました。そこの立派な方々が、わたしも願っていたことですが、わたしとのつき合いをお求めになりました。この御一家は大きな一族で、わたしはこの家で多くの侯爵や伯爵や、宮廷で勢力をもっておられる方々とお知合いになりました。わたしはどなたにたいしても、わたしの考え方を隠してはおきませんでした。それを尊敬してくださったのか、いたわってくださったのかはわかりませんが、わたしは好きなようにお喋りをし、どなたも反対はなさいませんでした。

別の仕方でわたしはまた世間へ連れ出されることになりました。ちょうどそのころ、いつもは通りすがりに立ち寄るだけの父の腹ちがいの弟が、しばらくわたしたちのところに滞在していました。この叔父は宮廷に仕《つか》えていて、人望もあり、勢力もありましたが、必ずしもすべてが自分の思うようには運ばないというそれだけの理由で、やめてしまいました。思慮にとみ、厳格な性格の人でしたが、この点は父に非常によく似ていました。ただ父には、同時にいくらか柔軟なところがあって、仕事で譲歩し、自分の確信に反することはしないまでも、大目に見ることができました。そして、そこから生《しょう》ずる憤懣《ふんまん》は、黙って一人で片づけるか、家族に打ち明けるかしてまぎらしていました。叔父は父よりもずっと若く、彼の自立はその外的事情によって、少なからず保証されていました。叔父の母は非常に裕福な人で、そのうえ、近い親戚や遠い親戚から、大きな財産が貰えることになっていました。そのため、他人に補助してもらう必要はまったくなかったのです。それに反して、父はあまり財産がなく、給料を貰うために、宮仕《みやづか》えにかたくしばりつけられていたのでした。

叔父は家庭的な不幸によって、いっそう頑《かたく》なになっていました。愛する妻と、前途有望な息子を早く失い、そのとき以来、意のままにならないことはすべて遠ざけようとしているように見えました。

家《うち》の者はときどき、叔父はおそらくもう結婚しないであろうから、わたしたち子供は、莫大な財産の相続人の一人に数えられるのではなかろうかと、自分勝手に噂し合っていました。わたしはそれ以上は気にかけませんでしたが、ほかの者たちのそれを期待する様子はあまり変わりませんでした。叔父の性格は堅固でしたが、話をする時は誰にも逆らわず、むしろ、誰の意見にも親切に耳を傾けて、それぞれの考え方を、自分で論拠や例をもちだして、保証してやるのがつねでした。叔父をよく知らない人は、いつでも叔父と意見が同じなのだと思っていました。叔父は並はずれた理解力の持主で、どんな考え方でも受け入れることができたからです。わたしとは叔父もそれほどうまくは行きませんでした。わたしの場合は、叔父が考えたこともない感情が問題だったからです。関心をもって、理解しようとしながら、いたわるように、わたしの考え方について、わたしと話してくれましたが、わたしのすべての行動の基礎になっているものについては、まったく理解していないことがわかって、わたしは不思議なような気がしました。

叔父はいつも秘密を洩《も》らさない人でしたが、しばらくするうちに、いつもと違う長逗《ながとう》留《りゆう》のほんとうの理由がわかりました。やっとわかったのは、叔父は、わたしたちの末の妹に目星をつけ、自分の考えどおりに結婚させ、仕合せにしてやろうと思っているということでした。そしてたしかに妹は、肉体的素質から言っても、精神的素質から言っても、とくに、相当な持参金も秤《はかり》にかけると、第一級の縁組を望む資格がありました。わたしのことを叔父がどう考えているかも、同様に、問わず語りにわからせてくれました。叔父は女子聖堂参事会会員*の地位を手に入れてくれ、すぐそのあと、収入までそこから得られるようになったのでした。

妹は叔父の配慮に、わたしほど、満足もせず、感謝もしていませんでした。妹はわたしに、これまで巧みに隠していたある恋愛問題を打ち明けました。妹は、好きになってはいけない男との関係に、わたしが全力をあげて反対するだろうこと――実際そうなりましたが――を恐れていたからです。わたしはできる限りのことをし、そして、成功しました。叔父の意図は真剣なものでしたし、非常にはっきりしていましたので、また、将来の見込みは、妹の世俗的感覚にとって魅力あるものでしたので、自分の理性でさえ容認しないような愛をあきらめる力が持てないはずはなかったのです。

そこで妹は、叔父の穏やかな指導をこれまでのように避けなくなりました。こうして叔父の計画の基礎が固められ、妹は隣の国の宮廷で女官になりました。そして、女官長として名望高い、叔父の女友達のもとにあずけられ、監督され、指導を受けることになったのでした。わたしは妹を新しい任地へ連れて行きました。二人とも、わたしたちの受けたもてなしにたいへん満足しました。そしてときどきわたしは、若い敬虔な女子聖堂参事会会員として、世間で演じなければならないわたしの役割に、ひそかに微笑をもらさずにはいられませんでした。

以前ならば、こういう環境に置かれると、わたしはたいへん当惑し、ひょっとすると頭までおかしくなったかもしれません。しかしいまはどんなものに取り巻かれても、平然としていることができました。すっかり落ち着いて、二、三時間もかけて髪をゆってもらったり、化粧してもらったりしました。そして、わたしの立場からは、身分にふさわしい装いをするのが義務なのだとしか考えませんでした。大勢《おおぜい》人のつまった広間では誰とでも話をしましたが、容姿や人柄で強い印象を残した人はいませんでした。宿に帰ると、たいてい、足がくたびれたというのが、わたしの持ち帰った感情のすべてでした。わたしの教養に役立つような人にもたくさんお会いしました。あらゆる人間的美徳と、立派な上品な挙措《きょそ》の見本のようなご婦人方とも、何人かお知合いになりました。とくに女官長さまがそうで、この方のもとでしつけていただける妹は仕合せと言わなくてはなりません。

しかし家に帰ると、わたしは、この旅が体にいい結果をもたらさなかったと感じました。節制につとめ、食べ物にも極力注意をはらったのですが、時間も体力も、いつものように、自分の自由にはならなかったのでした。食事、運動、起床、就寝、着つけ、外出など、そのどれもが、家にいる時のように、自分の意志どおり、気持どおりにはゆきませんでした。社交の輪の流れのなかでは、自分だけ止《とど》まるのは失礼になります。必要なことはなんでも喜んでしました。それが義務だと思ったからであり、すぐ終わることだと思っていたからであり、また、いつもより健康だと感じていたからです。しかし、よその土地でのこの落ち着かない生活は、わたしが感じていたのよりも強い影響をおよぼしていたにちがいありませんでした。家に帰って、なんの心配もいらないと報告して、両親を喜ばせたあとすぐに、喀血《かっけつ》におそわれたのでした。それは危険なものではなく、すぐおさまりましたが、長いあいだひどく体力が弱りました。

こうしてわたしはまた、新しい課*を暗唱しなければならないことになりました。わたしは喜んでそれをしました。わたしをこの世にしばりつけるものはなにもありませんでした。この世には正しいものはけっして見出されないことを確信していました。そのためわたしの気持は、この上もなく明るく落ち着いたものでした。生きることをあきらめながら、生きていました。

新たな試練に耐えなければなりませんでした。母が重い病気になり、自然のつとめを果たし終えるまで、五年間もそれがつづいたのでした。そのあいだ苦しいことがいくどもありました。不安に耐えられなくなると、母は、夜中でもわたしたち皆をベッドのそばに呼び、よくはならないまでも、せめてわたしたちがそばにいることで、気をまぎらそうとしたのでした。そのうえ、父まで体調が悪くなり始めた時には、重荷はいっそう重くなり、耐えられないほどになりました。父は若い時からたびたびひどい頭痛に悩まされていましたが、それは長くても一日半ぐらいしかつづきませんでした。ところが、今度はそれがいつまでもなおらず、ひどくなると、その苦しみは、見ていて胸が引き裂かれるようでした。こういう時には、わたしは、自分の体が弱いのをしみじみつらく思いました。体が弱いために、自分のしたいと思ういちばん神聖なつとめが果たせない、と言うか、果たすことがきわめて困難であったからです。

そこでわたしは、自分の選んだ道には果たして真実があるのか、それともたんなる幻想しかないのか、他人の真似をして考えているにすぎないのか、わたしの信仰の対象には実在性があるのかと、自分を吟味してみました。そうすると、いつも、神は実在するということがわかって、なにより大きな支えになってくれました。心をまっすぐに神に向けること、「主のいとし子たち《ビラヴド・ワンズ》」と交《まじ》わることを求め、それに成功しました。すると、外部すべてのことに容易に耐えられるようになりました。旅人が木陰を求めるように、外部のことに苦しめられるたびに、わたしの魂はこの避難所に急ぎ、いつも報われて帰ってきました。

最近、宗教を擁護する人で、宗教にたいして感情よりも熱狂を抱いているように思える何人かの人が、同信の人に、ほんとうに祈りが聞きとどけられた例を教えて欲しいと頼んだということですが、おそらくその人たちは、反対派を巧みに、厳しく説得するための保証が欲しかったのでしょう。この人たちは、きっと真の感情を知らないのでしょうし、自分で本当の体験をしたこともないのでしょう。

わたしは苦しみに迫られて神を求め、慰めを得ずに帰ったことは一度もない、と言ってもいいでしょう。こう言うだけでも、限りもなく多くのことが語られているのですが、これ以上のことは、言うことができないし、言ってはならないと思います。わたしが決定的な時に味わったことはすべて、たいへん重要なものなのですが、一つ一つの例を持ち出せば、気の抜けた、つまらない、本当とは思えないような話になってしまうでしょう。わたしはほんとうに仕合せでした。数知れない小さな出来事が集まって、息をするのが生きていることのしるしであるのと同じように、たしかに、わたしは、神なくしては、この世に存在しないということが証明されたのですから。神はわたしのそばにあり、わたしは神の前に立っていました。あらゆる神学的体系用語をわざと避けて、わたしが本当に言えるのはこれだけです。

当時からわたしは、宗派とは完全に無関係でいたいと心から願っていました。しかし早くから、他人の形式をかりないで、純粋な関連のなかで、自分自身を知ることのできる幸運に恵まれる人などいるものではありません。浄福は、わたしにとって真剣な問題でした。声望ある人たちの教えに、謙虚に耳を傾け、ハレの改心派*に帰依《きえ》しました。しかしそれは、心の底からとけこめるようなものではありませんでした。

この派の教義によると、改心は、罪を深く恐れることから始まる、この苦しみのなかで、心は、多かれ少なかれ、自分の罪の招いた罰を知り、罪の快楽《けらく》を苦《にが》いものにする地獄の先触れを味わわねばならない、こうしてついに、恩寵のたしかな保証が感じられるようになる、しかしそれは、時とともにしばしば見失われるので、また真剣に求めなければならない、というのです。

このすべてがわたしには当てはまりませんでした。わたしが心をこめて神を求めると、神はすぐに姿を現してくださいました。そして、過ぎ去ったことは、なにもお咎《とが》めになりませんでした。あとになると、どこが至らなかったかがよくわかりましたし、いまもどこが至らないかを知っていました。しかし、自分の欠陥を知っても、少しも不安にはなりませんでした。地獄にたいする恐れなど、一瞬も感じたことはありません。悪霊とか、死後の責め苦の場などという考えは、わたしの思想の輪のなかでは、どこにも席を見出すことはできなかったのです。わたしは、神なしで生き、目に見えないお方にたいする信頼や愛に心をとざされている人たちを見ると、それだけで不幸な人だと思い、そういう人たちにとっては、地獄だの天罰だのというのは、罰を重くするぞといって脅すよりはむしろ、罰を軽くすることを約束しているように思えました。憎しみだけを心にもち、どんな善にも目をとざして、太陽は光を放っていないと主張するために、目をとじている人のように、自分にも他人にも悪だけを押しつける人を見ると、わたしは、これらの人が、口にも言えないほど、気の毒になりました。この人たちの状態をもっと悪いものにする地獄など、どうして作ることができましょうか。

こうした心の状態は、くる日もくる日も、十年のあいだつづきました。多くの試練にあっても、愛する母のつらい死の床《とこ》にあっても、変わることはありませんでした。わたしは率直な質《たち》でしたから、この時も、わたしの明るい気持を、敬虔な、しかしすっかり教義にとらわれている人たちに隠しておくことができませんでした。そしてそのため、いろいろと親切なお叱りを受けなければなりませんでした。ちょうどいい時だから、健康な時にしっかりした基礎を置くように、真剣に努力しなければいけないということを、教えてやろうと思われたのでしょう。

わたしにしても真剣でなかったわけではありません。その時は納得し、一生懸命悲しみ、恐れおののこうとしました。しかしどうしてもそういう気持になれないので、驚いてしまいました。神を思うといつも、わたしの心は明るく、満ち足りていたのです。愛する母の痛ましい死の時も、わたしは死を恐ろしいとは思いませんでした。しかしわたしは、この重大な時に、いろんなことを、わたしのおせっかいな先生たちが考えているのとはまったく別の、いろんなことを学びました。

そのうちしだいに、いろんな有名な人の意見も疑わしいものに思えてきて、わたしは、ひそかに自分の考えだけを守るようになりました。一人の女友達の方がいて、初めのうちわたしがゆずりすぎたものですから、わたしの問題にいつでも口をはさむようになりました。そのためわたしは、この人とも縁を切らなければならなくなりました。そしてあるとき、強い口調で、わたしにかまわないでください、わたしはあなたの助言などいらないのです、わたしにはわたしの神さまがあります、わたしはわたしの神さまにだけ導いてもらうのです、と言いました。その方はひどく侮辱されたように思い、いまでもわたしを恨んでいらっしゃいます。

このように、宗教的なことでは、友人たちの助言や説得は受け入れまいと決心したために、わたしは、外的な事柄でも、わたし自身の道を行く勇気を得ました。わたしの変わることのない、目に見えない導き主《ぬし》の助けがなかったならば、わたしは道を誤ったかもしれません。それを思うとわたしはいまでも、この賢明で有難い導きに驚かずにはいられません。実際誰も、わたしにとってなにが重要であるかは知らなかったし、わたし自身知らなかったのですから。

わたしたちがその方によって生命をあたえられている存在、生命《いのち》と呼ばれるすべてのものを養っておられる存在から、わたしたちを分かつ、まだまったく解き明かされていない悪しきもの、つまり、罪と呼ばれるものを、わたしはまだまったく知りませんでした。

目に見えないお友達と交《まじ》わっていると、わたしは、自分のすべての生命力を、この上もなく楽しく味わっているような気がしました。この仕合せをいつまでもつづけたいという願いがたいへん強かったので、この交わりを妨げるものはすべて、喜んで捨てました。そして、経験を最良の師としました。しかしこれは、薬を飲まないで、食養生にだけ頼る病人のようなものでした。いくらか役には立ちましょうが、長つづきするものではありません。

気の散りがちな自分にとって、いちばんいい方法は孤独でいることだと知っていながら、いつも孤独のうちにいることはできませんでした。しかし、孤独のあとで人ごみのなかへ出ると、それだけにいっそう激しい印象をうけました。わたしのいちばんわたしらしい長所は、静かなことが好きで、結局はいつも静かなところへ帰って行くことでした。そして、いわば薄明のなかにいるように、おぼろに、自分の不幸と弱点を知っていました。わたしは自分をいたわり、外気にふれないようにして、切り抜けようと思っていたのです。

七年のあいだわたしは、食養生的療法をつづけました。不健全だとは思わず、自分の状態を望ましいものに思っていました。奇妙な状態と事情が生じなかったならば、わたしはいつまでもこの段階にとどまっていたことでしょう。しかしわたしは、不思議な道を通って先へ進むことになったのでした。すべての友人の忠告を押しきって、わたしは新しい関係を結びました。最初わたしは、友人たちの反対に驚きました。すぐさまわたしは、わたしの目に見えない導き主におたずねしました。導き主は許してくださいましたので、わたしはためらうことなくわたしの道を進んで行ったのでした。

精神豊かで、心ばえもよく、才能のある人が、近くに家を求めて移ってこられました。この人と御家族も、わたしのお知合いのよその土地の人の仲間に加わりました。この人たちは、わたしどもの仕来りや、家庭事情や、習慣とたいへんよく一致していましたので、まもなくおつき合いするようになりました。

フィーロ——と呼んでおくことにしますが——は、もうかなりの年で、体力の衰え始めていた父に、いろんなことでたいへん力になってくれました。まもなく彼は、わたしたちの家《うち》の親密な友人になりました。彼の言うところによると、彼はわたしを見て、上流社会の人の自堕落なところも空疎なところもなく、かと言って、静かな田舎で暮らす人の無味乾燥でおどおどしたところもない、と思ったというのです。そしてまもなくわたしたちは親しい友人になりました。彼はたいへん気持のいい人で、いろんなことで役に立つ人でした。

世間の出来事に口をはさんだり、人に影響をおよぼしたりする素質はわたしにはまったくありませんでしたし、その気もありませんでした。しかしそれらのことを聞くのは好きで、遠近で起こることはなんでも知りたいと思っていました。世間のことは、感情をまじえないではっきり教えて欲しいと思っていました。感情や、心のこもったものや、愛情は、神さまのために、家族のために、友人たちのためにとっておきました。

友人たちは、こう言ってもよければ、フィーロとのわたしの新しい関係を嫉妬《しっと》していました。それでも、友人たちの警告には、いくつかの点で正しいところがありました。わたしはひそかに悩みました。というのは、私自身、彼らの抗議がまったく無意味だとか、わがまま勝手なものだとかは思えなかったからです。これまでわたしは、自分の考えを他人の考えに合わすことに慣れていましたが、今度ばかりは自分の確信をゆずろうとはしませんでした。わたしは神さまに、このことでも、警告したり、妨げたり、導いたりしてくださいますようにお願いしました。わたしの心はわたしに思いとどまらせようとはしなかったので、わたしは安心して、自分の小路《こみち》を歩いて行きました。

全体にフィーロには、ほんの少し、ナルチスに似たところがありました。ただフィーロの感情は、敬虔な教育のおかげで、ナルチスよりしっかりして、いきいきしていました。彼の方が虚栄心が少なく、強い性格をもっていました。世俗的な仕事では、細心で、正確で、ねばり強く、疲れを知りませんでした。ナルチスは、何事においても明敏で、鋭く、手早《てばや》く、信じられないほど楽々とやってのけました。わたしはフィーロから、わたしが社交界で顔馴染《かおなじみ》のほとんどすべての上流の人たちの内実を教えられました。わたしは、望楼《ぼうろう》から雑踏を見下ろすように楽しみました。フィーロはわたしにはなにも隠しておけなくて、しだいに彼の外的な、内的な関係をわたしに打ち明けました。わたしは彼のために恐れました。と言いますのは、わたしには、いろんな面倒や紛糾が予想できたからです。災《わざわ》いは思ったより早くやってきました。彼はある種の告白はいつもひかえていましたが、とうとう、最悪の事態を予想させるようなことをわたしに打ち明けたのでした。

これは、なんという衝撃をわたしの心にあたえたことでしょう。わたしは、夢にも知らなかったさまざまな経験を味わうことになったのでした。デルポイの杜《もり》で育てられ、まだ払ってなかった授業料を、つもりつもった利子もろともに支払ったアーガトン*を、わたしは、口にも言えないような悲しみをもって見たのでした。そしてこのアーガトンは、わたしのたいへん親しい友人だったのです。わたしは心から同情し、ともに悩みました。こうしてわたしたち二人は、ひどく奇妙な状態に置かれることになりました。

長いあいだ彼の気持をあれこれと考えたすえに、目を自分自身に向けました。「おまえも彼と同じじゃないか」という考えが、小さな雲のように立ちのぼってきて、しだいに広がり、わたしの心全体をおおいました。

わたしは、「おまえも彼と同じじゃないか」と考えただけでなく、そのことを、二度と感じたくないほど深く心に感じました。それはすぐに消えてしまうようなものではありませんでした。一年以上もわたしは、目に見えない手がわたしを守ってくださらなかったならば、ジラールやカルトゥーシュやダミアン*のような人でなしになっていたかもしれないと感じないではいられませんでした。そうなる素質を、わたしは心にはっきりと感じたのです。おお、神よ、これはなんという発見だったことでしょう。

これまでわたしは、自分の体験によって、罪の芽を毛筋《けすじ》ほども自分のうちに認めたことはなかったのです。ところがいま、自分も罪を犯すかもしれないという予感が、恐ろしいほどはっきりしてきたのです。しかし罪を知ったのではなく、ただ恐れただけでした。自分が罪を犯すかもしれないと感じはしましたけれど、自分をとがめなければならないようなことはなにもありませんでした。

自分でも認めないわけにはいかなかったそういう精神状態が、死後わたしの求めている、最高の存在との合一にふさわしくないことは、固く信じていましたが、そのために神から離れてしまうかもしれないという恐れは、少しももっていませんでした。わたしは自分のうちに悪を見出しましたけれど、わたしは神を愛し、わたしの感じたものを憎みました。いえ、もっと真剣に憎みたいと願いました。わたしの心からの願いは、この病《やまい》から、この病の素質から救われたいということでした。そしてわたしは、偉大なお医者さまが*、助けを拒まれることはないだろうと信じていました。

ただ一つの疑問は、この病を癒《いや》してくれるものはなにか、ということでした。徳をみがくことでしょうか。とてもそうだとは思えませんでした。わたしはもう十年ものあいだ、たんなる徳以上のものをみがいてきたのに、そのあいだに、わたしの認めた恐ろしいものが、わたしの心の奥深くに隠れていたのですから。この恐ろしいものは、ダビデがバト・シェバを見た時*のように、いつとび出してくるかもわからないのです。それでいて、ダビデも神の友でしたし、わたしは、心の奥深くで、神はわたしのお友だちだと固く信じていたではありませんか。

それではこれは、人間の避けることのできない弱さなのでしょうか。わたしたちは、いつかは、愛欲にうち負かされるほかはないのでしょうか。わたしたちは、どんなに努力しても、わたしたちの犯した罪を憎みながら、似たような機会があれば、また罪を犯すように出来ているのでしょうか。

道徳の教えからはなんの慰めも得られませんでした。わたしたちの愛欲を抑えてやろうというその厳しさにも、わたしたちの愛欲を徳にまで高めてやろうというその優しさにも、わたしは満足できませんでした。目に見えないお友だちとの交《まじ》わりによって教えられた根本的な考え方のほうが、わたしにとっては、はるかに決定的な価値をもっていたのでした。

あるとき、ダビデがあのいまわしい破局のあとで作った詩*を読んでいて、彼が、自分のうちに巣くっている悪は、生まれるまえから自分のうちにあったのだと言い*、しかし、罪をあがなおうとして、清らかな心*をおあたえくださいと熱心に願っているのを見て、わたしは大変不思議な気がしました。

しかし、どのようにしてその願いはかなえられるのでしょう。信条集の答はよく知っていました。「神の子イエズスの血によって、わたしたちはあらゆる罪から清められます*」というのは、わたしにとっても聖書の真実でした。しかしわたしはいま初めて、この何度も繰り返されてきた信条を、まだまったく理解していなかったことに気づきました。「それはどういう意味なのか。どうしてそういうことになるのか*」という疑問は、昼も夜もわたしの頭を離れませんでした。とうとうわたしは、わたしが求めているものは、すべてのもの、そしてわたしたちが、それによって創られている永遠の御言葉《み》の受肉*のうちに求めなければならないということが、おぼろにわかったような気がしました。太初からおわしますお方が、みそなわし、包みこまれておられる、そしてわたしたちの住んでいる下《した》なる世界に、かつて一人の住人として下《お》りてこられ、受胎と誕生から墓場に至るわたしたちの境涯を、一段また一段と歩み通されたということ、そのお方が、この不思議な回り道を通られたあとで、わたしたちも、仕合せになるために住むことになる、輝かしい高みへ昇って行かれたのだということが、夜の明け初《そ》める遠方を見るようにおぼろにわかってきたのでした。

ああ、しかし、そういうことについて話すのに、どうしてわたしたちは、外面しか現さない比喩を使わなければならないのでしょうか。神の前では、高いとか低いとか、暗いとか明るいとかということがあるでしょうか。上とか下とか、昼とか夜とかというのは、わたしたちにとってだけなのです。神がわたしたちと同じ姿をおとりになったのも、そうしないと、わたしたちは神を見分けることがまったくできないからこそなのです。

だけどわたしたちは、どうやってこの計り知れない恩恵に浴することができるのでしょうか。「信仰によって」と聖書は答えます。それでは、信仰とはなんでしょうか。聖書のひとつの出来事の話を本当だと思うこと、それがわたしになんの役に立つでしょうか。その話の作用、結果を、自分のものにすることができなくてはなりません。これらを自分のものにする信仰は、独特な、普通の人間にとっては異常な心情の状態でなければなりません。

「おお、全能の神よ、われに信仰をあたえ給え」ある時わたしは、心の重荷に耐えかねて祈りました。わたしは、坐っていた小机に身を投げ、涙にぬれた顔を両手でおおいました。その時わたしは、神に願いを聞きとどけてもらおうと思うとき、ぜひとも必要な、そして滅多《めった》にありえない、心の状態になっていました。

その時わたしの感じたことは、とても述べつくせるものではありません。なにか引き寄せる力がわたしの魂を、イエスが息絶えた十字架のところへ導いていったのでした。その力は、わたしたちの魂を、遠くにいる恋人のところへ連れてゆく力にそっくりだとしか言いようがありません。それは多分、わたしたちが思うよりもはるかに本質的で真実な近づき方だったのです。こうしてわたしの魂は、人となり、十字架に死なれたお方に近づいたのです。そしてその瞬間、わたしは、信仰とはなんであるかを知ったのでした。

これが信仰なのだ！　とわたしは言い、すっかり驚いてとび上がりました。そしてわたしは、その時わたしが感じたもの、見たことをたしかなものにしようとつとめ、まもなくわたしは、わたしの精神が、それまでまったく知らなかった飛翔力を得たと確信しました。

こうした感覚は、言葉で述べつくせるものではありません。わたしはそれを、空想とはっきり区別することができました。これらの感覚は、空想や幻想とはまったく別のものであり、それでいて、いま描き出そうと思っている対象を、確実に描き出してくれました。それは空想力が、その場にいない恋人の面影を描き出してくれるのと同じでした。

最初の恍惚《こうこつ》状態が過ぎると、わたしは、魂のこうした状態はまえにも知っていたことに気づきました。しかしこれほど強く感じたことはありませんでした。しっかりつかまえることも、自分のものにしておくこともできませんでした。誰の魂も一度や二度は、これに似たものを感じたに違いないと思います。神が存在するということを、一人一人に教えてくれるのは間違いなくこれなのです。

以前のわたしは、ときどきしか訪れないこの力に、たいへん満足していました。この数年来、不思議な摂理によって、思いもかけない苦しみを味わわなかったならば、それによって、自分の力や能力にたいする信頼をすっかり失うようなことがなかったならば、たぶんわたしは、あの状態にいつまでも満足していたことでしょう。

しかしわたしは、あの大変な瞬間以来、翼を得たのです。これまでわたしを脅《おびや》かしていたものを飛び越えることができました。小犬がおびえて、吠えたてながら立ちすくんでいる急流を、歌いながら苦もなく飛び越える鳥のように。

わたしの喜びは喩《たと》えようもないものでした。わたしはそれを誰にも洩らしませんでしたが、家族の者は、わたしの喜びの原因はわからないままに、わたしの並はずれた明るさには気づいていました。わたしがいつまでも黙っていて、この清らかな気持を心に秘めておいたなら、そして、いろんな事情に誘われて、わたしの秘密を洩らすようなことをしなかったならば、またしても大きな回り道をしなくてもすんだことでしょう。

　わたしのこれまでの十年間のキリスト者としての生活には、このぜひとも必要な力がわたしの魂に欠けていましたので、わたしはほかの誠実な人たちと同じような状態にありました。空想を、いつでも、神と関係のある幻想で満たして、切り抜けてきました。そしてこれも、たしかに役に立つのです。有害な幻想や、その悪い結果が、それによって防げるからです。そのうえ、わたしたちの魂は、いろんな幻想に包まれて、若鳥が枝から枝へ飛び移るように、いくらか高みに舞い上がることもよくあるのです。これ以上にいいものを知らない場合には、こうした修練も、かならずしも咎《とが》めるにはあたらないのです。

　教会や鐘やオルガンや賛美歌、とくに牧師さまたちの説教は、神に引き寄せる幻想や印象を、わたしたちにあたえてくれます。わたしはこれらのものがみな大好きでした。天気が悪くても、体の具合がよくなくても、教会を訪れずにはいられませんでした。病気で寝ている時でも、日曜日の鐘の音を聞いただけで、我慢していられなくなりました。わたしたちの首席宮廷牧師は立派な人で、わたしはその方の説教を聞くのが大好きでした。同僚の牧師さま方も尊敬していました。わたしは、土製の皿に盛られたありふれた果物のなかからも、神の言葉の黄金のりんごを見つけることができました。公的な修業のほかにも、ありとあらゆるいわゆる私的善導にも参加しました。しかしこれによっても、空想と、いっそう繊細な感性が養われただけでした。わたしはこのやり方に慣れ、それをたいそう尊重していましたので、いまでも、これ以上に高いものがあろうとは思ってもみなかったのです。わたしの魂には触角しかなく、目がないからです。わたしの魂は手さぐりするだけで、見ることができないのです。ああ、わたしの魂に目があたえられ、見ることができたら！

いまも、期待に胸をふくらませて、説教を聞きにでかけました。しかし、ああ、なんてことが起こったでしょう！　これまで見出していたものが、もう見出せなかったのです。わたしが実を味わっているのに、牧師さまたちは、殻《から》をかじって歯を痛めていらっしゃるのです。まもなくわたしは飽《あ》いてしまいました。しかしわたしは、わたしが見出すことのできたお方にだけおすがりするには、甘やかされすぎていました。わたしは幻想や、外的印象を求め、それが純粋な、精神的欲求を感じることだと思っていたのです。フィーロの両親は、ヘルンフート同胞教会と関係がありました。そして彼の蔵書のなかには、ツィンツェンドルフ伯爵の著書がまだたくさんありました。彼は二、三度、明快に、また公正にそれらについて話をし、心理的現象を知るためにだけでも、それらの著書のいくつかに目を通してみることをすすめました。わたしは伯爵をひどい異端者だと思っていましたので、フィーロが同じような意図で、いわば押しつけた『エーバースドルフ賛美歌集』*も、放ったらかしにしてありました。

外部からわたしを元気づけてくれるものがなにもないので、何げなくその賛美歌集を手にして、もちろん非常に奇妙な形式ではありましたが、わたしが感じているのと同じものを暗示しているように思える歌をそこに見つけて、すっかり驚いてしまいました。独創的で素朴な表現にもひきつけられました。独特な感性が独特な仕方で表現されているように思いました。生硬で卑俗なものを思わせる紋切型の専門用語はまったく見られないませんでした。この人たちは、わたしが感じているのと同じことを感じているのだとわたしは確信しました。わたしはそうした歌詞の一つを暗記して、数日のあいだそれを繰り返していると、ひどく仕合せな気持になりました。

真実にたいして目の開かれたあの瞬間から、こうしてほぼ三カ月が過ぎました。とうとうわたしは、フィーロにすべてを打ち明けて、いまでは非常に好奇心をもっているあれらの著作を貸してくれるように頼もうと決心しました。心のなかでは、それを真剣にやめさせようとするものがあったのですが、実際にわたしはそれをしたのでした。

わたしはフィーロに、一部始終を詳しく話しました。彼自身そこでは主役の一人であったのですし、わたしの話には、彼にとってきわめて厳しい懺悔《ざんげ》説教もふくまれていましたので、彼はひどく驚き、また感動しました。彼は泣きました。それを見てわたしは喜び、彼もすっかり心を入れ替えたのだと思いました。

彼は、わたしの読みたいと思う本をすべて貸してくれました。こうしてわたしは、わたしの空想力のための養分を、あり余るほど手に入れました。わたしは、ツィンツェンドルフ伯爵流の考え方や話し方で、非常な進歩をとげました。わたしがいまでも、伯爵のやり方を尊重していないなどと考えないで欲しいものです。わたしは伯爵を公正に扱いたいのです。伯爵は空疎な夢想家ではありません。彼は偉大な真実を、たいてい、空想力の大胆な翼にのせて語るのです。伯爵を悪く言った人たちは、彼の独自性を評価することも、見分けることもできなかったのです。

わたしは口にも言えないほど伯爵が好きになりました。自分の思うようにできるものなら、きっと故郷も友人たちも捨てて、彼のもとへ行ったでしょう。間違いなくわたしたちは理解し合えたでしょうが、しかし、お互いに長くは我慢できなかったことでしょう。

そのころ、家庭の事情で、わたしを身動きできなくさせたわたしの守護神に感謝しなければなりません。わたしには家の庭に出るだけでもすでに大旅行でした。年老い弱くなった父の看護だけで手一杯でした。高尚な空想にふけって時をつぶすのが唯一の楽しみでした。わたしが顔を合わすのは、父の大好きなフィーロだけでした。しかし、わたしにたいする彼のうちとけた関係も、最近のわたしの打明け話によって、いくらか気まずいものになっていました。彼の感動も心の奥深くまではとどいていなかったのです。わたしと同じ言葉で話そうといくらか努力してみたものの、うまく行かなかったので、この問題を避けるようになりました。彼は幅広い知識の持主でしたので、新しい話題をもち出すことなど造作もないことだったのです。

こうしてわたしは、一人勝手に、ヘルンフート同胞教会の信女になりました。しかしわたしの心情と好みのこの新しい転回は、とくに首席宮廷牧師さまには、秘密にしておかなければなりませんでした。この方をわたしは、わたしの聴罪師として尊敬していましたし、この方の偉大な功績は、いまでも、ヘルンフート同胞教会をひどく嫌っておられるからといって、減るわけがないのです。お気の毒なことに、この立派な方も、わたしやその他の人によって、いろいろと悲しい思いをなさらなければならなかったのでした。

この方は数年前、よその土地で、誠実で敬虔な一人の貴族とお知合いになり、真剣に神を求めているこの人と、絶えず手紙を交《かわ》しておられました。そのため、この貴族がその後ヘルンフート同胞教会と結ばれ、長いあいだ信者たちのもとにとどまられたとき、この人の宗教上の師である牧師さまは、たいへんな苦痛をおなめになったのです。そしてその反対に、この貴族が同胞教会の信者たちと仲たがいして、牧師さまの近くに住む決心をし、また新たに、牧師さまの指導に完全に身をゆだねるように見えたとき、牧師さまの喜びはたいへんなものでした。

そこで、この新来の貴族は、まるで凱旋《がいせん》戦士のように、首席牧師さまのとくにお気に入りのすべての小羊たちに紹介されました。父がもう誰にもお会いしないことにしていましたので、わたしたちの家へは連れてこられませんでした。その貴族は大人気でした。彼には宮廷風の礼儀正しさと、教団仕込みの人好きのするところがあり、そのうえ、生まれつきの多くの美点をそなえていましたので、この人を知るすべてのひとびとにとって、まもなく偉大な聖者となりました。そしてこのことを、宗教上の恩人である牧師さまはたいそう喜ばれました。残念なことにこの人は、外面的な事情のために教団と別れただけで、心のなかではまだ完全にヘルンフート派でした。たしかに彼は、教義そのものに共鳴していたのですが、ツィンツェンドルフ伯爵が教義の周りに吊り下げたがらくた*物も、彼には大いに気に入っていたのでした。彼は、教団の考え方や話し方にすっかり馴染《なじ》んでいたので、いまでは、古い友人である牧師さまの前では、用心して隠しておかなければなりませんでしたが、それだけに、親しい人たちに囲まれている時には、お得意の詩句や、連禱《れんとう》や、比喩を持ち出さずにはいられませんでした。そしてそれによって、おわかりのように、彼は大喝采を受けたのでした。

わたしはそんなことはなんにも知らないで、ぼんやりとわたし流に日を過ごしていました。長いあいだわたしたちはお知合いになりませんでした。

ある日、暇を見て、病気の女友達を訪ねました。そこで何人かお知合いの方に出会いましたが、まもなく、わたしが会話の邪魔になっているのに気づきました。わたしは気づかぬふりをしていましたが、ヘルンフート派の絵が二、三枚しゃれた額に入れて、壁にかかっているのを見て、すっかり驚いてしまいました。わたしがしばらく訪れなかったあいだに、この家になにが起こったのかをすぐに察しました。そこでわたしは、それにふさわしい詩句をいくつか歌って、歓迎の気持を現しました。

友人たちはどんなに驚いたことでしょう。わたしたちは互いに心を打ち明け、たちまちうちとけ信頼し合う仲になりました。

わたしはなるべく機会を見つけては外出するようにしましたが、それでも、三週間に一度か四週間に一度くらいのものでした。例の貴族の使徒とも知り合い、しだいにほかの秘密の信者たちとも皆お知合いになりました。この人たちの集まりにもできるだけ顔を出しました。そして、ほかの人の意見を聞き、これまでわたしが自分勝手に作り上げてきた考えをほかの人に伝えるのは、わたしが社交について持っている考え方から言っても、たいへん楽しいことでした。

わたしは、ツィンツェンドルフ伯爵の微妙な言葉や表現を感じとっているのはごく少数の人だけで、ほかの人は、以前信条集の言葉から学びとった以上のものを学びとってはいないということに気づかないほど迂闊《うかつ》ではありませんでした。それでもわたしは皆と一緒に歩みつづけ、惑わされることはありませんでした。わたしは、他人を調べたり、他人の心をおしはかったりするのは、わたしの仕事ではないと思っていました。わたしにしても、いろんな無邪気な修練のおかげで、よりよいものに向かう準備ができていたのです。わたしは口をはさまないようにし、自分でお話しする時も、意味を伝えることだけにつとめました。意味というものは、微妙な事柄では、言葉にすると隠れてしまって、暗示されるだけなのですから。いずれにしても、わたしは、静かにおとなしくして、誰でも好きなようにさせておきました。

この秘密の楽しい集まりの平穏な時も長くはつづかず、まもなく表沙汰になって、紛争と反目《はんもく》の嵐が吹き荒れることになりました。宮廷でも町でもたいへんな騒ぎになり、いろんなスキャンダルを引き起こした、と言ってもいいくらいでした。ヘルンフート同胞教会の大反対者であるわたしたちの首席宮廷牧師さまが、その最良の、もっとも恭順な信奉者たちが、そっくり、ヘルンフート派に傾いていることが暴露されるという、たいへんな屈辱に見舞われる時がきた、というわけでした。ひどい侮辱を感じた牧師さまは、最初はすっかりたしなみを忘れ、そのうち、あとへ引こうにも引けなくなってしまわれたのでした。激しい論争が始まりました。幸いわたしの名はあがりませんでした。わたしはこのたいへん憎まれた集まりの取るに足りない一員にすぎませんでしたし、この熱心な導師さまにとっては、わたしの父もフィーロも、世俗的な事柄では、なくてはならない人であったからです。わたしはひそかに満足して中立を守っていました。こういう感情や対象について話をするのは、善意の人たちとであっても、もう嫌になっていたからです。この人たちは、いちばん深い意味は理解できず、うわっつらにばかりこだわっていました。友人とでも理解し合えないようなことで、反対論者と争うのは、無益な、下《くだ》らないことだと思いました。と言いますのは、善良で立派な人たちでさえ、この問題で、反感と憎悪にかられ、やがては不公正に走り、外面的な体裁を守ろうとして、心のいちばん大事なものを台なしにしかねないことに、すぐに気づいたからです。

首席牧師さまがこの問題で過《あやま》ちを犯されたことはたしかですし、仲間の人たちがわたしまでけしかけて、牧師さまに反対させようとなさいましたけれど、わたしは牧師さまにたいする尊敬の気持をけっして失いはしませんでした。わたしは牧師さまをよく存じ上げていましたので、この問題にたいする牧師さまの見方を、牧師さまの身になって、公正に理解することができました。弱点のない人間などいるものではありませんし、著名なすぐれた方の場合は、弱点が普通よりもきわだって見えるものなのです。非常な特権をあたえられている方たちは、ぜひとも、年貢や租税は払わなくてもいいようにしてさしあげたいものだと願わずにはいられませんでした。わたしは牧師さまをすぐれたお方として尊敬していましたし、わたしの沈黙の中立が、平和とまではゆかなくても、休戦に役立ってくれることを願っていました。わたしがどれほど役に立ったかはわかりません。神はこの問題をあっさりとお片づけになり、牧師さまを身もとにお召しになりました。ついさきほどまで牧師さまと言い争っていた人も皆、棺《ひつぎ》のそばで泣きました。牧師さまの誠実さと敬信の念の篤《あつ》さを疑った人は誰一人なかったからです。

その頃わたしも、この争いによって別の光のなかで見えるようになっていたこの玩具《おもちゃ》を、手離さずにはいられなくなりました。叔父は妹のための計画をひそかに進めていました。身分も財産もある青年を花婿として妹に紹介し、期待どおりの多額の持参金を約束しました。父は喜んで同意しました。妹も、前の恋人から別れ、心の用意もできていましたので、喜んで新しい生活に入ることにしました。結婚式は叔父の館《やかた》で行われました。家族の者も友人たちも招かれ、わたしたちは皆、浮き浮きとして出かけました。

よその家に足を踏み入れて、すっかり驚いてしまったのは、生まれてから初めてのことでした。叔父の趣味やイタリア人の建築家、叔父の収集や蔵書については何度も耳にしていましたけれど、わたしがこれまでに見たものと較べて、ひどくごたごたしたものだろうとばかり考えていました。そのため、家に足を踏み入れた時に受けた厳粛で調和のとれた印象に、わたしはすっかり驚いてしまいました。そしてその印象は、どの広間に入っても、どの部屋に入っても、いっそう強められたのでした。これまでは、けばけばしい装飾を見ると気が散るだけでしたが、ここでは、気持が集中し、自分自身に連れ戻されるような気がしました。結婚式と祝宴のためのどんな設備を見ても、その豪華さと気品とが、静かな喜びを呼び起こしました。わたしは、一人の人間がこのすべてを考え出し、指図して、多くの人が協力し、心を一つにして働いたのだと思うと、なんだか不思議なような気がしました。それでいて、主人も家の人たちもごく自然で、しゃちこばったところや、変に儀式ばったところは少しもありませんでした。

結婚式そのものは、思いもかけなかったほど心のこもった調子で始められました。素晴らしい合唱はわたしたちを驚かせましたし、牧師さまはこの儀式にたいへん厳かな感じをおあたえになりました。わたしはフィーロの横に立っていましたが、フィーロはお祝いを言う代りに、深い溜息をついて、「妹さんが手を差し伸べられたとき、熱湯《ねっとう》を浴びせられたような気がしました」と言いました。──「どうしてですの」とたずねますと、彼は「結婚式*の時にはいつでもそういう気がするんです」と言いました。わたしは笑いましたが、あとになって、何度もこの言葉を思い出すことになりました。

祝宴の席には、若い人もたくさんいましたが、わたしたちの周りにいるのは、気品のある、いかめしい感じの人ばかりでしたので、祝宴の晴々《はればれ》しさは、いっそうきわ立つように思えました。家具も、テーブルクロスも、食器も、薬味入れも、すべてが全体に調和していました。普通は棟梁《とうりょう》も装飾職人も同じ流派の出なんだなぐらいに思うものなのですが、ここでは、装飾職人も食卓の用意をする人もみんな、棟梁のもとで学んだように見えました。

お客は数日ここに滞在することになっていたのですが、機知豊かな、聡明《そうめい》な主人は、お客をもてなすために、実にさまざまな配慮を示しました。そのためわたしは、これまで何度も味わってきたような辛い思いを繰り返さなくてすみました。多人数の雑多な人の集まりは、放っぱらかされると、ひどいことになってしまうものなのです。誰もがありきたりの、ごくつまらない遊びに手を出し、低級な人たちよりも、上品な人たちの方が、手持無沙汰になってしまうのです。

叔父のもてなし方はまったく違っていました。二人か三人、いわば式部官のような役割をする人を頼み、そのうちの一人が、若い連中の楽しみの手配りをしました。ダンスとか遠乗りとか、ちょっとした遊びが、この人の気配りと指図によって行われました。

若い人たちは戸外《こがい》で過ごすのを好み、外気に当たるのを気にしませんので、庭園と、庭に面した広間がこの人たちにゆだねられました。そのために、さらに二、三の歩廊と園亭が建て増ししてありました。それらは板作りで、亜麻布がはってあるだけなのですが、たいそう品《ひん》よく作ってあるので、石や大理石で出来ているとしか思えませんでした。

祝宴に客を招いた主人が、その責任を果たそうとして、お客の必要を満たし、楽しく過ごしてもらうために、これほど至れりつくせりに心を配ってくれることは、滅多《めった》にあるものではありません。

年輩の人たちのためには、狩猟やトランプ、ちょっとした散歩、折を見てのうちとけた小人数の談話などが用意してありました。早く床《とこ》につく人のためには、静かなもっとも奥まった部屋が割り当てられました。

このように行き届いた手配によって、わたしたちが泊っていた館《やかた》は、一つの小世界をなしているように思えました。しかしよく見てみると、この館はそれほど大きいものではなく、それを知りつくした主人の気配りがなければ、これほど多くの人のために宿《やど》をし、それぞれの人をその好みどおりにもてなすことはできなかったでしょう。

容姿の美しい人を見るのは快いものですが、持主の聡明で思慮深い人柄が偲《しの》ばれる家具、調度類を見るのも、快いものです。建て方や飾りつけが無趣味なものであっても、清潔な家に足を踏み入れるのは、それだけでも、一つの喜びです。教養ある持主の少なくとも一面がそこに現れているからです。したがって、人の住まいから、たとえ感性的なものにすぎなくても、より高い文化の精神がわたしたちに語りかけてくるのは、二重に快いものです。

叔父の館では、このことが非常にいきいきと見てとれました。わたしは、美術については、多くのことを聞いたり読んだりしていました。フィーロ自身が絵画の非常な愛好者で、すぐれた収集の持主でした。わたし自身よくスケッチをしましたが、しかしわたしは、自分の気持にこだわりすぎて、必要なただ一つのことだけを片づけようと思い、また、わたしの見たすべての美術品は、ほかの世俗のものと同じように、わたしの気を散らすと考えていたのです。いま初めてわたしは、外部のものによって、自分自身に連れ戻されたのです。そしてまた、ナイチンゲールのすばらしい自然の歌と、感情に満ちた人間の喉《のど》から出る四部合唱のハレルヤとの違いを初めて知って、たいへん驚いたのでした。

わたしはこの新しい考え方を、率直に叔父に打ち明けました。叔父は、ほかの人がそれぞれ自分の好きな所へ行ってしまうと、よくわたしと二人だけで話をしました。叔父は、自分が所蔵したり陳列したりしているものについては、あまり話をしませんでしたが、どういう意図でそれらのものを収集し、展示しているかについては、非常に詳しく話してくれました。そのさいわたしは、叔父がわたしをいたわりながら話をし、昔からのやり方なのですが、自分が知りつくしている善きものを、わたしが自分の確信にしたがって、正しいもの、最善のものと考えているものよりも下において話しているらしいことに、気づかずにはいられませんでした。

あるとき叔父はこう言いました。「この世の創造主自らが、自分のお創りになったものの姿になり、しばらくのあいだ、われわれと同じように、この世にお住まいになった、と考えることができるならば、創造主があれほど愛情をこめて一体におなりになったのであるから、人間というこの被造物は、それだけでも、無限に完全なものだと考えなければならない。したがって、人間という概念には、神性という概念と矛盾するところは少しもないに違いない。われわれはしばしば、神性には似ていない、神性からはかけ離れている、と感じるけれども、しかしそれだけにいっそう、悪魔の弁護人のように、われわれの本性《ほんせい》の欠点や弱点だけを見るのではなく、われわれが神に似ているという主張を証明してくれる、われわれのあらゆる理想的な状態を探し出すのが、われわれの義務になるのだ」

わたしは思わず微笑して、こう言いました。「叔父さま、叔父さまがご親切にわたしの言葉で話してくださいますと、恥ずかしくなってしまいます。叔父さまの仰しゃることは、わたしにはたいへん大切なことなのですから、叔父さまの言葉で話していただけませんか。わからないことがありましたら、自分の言葉に直してみようと思いますから」

「それじゃあ、ここから先は、調子を変えないで、自分流に話すことにしよう」と叔父は言いました。「人間の最大の功績は、周囲の状況をできるかぎり支配し、できるかぎりそれに支配されないようにすることにあるだろう。全宇宙が、大きな石切場が建築師の前にあるように、われわれの前にある。建築師がこの自然の偶然の石塊を用いて、自分の精神に浮かんだ原像を、もっとも経済的に、有効に、堅固に組み立ててこそ、建築師の名に価する。われわれの外部にあるものは素材にすぎないのだ。われわれの身にそなわっているすべてのものもそうだと言っていいだろう。しかしわれわれの奥深くには、あるべきものを作り出すことのできる創造力があって、これが、われわれの外にあるもの、われわれの身にそなわっているものによって、あるべきものを、なんとかして表現し終えるまでは、われわれを休ませてくれないのだ。おまえはたぶんもっとも正しい道を選んだのだろう。おまえの道徳的な人柄、深く優しい性格を守り、それを最高の存在と一致させようとつとめてきた。われわれは感覚的な人間を、余すところなく知り、調和あるものにしようとつとめているが、これも咎《とが》めるには当たるまい」

こうした会話によって、わたしたちは次第に親密になりました。そして、わたしの考え方に合わさないで、自分の考えどおりに話してくれるように頼みました。「おまえの考え方や生き方をほめるからといって、おまえにお世辞《せじ》を使っているなどと思わないでおくれ」と叔父は言いました。「なにを望んでいるかをはっきり知って、絶えず前進し、自分の目的に達する手段をつかんで、利用できる人間をぼくは尊敬する。その目的が大きいか小さいか、ほめるべきか、非難すべきかは、あまり考えないのだ。いいかね、不幸とか、あるいは災《わざわ》いと言われるものの多くは、人間が怠けていて、目的を正しく知らないか、知っていても、それに向かって真剣に努力しないから起こるのだ。そういう人たちは、塔を建てることができるし、建てなければならないと思いながら、その基礎に、小屋の土台くらいの石材や労力しか使わない人のように思える。自分の道徳的な本性《ほんせい》にそむかないことを最高の目的にしているおまえが、大きな、大胆な犠牲をはらう代りに、家族や、旦那さまになったかもしれぬ婚約者にはさまれて、なんとかやりくりをして生きていたならば、いつまでたっても自分と一致できず、満足した時を楽しむことはけっしてできなかっただろう」

「叔父さまは犠牲と仰しゃいましたけど、より高い目的のために、つまり、いわば神性のために、自分にとっては大切なものであっても、神性よりは劣るものを犠牲に供するのは、尊敬する父の健康のために、かわいがっている羊を、喜んで祭壇に捧げるのと同じではないかと、何度も考えました」

「ほかのもののためにあるものを捨て、ほかのものよりもあるものを選ぶように命じるのが、理性であろうと感情であろうと、決断と結果こそが、人間にとってもっとも尊敬すべきものだ、とぼくは考えている。品物と金《かね》を同時に手にすることはできない。金《かね》を出す気がないのに、いつも品物を欲しがっている人も、品物を手に入れてから、買ったことを後悔している人も、どちらも困ったものだ。だからといってぼくは、そういう人を非難しようとはけっして思わない。それはもともと彼らのせいではなく、彼らの置かれている複雑な環境のせいだからだ。彼らはそういう環境のなかで、自分を統御することができないのだ。例えば、金《かね》使いの下手《へた》な連中は、概して、都会よりも田舎の方が、大都会よりも小都会の方が少ないものなのだ。なぜだろうか。人間はせまい環境に生まれる方がいいのだ。単純な、身近な、はっきりした目的なら見抜くことができるし、すぐ手のとどく手段は使うことに慣れている。ところが広い所へくると、たちまち、なにを望めばいいのか、なにをすればいいのかわからなくなる。対象が多すぎて気が散るのか、対象の立派さや値打に気《け》おされてしまうのか、そんなことはどうでもいい。自分の規則正しい活動と合致しないようなものに向かって努力する羽目《はめ》におちいると、不幸になるにきまっているのだ。

実際、この世には、真剣にやらないでできるものはなに一つないのだ。そして、教養があると言われる人たちには、真剣さの足りない人が実に多い。こういう連中は、研究にしろ仕事にしろ、芸術にしろ、おまけに娯楽まで、一種の護身としてやっている、とぼくは言いたい。彼らは、それを片づけるためにのみ、一束《ひとたば》の新聞を読むという具合に生きている。そのいい例が、ローマで出会った若いイギリス人だ。その男は、夜、社交の席で、今月は六つの教会と二つの美術館を片づけた、などと得々《とくとく》として喋っていた。こういう連中は、いろんなことを、しかも自分にいちばん関係のないことを知りたがり、空気をぱくついても腹のたしにはならないことに気づいていないのだ。ぼくは誰かと知り合うと、まず、どんな仕事を、どんな具合にやっているか、そして結果はどうかをたずねることにしている。そして、その答によって、その男にたいする関心は決定的にきまるのだ」

「叔父さま、それはきびしすぎるのではないでしょうか。そして、叔父さまが役に立ってあげられる多くの善良な人に、援助の手をこばむことになるのではないでしょうか」

「長いあいだそういう連中のために骨折って、無駄骨ばかり折ってきたぼくの言うことに間違いはないのだよ。ぼくは若いころ、楽しいピクニックに招待するつもりで、ダナイデスやシーシュポス*の仲間に連れこむ連中に、散々《さんざん》悩まされたものだ。有難いことに、そういう連中とは手を切った。運悪くそういう連中の誰かがぼくの所へきても、ごく丁重にお引取りを願うことにしている。そういう連中にかぎって、世情の支離滅裂な成行きだとか、学問の浅薄さだとか、芸術家たちの軽薄さだとか、詩人の中身のなさだとか、その他その他について、ごてごてと苦情を聞かされるからだ。この連中や、その同類の大勢は、彼らの望むような本が書かれたとしても、けっして読まないだろうということも、本物の詩は彼らには無縁だということも、すぐれた芸術作品をほめることがあっても、なにかの偏見でそうしているだけだということも、彼らは少しも考えないのだ。しかしもうやめにしよう。悪口を言ったり、苦情を並べてもはじまらないからね」

叔父はわたしの注意を、壁にかけてあるいろんな絵に向けました。わたしの目は、見ていて楽しい絵や、描かれている対象に意味のありそうな絵にひきつけられました。叔父はしばらくわたしの好きなようにさせておいてから、こう言いました。「こういう作品を生み出した天才にも、少しは注意を向けて欲しいものだね。善良な人たちは、自然のなかに喜んで神の手を認めるが、自然の模倣者の手にも、多少は目を向けるべきではないかね」叔父はそう言ってから、あまり見栄《みば》えのしないいくつかの絵に注意を向けさせ、ほんとうは、芸術の歴史を知って初めて、芸術作品の価値や有難さが理解できるのだ、天才が、わたしたちには見るだけで目のくらむような高い所で、どうして自由に、楽しげに動き回ることができるのかを理解するには、才能に恵まれた人たちが、何百年もかかって積み上げてきた技法や手仕事の困難な段階を、まず知らなければならないのだということを、わたしにわからせようとしました。

叔父はこうした考えから、素晴らしい多くの作品を集めたのでした。叔父がそれらを説明してくれるのを聞きながら、わたしは、道徳的人間形成を、比喩の形で教えられているような気がしました。わたしの考えを伝えると叔父はこう言いました。「まったくおまえの言うとおりだよ。おまえの言うように、道徳的人間形成を、一人だけで、自分のなかにとじこもって考えるのはいいことではない。むしろ、道徳的陶冶《とうや》につとめる者は、その道徳的な高みからすべり落ちる危険におちいらないように、ぜひとも、繊細な感性も同時に鍛えなければならないということがわかるはずだ。そうでないと、勝手な幻想の魅惑にとらわれて、無趣味なお遊び、いや、お遊びどころかもっとひどいものに満足して、高貴な本性《ほんせい》をおとしめる羽目におちいるからだ」

自分のことを言われているのだと疑《うたぐ》ったりはしませんでしたが、叔父の言うことは、わたしにも当てはまると感じました。というのは、ふりかえってみると、わたしの心を高めてくれた賛美歌のなかには、無趣味なものがいくつもあったでしょうし、わたしの宗教的観念にぴったりの聖画も、叔父の目からすれば、おそらく、下《くだ》らないものだったろうからです。

フィーロはこれまでにも、たびたび書庫に出入りしていましたが、今度はわたしも連れて行きました。わたしたちは、書物の選択と量の多さに驚嘆しました。蔵書はあらゆる意図で集められていました。というのは、そこに見られるのは、ほとんどすべて、明確な認識に導いてくれるもの、正しい秩序を教えてくれるもの、正しい資料をあたえてくれるもの、わたしたちの精神の統一性を確信させてくれるものばかりだったからです。

わたしはこれまで数えられないくらいたくさん本を読んできました。ある種の分野ではわたしの知らない本はほとんどないくらいでした。それだけに、これまでせまいところで混乱するか、果てしもない広がりしか見えていなかったのに、ここで、全体を見渡し、欠陥に気づくことができたのは、余計にうれしいことでした。

同時にわたしたちは、たいへん興味あるもの静かな人と知り合いました。この人は医者で、博物学者でしたが、この家の住人というよりは、むしろペナーテース*のように見えました。彼はわたしたちに博物標本の収集を見せてくれました。それは蔵書と同じように、錠をおろしたガラス戸棚におさめられて、部屋の壁を飾り、場所ふさぎになるところか、部屋に気品をあたえていました。それを見てわたしは、少女時代のことをなつかしく思い出し、外の世界をほとんど見ることのできなかった子供のベッドに父が持ってきてくれたのと同じいくつかの標本を父に示しました。その時も、その後お話しした折にも、そのお医者さまは、宗教的な考えという点ではわたしに近いことがよくわかりました。また、叔父のことを、寛大で、人間の本性の価値や統一を示し促進するものすべてを尊重し、ほかの人にも、当然のことですが、同じことを要求し、つねに人さまざまな自惚《うぬぼ》れや、排他的な偏狭さをなによりも嫌悪し非難されると言って、たいへんほめておられました。

妹の結婚式以来、叔父の目に喜びが溢れていました。そして、何度となくわたしに、妹と妹の子供たちのために、なにをしてやったらよかろうかと相談なさいました。叔父は素晴らしい土地をいくつも持っていて、自分で管理していましたが、それらを最善の状態で妹の子たちにゆずろうと考えていました。わたしたちが滞在していた小領地については、特別な考えをもっておられるようでした。「この土地は、この土地の価値を知り、尊重し、楽しむことのできる者、また、裕福な貴族は、とくにドイツでは、ぜひとも、模範となるようなものを示さなければならないということをわきまえている者にしかゆずらない」と言いました。

すでにお客の大部分がしだいに去り、わたしたちも出発の準備をして、お祝いの最後の行事も終わったと思っていたとき、わたしたちに素晴らしい楽しみを味わわそうという叔父の心配りによって、また驚かされることになりました。妹の結婚式のとき、ほかの楽器をまったく伴わない、人の声だけの合唱を聞いた時のうっとりするような喜びを、叔父に告げずにはいられませんでした。わたしたちは叔父に、あの喜びをもう一度味わわせて欲しいとしつこいほど頼みましたが、叔父は気にとめていないようでした。そのため、ある晩叔父がこう言ったとき、わたしたちはすっかり驚いてしまいました。「ダンスの楽団もいなくなった。去り足の速い友人たちも行ってしまった。新婚の夫婦も、二、三日前よりは落ち着いたようだ。わたしたちはもう二度と会えないかもしれないし、会えるにしても変わってしまっているだろうから、いまこうして別れるのだと思うと、なにやら厳粛な気持になる。それをもっと高めるには音楽にまさるものはない。皆も前からそれを望んでいたようだしね」

叔父はその後人数をふやし、ひそかに練習を重ねていた合唱団によって、四声と八声の合唱を聞かせてくれました。それはほんとうに、天上の至福とはこういうものなのかと思えるほどのものでした。わたしはこれまでにも聖歌は聞いたことがありますが、それはいつも、信徒たちが野鳥のようなしゃがれ声をはり上げて、自分たちがいい気分になっているのだから、これで神を称《たた》えることになるのだと思っているようなものでした。演奏会も聞いたことがありますが、そういう時でも、せいぜい演奏家の腕前に感心するぐらいのもので、一時的にせよ喜びにひきこまれるようなことは、滅多《めった》にありませんでした。ところがいまわたしは、すぐれた人間の本質のもっとも奥深い感覚から溢れ出、人間歌うために鍛えられた喉《のど》を通して、一糸《いっし》乱れぬハーモニーを保ちつつ、ふたたび、人間のもっとも奥深く、もっとも上き感覚に語りかけ、実際その瞬間、人間は神に似ているのだということを、いきいきと感じさせてくれる音楽を聞いたのでした。それはすべてラテン語の聖歌でしたが、上品な世俗のひとびとには、黄金の指輪にちりばめられた宝石のように思え、いわゆる教化を押しつけられるような感じは少しもなく、わたしの心を高め、仕合せにしてくれたのでした。

出発のとき、わたしたち全員が素晴らしい贈物をいただきました。わたしがいただいたのは、わたしの属する参事会の十字記章でしたが、これまで見たこともないほど芸術的な、見事な細工の七宝焼でした。それは大きなダイヤモンドに吊り下げてあり、同時にそのダイヤモンドでリボンにとめてありました。そして叔父はそのダイヤモンドは、どんな博物標本収集に加えても、もっとも高貴な宝石と考えてもらいたいと言いました。

いよいよ妹は、良人《おっと》とともに彼の領地に向かって旅立ち、わたしたちはみな自分の家に帰りましたが、外的環境という点では、ごくごく平凡な生活に帰ったような気がしました。妖精の城から、なんの変哲もない地上に連れもどされ、またこれまでどおりに、振舞い、暮らして行かなければならないことになりました。

あの新しい環境のなかでわたしの味わった珍しい経験は、素晴らしい印象を残しましたが、その印象のあざやかさは、長くはつづきませんでした。叔父はその印象を保ち、新たにするように、叔父のもっとも好む美術品をときどき送ってくれ、見飽きる頃をみはからって、ほかのものと取り換えてくれましたけれど。

わたしは自分のことにばかりかかずらい、わたしの心と心情の問題を整理し、それについて似たような考えの人たちと話し合うことに慣れていましたので、美術品を注意して見ることができず、すぐ自分のことに帰ってしまうのでした。わたしは絵も銅版画も、本の活字のようにしか見ることができませんでした。美しい印刷は気持のいいものですが、印刷のために本を手に取る人がいるでしょうか。というわけで、造形的な表現も、なにかを語り、教え、感動させ、改善してくれるものでなければなりませんでした。叔父が美術品を説明する手紙で、なにを言ってきても、相変らずわたしはもとのままでした。

わたしの性質からというよりは、外的な出来事、つまり家庭内の変化によって、ますますそうした鑑賞から引き離され、いいえ、鑑賞どころか、しばらくは自分自身からさえ引き離されて、わたしの弱い力にあまるほど、耐え、働かなければなりませんでした。

これまでいつも私を助けてくれた嫁《とつ》いでいない方の妹は、健康で、頑強で、とても気立てのいい娘《こ》でしたが、この妹が家事の万端を引き受け、わたしが父の面倒を見ていました。ところが、この妹がインフルエンザにおそわれ、それが肺炎になり、三週間後には、棺《ひつぎ》に横たわることになったのでした。彼女の死はわたしに深い傷をのこしました。その傷痕を見ると、わたしはいまでも胸が痛くなるのです。

彼女の埋葬も終わらぬうちに、わたしが床《とこ》につくことになりました。胸の古傷が目をさましたらしく、激しく咳きこみ、喉《のど》がしゃがれて、大きい声が出せなくなってしまいました。

結婚した方の妹は、驚きと悲しみのために早産しました。老いた父は、子供たちばかりか、子孫を残す望みまで、一度に失うのではないかと恐れました。父の無理からぬ涙は、わたしの悲しみをつのらせました。わたしは神に、一応の健康の回復を祈り、せめて父の死まで生き長らえさせてくれるようにと願いました。わたしは回復し、わたしなりに健康になりました。そしてまた、曲りなりに、わたしのつとめを果たせるようになりました。

妹はまた妊娠しました。妹は、こういう場合母親に打ち明けるいろんな心配事を、わたしに言いました。彼女は良人《おっと》とあまりうまく行っていませんでした。これは父には隠しておかなければなりませんでした。仕方なくわたしが仲裁役を引き受けましたが、義弟はわたしを信頼していましたし、二人ともほんとうにいい人柄でしたので、これは上首尾に運びました。二人は相手を大目に見ないで、非難し合ってばかりいて、完全に一体になりたいと願うあまりに、けっして一体になれないのでした。こうしてわたしは、世俗の問題にも真剣に取り組み、これまで歌として知っていただけのことを実行したのでした。

妹は男の子を産みました。父は体具合がよくないのに、妹のところへ出かけました。子供を見ると、父は信じられないほど朗らかな、うれしそうな顔をし、洗礼の時には、いつもの父と違って、感きわまったという様子でした。それどころか、二つの顔をもった守護神と言ってもいいくらいでした。一つの顔はうれしげに前の方を、やがて彼も入って行きたいと願っている国の方に向けられ、もう一つの顔は、自分の血をひいた男の子のうちに芽生えた、新しい、希望に満ちた地上の命に向けられていました。父は帰り道でも、その子について、その子の容姿、健康について、この新しい世界市民の素質がすこやかに育って欲しいという願いについて、語り飽きませんでした。家に帰り着いてからも、その話はつづきました。そして、二、三日たってやっと、父が一種の熱病にかかっていることがわかったのでした。寒気《さむけ》はありませんでしたが、食後、疲労性の熱が少し出るのでした。しかし床《とこ》につくほどではなく、毎朝馬車で出仕《しゅっし》して、忠実に職務を果たしていましたが、ついに、持続的な重い症状が現れて、それもできなくなりました。

わたしは父が、家の用件も、まるでひとごとのように自分の葬式の手配りまで、少しの手抜かりもなく片づけた、その精神の平静さ、明るさ、明確さを、忘れることはないでしょう。

これまでの父には見られなかった、そして、いきいきとした喜びにまで高まった明るい顔つきで父はわたしに言いました。「ときどきこれまで感じていた死の恐怖はどこへ行ったのだろう。死が怖いはずがあろうか。私には恵み深い神がついておられる。墓も怖くはない。私には永遠の生命がある」

そのあとまもなく起こった父の死の様子を思い返してみるのは、孤独のなかにあって、わたしのもっともうれしい楽しみの一つです。そこにより高い力の働きがあったことは、どんなに理屈を並べたてられても、わたしは否定することができません。

愛する父の死は、それまでのわたしの生活様式を一変させました。厳しい服従と大きな制約から、最大の自由へと、わたしは踏み出しました。長らく口にしなかった美味のように、わたしは自由を楽しみました。これまでは二時間と家をはずすことは稀《まれ》でしたが、いまは、一日じゅう部屋にいることはほとんどありませんでした。これまでは時折しか訪ねることのできなかった友人たちは、絶え間ない交際を希望し、わたしもそうしたいと思いました。たびたび食事に招かれ、遠乗りや、ちょっとした行楽《こうらく》旅行も行われました。そしてわたしは、どこにでも顔を出しました。しかし、そうしたことが一巡すると、わたしは、自由の計り難いほどの仕合せは、事情さえ許せば、自分のしたいことはなんでもする、ということにあるのではなく、自分が正しく適切だと思うことを、妨げられることなく、遠慮することなく、思うままに行いうることにあるのだ、と悟りました。わたしは十分に年をとっていましたから、この場合は、あまり月謝を払うことなく、この素晴らしい確信に達することができました。

わたしがあきらめることのできなかった願いは、ヘルンフート同胞教会の人たちとの交《まじ》わりをつづけ、それをもっと緊密にすることでした。そしてわたしは、急いで、もよりの施設の一つを訪ねました。しかしそこでは、わたしが考えていたものはまったく見出せませんでした。正直にわたしの考えを申し上げますと、そこの人たちはそれにたいして、ここの様子は、正規の教会とはまったく違うのだとやっきになって説明なさいました。わたしは納得できませんでした。真の精神は、小さい施設からも、大きい施設からも、同じように溢れ出てくるものだと、わたしは確信していたからです。

居合せた主教の一人は、ツィンツェンドルフ伯爵の直弟子《じきでし》でしたが、いろいろわたしと話をなさいました。この人は完璧な英語を話され、わたしも少し英語がわかったので、英語で、こうしてお会いしたのは神の思召《おぼしめし》だと言われましたが、わたしは少しもそうだとは思わず、この人とは話をするのも嫌でした。この人は刃物鍛冶《かじ》で、生粋《きっすい》のメーレン人*でしたが、この人の考え方には、職人ふうなところがうかがえました。わたしには、フランスの少佐だったフォン・Lという人との方がうまが合いました。しかし、この人が上長に示す恭順の様子は、とうていわたしにはできないことだと思いました。それどころか、少佐夫人や、その他の、多かれ少なかれ上流の婦人たちが、主教の手に接吻するのを見て、わたしは平手打ち*をくわされたような気がしました。そのうち、オランダ旅行*の話がまとまりましたが、有難いことに、一度も実行されませんでした。

妹は女の子を産みました。今度は女たちの喜ぶ番でした。そしてこの子を将来わたしたちのように育てるには、どうしたらよかろうなどと考えました。ところが、そのつぎの年また女の子が生まれると、義弟はたいそう不満でした。彼は大きな領地を持っていて、将来その管理を手伝ってくれる男の子が欲しかったのです。

わたしは体が弱かったものですから静かに暮らしていました。そして静かに暮らしているとなんとか心の安定を保つことができました。わたしは死を恐れませんでした。それどころか、死を望みさえしました。しかし心のなかでは、わたしが自分の魂を検証し、ますます神に近づくように、神がわたしに時間をあたえてくださっているのだと感じていました。眠れない夜がよくありましたが、とくにそういう時には、とても筆では書き表せないようなことを感じたものでした。

わたしの魂は肉体とは関係なく考え、肉体を衣服のように自分とは無縁なものと考えているようでした。魂は、過ぎ去った時間と出来事を、異常なほどいきいきと描き出し、そこから、あとにつづくものを感じとっていました。時間はすべて過ぎ去る。あとにつづくものも過ぎ去る。肉体は衣服のようにぼろぼろになる。しかしわたしは、このよく知っているわたしは、いつまでも変わることはないのだ、と。

こうしたすぐれた、崇高な、慰めになる感情に、できるだけ溺れないように教えてくれたのは、近頃ますます親しくなった一人のすぐれた友人でした。それは、叔父の館《やかた》で知り合ったお医者さんでしたが、この人はわたしの体と精神の状態を非常によく知っており、こうした感情は、わたしたちがそれを、外部の事物と関係なく、わたしたちのうちに育《はぐく》むと、いわばわたしたちをうつろにし、わたしたちの存在の根底を掘り崩すものだと教えてくれました。「活動することが人間の第一の使命です。休養しなければならない合間の時間をも、外部の事物のはっきりした認識に達するために使わなければなりません。そうすれば、その認識がその後の活動をまた容易にしてくれるのです」と彼は言いました。

この友人は、自分の体を外部の物のように見るわたしの癖を知っていましたし、また、わたしが自分の体質や病気、薬のことをかなりよく知っており、絶え間ない自分や家族の病気によって、半ば医者のようになっていることを知っていましたので、わたしの注意を、人間の体や医薬品の知識から、それに隣接するその他の自然の物に導いてくれました。それにはなにか楽園のなかを連れ歩かれているような感じがありました。そして、こういう比喩をさらにつづけるとすれば、彼は最後には、夕暮に楽園のなかを散策される主《しゅ*》を、遠くから予感させてくれたのでした。

心のなかにしっかりと神を抱いていたわたしは、いま、自然のなかに神を見て、どんなにうれしかったことでしょう。神の御手《み》の働きが、どんなに興味深く思えたことでしょう。そして神がその息吹によって、わたしに命をあたえようと望まれたことを、どんなに感謝したことでしょう。

妹はまた妊娠し、わたしたちは、義弟があんなにも待ち焦がれていた男の子を産んでくれることを願っていました。残念なことに、義弟はその誕生を見ることができませんでした。この有能な人は、不幸な落馬事故で死にました。妹も、かわいい男の子を産んだのち、良人《おっと》のあとを追いました。あとに残された四人の子を見るのは、ほんとうに辛いことでした。多くの健康な人が病身のわたしより先に逝《い》ってしまったのです。わたしは、この希望に満ちた花のいくつかが散り落ちるのを見ることになるのでしょうか。わたしは世間をよく知っていましたので、子供が、とくに上流階級の子供が、どんなに多くの危険にさらされながら育って行かなければならないかを知っていました。現在はわたしの若い頃よりも、危険が多くなっているように思えました。わたしは体が弱いので、この子たちのためにほとんど、あるいはなにもしてやれないのを感じていました。それだけに、叔父が、もちろん自分一人の考えから、このかわいい子供たちの教育のために、その心づかいのすべてを注ごうと決心してくれたのは、有難いことでした。この子たちは顔立ちもよく、気性《きしよう》はそれぞれたいへん違っていましたけれど、みな気立てのいい、分別のある人間になってくれる期待がもてましたので、あらゆる意味でそれに価する子供ばかりでした。

例のお医者に教えられて、わたしは、子供たちや親戚のうちに、家族間の相似をよく探したものでした。父は先祖の肖像をたいせつに保存していましたし、自分や子供たちの肖像も、かなりの腕の画家に描かせ、母や母の親戚の者も描いてありました。わたしたちは家族全体の性格をよく知っていましたので、たびたび肖像と較べてみたものでした。今度は、あの子たちの外見や内面に似たところがないか探してみました。妹のいちばん上の男の子は、彼の父方の祖父に似ていました。この人の見事な出来の若い時の肖像が、叔父のコレクションのなかにありました。その子は、いつも立派な士官として描かれている祖父に似てか、銃器がなにより好きで、わたしの所へくると、いつも銃器をひねくりまわしていました。父の残したたいへん美しい銃器戸棚があったのです。そしてその子は、ピストル二挺と猟銃一挺を貰い、ドイツ式遊底のあけ方がわかるまで落ち着かないのでした。とはいうものの、その子は、することでも、人となり全体にも、粗野なところは少しもなく、穏やかな、ものわかりのいい子でした。

わたしは上の女の子にすっかり夢中になってしまいました。この子がわたしに似ていたからですし、四人のうちでこの子がいちばんわたしになついてくれたからでもありました。しかし、この子が大きくなるにつれて、この子をよく見ていると、自分が恥ずかしくなるほどだったと言ってもいいくらいでした。わたしはこの子を、驚嘆の気持で、いえ、尊敬の気持で見ずにはいられませんでした。これほど上品な容姿、心の落ち着き、どんな対象にも片寄らない、いつも同じ活動、こういうものは滅多《めった》に見られるものではありません。なにかしていないことは片時もありませんでした。そしてどんな仕事でも、この子の手にかかると、立派な行為になりました。時間と場所にふさわしいことさえできれば、どんな仕事でもいいようでした。それでいて、なにもすることがなくても、この子は落ち着いて静かにしていることができました。仕事をする必要はなにもないのに、こんなに熱心に仕事をするのを、わたしはまだ見たことがありませんでした。幼い時からこの子の、困っている人たちや貧しい人たちにたいする態度は、真似のできないものでした。わたしには、慈善を仕事とするような資質はまったくなかったということを、喜んで白状いたします。わたしは貧しい人たちにたいしてけちだったわけではなく、分不相応な施しをしたこともたびたびあります。しかしそれは、いわば自分の身代金《みのしろきん》を払っているようなものだったのです。また、わたしに面倒を見てもらおうと思う人は、身内でなければならなかったのです。わたしは姪《めい》にその真反対のものを見て感心しました。わたしは彼女が、貧しい人に金《かね》をあたえるのを見たことがありません。彼女はわたしから施しに必要なものを貰うと、いつもそれを身近な必需品に変えました。彼女がわたしの衣装箪笥《だんす》や下着箪笥をかき回して、なにかを持って行く様子は、ほんとうにかわいいものでした。わたしがもう着なくなったり、使わなくなったものを見つけると、それらの古着類を、いつも、ぼろぼろの服を着た子供に合うように仕立て直してやるのが、彼女の最大の喜びだったのです。

この子の妹の気質は、その頃からもうこの子とは違っていました。妹の方は、母から多くのものを受け継いで、幼い頃から、美しい、魅力ある女になるだろうという期待を抱かせました。そして自分でも、その期待を裏切らないようにしようと思っているようでした。外見にたいへん気を使い、幼い頃から、人目に立つほどお化粧したり着飾ったりするのが好きでした。この子がたまたま見つけた、わたしの母が残した美しい真珠のネックレスを首に巻いてもらって、小さな子なのに、うっとりして鏡を見ていたのを、いまでも覚えています。

こうしたいろんな気質を見ていて、わたしの持ち物がわたしの死後この子たちに分けられ、この子たちによってまた命をあたえられるのだと考えると、うれしい気がしました。父の猟銃がまた甥《おい》の背に担われて野原をかけ回り、父の獲物袋からまたしゃこが取り出されるのが見えました。わたしの衣装が皆、少女向けに仕立て直され、それを着た子供たちが、復活祭の日の堅信礼で、教会から出てくるのや、つつましやかな市民の娘が、結婚式で、わたしの上等な生地《きじ》の服を着飾っているのが、目に浮かびました。ナターリエは、このような子供たちや、しとやかな、貧しい娘たちに、衣装をこしらえてやるのが、格別好きだったからです。ここで言っておかなければなりませんが、ナターリエは、わたしの若い時に、あんなにいきいきと姿を見せてくださった目に見える、あるいは目に見えない存在にたいする愛、こう言ってもよければ、帰依《きえ》の必要を感じている様子は、まったく見せませんでした。

下の姪が同じ日に、わたしの真珠や宝石をつけて宮廷に出るだろうと考えると、わたしの持ち物が、わたしの肉体と同じように、あるべき所へ帰ったのを見るような気がして、わたしの心は安らぐのです。

子供たちは大きくなり、健康で美しくしっかりした子になったのをわたしは喜んでいます。叔父がこの子たちをわたしから遠ざけているのも我慢しています。この子たちが近くにきても、おそらくは町へきている時でさえ、わたしはこの子らに会うことは滅多《めった》にないのです。

フランスの聖職者と思われていますが、その素姓《すじよう》は誰にもよくわかっていないある不思議な人物が、子供たち全部の監督にあたり、子供たちはそれぞれ別の所で教育され、寄宿舎を転々としています。

初めのうちわたしには、こうした教育にちゃんとした計画があるとは思えませんでしたが、そのうち例のお医者さまが、叔父はその神父《アベ》*によって、つぎのようなことを確信させられるようになった、と教えてくれました。すなわち、人間を教育するにあたって、効果をあげようと思うならば、その素質や願望がどこに向けられているかを知らなければならない、つぎに、その素質ができるだけ早く満足させられ、その願望ができるだけ早く達成されるような環境に置いてやらなければならない、そうすればその人間は、道を誤ることがあっても、いち早くその誤りに気づくであろうし、自分に適するものに行き当たれば、あくまでそれを手放さないようにするであろうし、また、熱心に修業に励《はげ》むであろう、と言うのです。わたしはこの奇妙な試みが成功することを願っていますし、あの子たちはいい素質をそなえていますので、成功するだろうと思っています。

しかしわたしが、叔父と神父《アベ》に賛成できないのは、自分自身とのつき合い、あの唯一の、忠実な、目に見えない友との交《まじ》わりに導くことのできるすべてのものを、あの子たちから遠ざけようとしていることです。それどころか、そのために叔父が、子供たちにとってわたしが危険だと考えているのに、腹が立つこともよくあります。いざ実行となると、寛大な人は一人もいないのです。誰にでも好きなようにやらせると公言しながら、なにかことを行おうとすると、自分と同じ考えでない者はいつもしめ出そうとするのです。

わたしは自分の信仰が間違いないものだと固く信じているだけに、子供たちをわたしから遠ざけようとするこのやり方は、わたしには悲しいことでした。わたしの信仰は、実際的なことでこれだけの力を示すのですから、神的な起源も、実際的な対象ももっていないなどと、どうして言えましょうか。わたしたちは、実際的なことを通して、わたしたち自身の存在をますますはっきりと確信するのですから、正しいものに向かうように手を差し伸べてくださるあの存在を、実際的な事柄においても、確信できないわけがありましょうか。

わたしは絶えず前進しています。けっしてあともどりすることはありません。わたしの行為も、わたしが完全さについて抱いてきた観念にしだいに近づいています。体が弱いために多くのことができないのですが、それでも、わたしが正しいと思うことを、日ましに楽《らく》に行うことができます。こうしたすべてが、人間の本性《ほんせい》から説明できるのでしょうか。人間の本性の堕落をあれほど深く見てきたわたしには、それは到底できることではありません。

わたしはなにかを命じられた記憶がありません。わたしにはなにも律法の形で現れたものはありません。わたしを導き、いつも正しい道を歩ませてくれるのは、わたしの心のうながしなのです。わたしは自由にわたしの考えに従い、制約も後悔も感じたことはありません。有難いことに、この幸福が誰のおかげであるかをわたしは知っていますし、わたしはこの恵みを、ただただ恭順の念をもってしか考えることはできないのです。より高い力がわたしたちを守ってくださらなければ、誰の胸にも、どんな怪物が生まれ育つかもしれないことを、わたしははっきり知っていますので、わたしは、自分の力や能力を誇る危険におちいることはけっしてないからです。

訳注

頁行

一八 12　……喜んだ――ヴィルヘルムの英語名はウイリアムであり、シェークスピアはウイリアム・シェークスピアであるから。なお次出の王子は『ヘンリー四世』中のヘンリーのこと。

四〇 11　マスケット銃――十六世紀に発明された口径の大きい重い銃。

四四 5　アマツォーネ――ギリシア神話。小アジア北東部アマゾンに住む、女ばかりの好戦的な種族。

四四 8　サマリア人――盗賊に衣服を奪われ、傷を負わされた旅人を介抱した。『ルカによる福音書』10・33以下。

六四 8　ユダヤ人のスパイ――竪琴弾きは髯《ひげ》をたくわえているが、十八世紀では髯はきわめて珍しく、髯をたくわえているのはユダヤ人のみであった。

六四 9　オリーヴの葉――『創世記』8・8―11。箱舟のノアは洪水が引いたかどうかを調べるために鳩を放つが、鳩は水が引いていないのでそのまま帰ってくる。七日のち、今度はオリーヴの葉を銜《くわ》えて帰ってきて、ノアは水の引いたことを知る。

七一 1　アウレーリア――原文ではここだけアウレーリア(Aurelia)となっている。以下はすべてアウレーリエ(Aurelie)。

一一三 13　アモル――ローマ神話。恋の神。ギリシア神話のエロースのラテン訳名。

一二五 3　謝肉祭——復活祭(春分後の満月直後の日曜日に行われる)前の四〇日間の斎戒期《さいかい》である四旬節の前に三〜八日間行われる祝祭。肉と告別する祭り。さまざまな仮面劇が行われる。

一二五 6　ガブリエル——「神の人」。新約では、バプテスマのヨハネの誕生と、イエスの誕生を告げるために遣わされたとされる。『ルカによる福音書』1・19、26。

一二六 4　千年王国——世の終末の前にキリストが再来し、千年間地上を支配するという思想。『ヨハネの黙示録』20・4—6。

一二七 15　芸術面で遅れている地方——北ドイツのこと。

一二八 4　アレクサンダー詩格——一行が12または13音節の六脚短長格詩。

一五三 12　マイスター——マイスターには名人、巨匠という意味がある。

一五五 7　銀の皿に盛って——旧約『箴言』25・11(ソロモンの箴言)「機《おり》にかないて語られる言葉は、銀の皿に盛られた金《きん》のりんごの如し」(ルター訳)。一般の日本語訳では「銀細工の上」とか「銀の彫刻物《ほりもの》に」となっている。

一六二 1　ヴィーラント——クリストフ・マルティーン・ヴィーラント(一七三三—一八一三)のシェークスピア訳は一七六二—一七六八年。八巻。

一六三 13　その名前——Laertes(ラエルテス)の英語読みはレイアーティーズ。

一六五 12　パ・ド・ドゥ——二人の踊り。

一六七 7　ロンドー——フランスの詩形。初期バロック期にドイツに取り入れられた。一行目の詩句がたいてい八行目と末尾(たいてい一三行目)に繰り返される。

一七〇9　ピラス――『ハムレット』第二幕第二場四七四行以下。

一七一1　プライアム――プリアモス(Priamos)の英語読み。ギリシア神話。ヘクトール、カッサンドラ、パリスの父。

一七一12　ヘキュバ――プライアム王の妃。なお、このシェークスピアの訳は、木下順二訳(講談社、一九六八)を参照しつつ、ゲーテの訳に従った。

一七八2　グランディソン――グランディソン以下ここに挙げられているのは同名の作品の主人公。『グランディソン』(一七五四)、『クラリッサ・ハーロウ』(一七四七―一七四八、八巻)、『パミラ』(一七四〇)はいずれもサミュエル・リチャードソン(一六八九―一七六一)の作。『ウェイクフィールドの牧師』(一七六六)はオリヴァー・ゴールドスミス(一七二八―一七七四)の作。『トム・ジョーンズ』(一七四九)はヘンリ・フィールディング(一七〇七―一七五四)の作。

一八〇2　フリーメーソン――中世の石工のギルドに端を発する秘密結社。十八世紀初頭ロンドンで成立、全ヨーロッパ・アメリカに広がった。現在は世界同胞主義的な団体で、各国の名士を多数含むと言われるが全貌はつかみ難い。

一九〇3　本稽古――初演直前の通し稽古に先立つ稽古を言う。しかし以下の叙述ではこれは通し稽古(Generalprobe)であるはずなのに、原文ではHauptprobe(本稽古)となっている。原文に従った。

一九二9　いちばん素敵な思いつき――第三幕第二場。「結構なことだと思うのだがな、女の子の脚の間に寝るというのは」(木下順二訳)を言う。これはフィリーネがうたうつぎの歌にも関連する。

一九九4　布団――ドイツでは毛布はあまり用いられず、ほとんど羽布団。

二〇三 13　ハムレット――父王の名もハムレット。
二一〇 2　マイナス――ギリシア神話。酒神ディオニューソスに仕《つか》える女。酒に酔って狂態の限りをつくす。
二一〇 7　ビヤボン――口琴の一種。
二三八 11　カレンダー――カレンダーにはその誕生日に聖人の名を記したものがある。
二三六 5　ペルフィド――フランス語の perfide で、意味は以下に述べられているとおり。
二三六 7　トロイロース――ドイツ語の treulos で、「不実な」ぐらいの意。
二四五 15　ヘルンフート同胞教会――敬虔主義の一派。一七二二年にツィンツェンドルフ伯（一七〇〇―一七六〇）がヘルンフートに創設した。
二五二 8　『エミーリア・ガロッティ』――ゴットホルト・エフライム・レッシング（一七二九―一七八一）の悲劇（一七七二）。横暴な領主にたいし、娘をわが手にかけてその純潔を守る父親の悲劇。ドイツ最初の本格的な悲劇作品。
二六二 9　この世の頭――『ヨハネによる福音書』12・31、16・11。この世の頭とはサタンのこと。
二六四 3　『キリスト教徒になったドイツ人のヘルクレス』――アンドレーアス・ハインリヒ・ブーフホルツ（一六〇七―一六七一）作のバロック小説（一六五九―一六六〇）。
二六四 11　『ローマのオクターヴィア』――アントーン＝ウルリヒ・フォン・ブラウンシュヴァイク＝ヴォルフェンビュッテル（一六三三―一七一四）作のバロック小説。最初の題名は『オクターヴィア――ローマの歴史』（一六七七―一六七九）。一七一二年の版では『ローマのオクターヴィア』となっており、ゲーテはそれをとっている。

二六九7『フュリスとダーモン』――フュリス(女名)とダーモン(男名)は牧歌文学によく使われた恋人同士の名前。

二七三15　ナルチス――ギリシア神話、ナルキッソス。泉に映《うつ》った自分の姿に見とれて恋をした美少年。

二八七13　わたしを誘惑からお守りください――『マタイによる福音書』6・13。「わたしたちを誘惑に陥らないように導き、わたしたちを悪から救ってください」によっている。

二九九4　……あの人の愛だけ――この詩はおそらく引用であろうが、誰の詩かはわかっていない。

三〇九7　女子聖堂参事会会員――十八世紀に高い声望を得た数少ないプロテスタント系の女子聖堂参事会のメンバー。純潔と会長にたいする服従の誓約さえすれば、どこに住んでもよく、会から受ける禄も自由に使うことができた。寄付能力のある貴族ないし名門の子女であることが入会資格であった。社会的地位も高かった(前田敬作氏の注による)。

三一一15　課――教科書などの第一課、第二課の課。

三一四12　ハレの改心派――アウグスト・ヘルマン・フランケ(一六六三―一七二七)が起こした敬虔主義の一派。ハレがその中心地であったので、ハレの改心派と呼ばれた。

三三二2　アーガトン――クリストフ・マルティーン・ヴィーラントの長篇小説『アーガトン物語』(一七六六―一七六七)の主人公。デルポイ(パルナソス山の南傾斜面にあるアポローンの聖地)で、厳格な神官たちのもとで育ったアーガトンは官能の世界をまったく知らなかったが、のちにソフィストのヒッピアスのもとで暮らすようになってから、美しい遊女ダーナエの腕に抱かれて官能の世界に溺れ、そこから抜け出るために辛苦する。フィーロの告白がどんなものであったかは記されていないが、このアーガトンと次出のダビデによって、それが官能の世界についてのものであることが暗示されている。

三二12　ジラールやカルトゥーシュやダミアン――ここにあげられている三人はいずれもフランス人。ジャン・バプティスト・ジラール(一六八〇—一七三三)は告解にきた女性を誘惑したと言われる(真偽のほどは不明)。ルイ＝ドミニク・カルトゥーシュ(一六九三—一七二一)は当時有名な盗賊団の首領。ロベール＝フランソワ・ダミアン(一七一四—一七五七)は、一七五七年ルイ十五世の暗殺を企てた。

三三11　お医者さま――『出エジプト記』15・26。「私は、エジプト人にかからせた病気を、一つとしておまえには送らない。私は、癒《いや》すもの、主《しゅ》である」、および、『マタイによる福音書』9・12。「これを聞いてイエズスは仰せになった。『医者を必要とするのは健康な人でなく、病人である』」の敬虔主義的な隠喩。

三四1　バト・シェバを見た時――『サムエル記 下』11以下。ダビデは水浴するバト・シェバの美しさに魅せられ、召し出して寝た。ダビデはそれを隠すため、バト・シェバの夫ウリヤを危険な戦線に送り死なせた。バト・シェバはダビデの妻となり、のちソロモンを産んだ。

三四13　いまわしい破局のあとで作った詩――『詩篇』51。己の罪を悔い、神をおそれ、救いを求めるダビデの詩。

三四14　……生まれるまえから自分のうちにあったのだと言い――『詩篇』51・7。「じじつ、咎《とが》のうちに私は産み落とされ、罪過のうちにわが母は私を孕んだのです。」

三二四15　清らかな心――『詩篇』51・12。「潔い心を私に創ってください、神よ、確かな霊をわがうちに新たにしてください。」

三二五4　……清められます――『ヨハネの第一の手紙』1・7。「神の子イエズスの血によって、わたしたちはあらゆる罪から清められます。」

三二五6　……どうしてそういうことになるのか――『ルカによる福音書』1・29および1・34。「このあいさつはなんのことであろうか」(1・29)「そこでマリアはみ使いに『どうしてそのようなことがありえましょうか、わたしは男の人を知りませんのに』」(1・34)からの引用。

三二五9　永遠の御《み》言葉の受肉――『ヨハネによる福音書』1・1以下、および1・14。「初めにみことばがあった。みことばは神とともにあった。……」(1・1以下)「みことばは人となり、われわれのうちに宿った。」(1・14)

三三一5　『エーバースドルフ賛美歌集』――エーバースドルフ(テューリンゲン地方の小邑《しょうゆう》)の牧師で、すぐれた敬虔主義の神学者マクシミーリアーン・フリードリヒ・クリストフ・シュタインホーファーが編んだ賛美歌集(一七四二)。

三三五5　がらくた物――ツィンツェンドルフ伯は比喩で語ることを好み、その著書には独特な表現が多く用いられた。

三四〇14　結婚式――原語はKopulationで、Kopulationには「交尾、性交」という意味もある。

三四三9　必要なただ一つのこと――『ルカによる福音書』10・42。マリア(マルタの妹)が主《しゅ》の足もとに坐ってその話を熱心に聞き、イエズスのもてなしはマルタのみがしているのをマルタがイエズスに訴えると、主は「マルタ、マルタ、あなたは多くのことに心を配り、思い煩《わずら》っているが、必要なことは、ただ一つだけである。マリアは、その良いほうを選んだ。それを彼女から取りあげてはならない」と答えた。

三四九10　ダナイデスやシーシュポス――ギリシア神話。ダナイデスはダナイスの複数形。ダナオス(ギリシア人の総称ダナオイの祖)の娘はダナイスと呼ばれた。ダナオスには五十人の娘があった。彼女たちは(一人をのぞいて)、父ダナオスの命《めい》で、婚礼の夜花婿を殺した。死後地獄で底に孔《あな》のあいている容器で水を汲む劫罰《ごうばつ》に服した。シーシュポスは人間のうちでもっとも狡猾な人。地獄で急坂に岩を転がし上げ、いま一息のところで岩は転げ落ち、永劫に同じ仕事をする劫罰に処せられた。

三五二9　ペナーテース――ローマ神話。ローマの家の食料品を入れる戸棚の神。古くから家の守り神とされた。

三六一11　メーレン人――メーレンは、チェコ共和国の東部、ドナウ川支流のモラヴァ流域地方のモラヴァ地方の一部。モラヴァはモラヴィアとも呼ばれる。ヘルンフート同胞教会の発生と関係がある。

三六一15　平手打ち――ヘルンフート同胞教会では手に接吻することは禁じられていたから。

三六二1　オランダ旅行――オランダもヘルンフート同胞教会の発生と関係があった。

三六四2　散策される主《しゅ》――『創世記』3・8。「日中のそよ風の時、園を歩かれる主なる神の足音を聞きつけた男(アダム)は」による。『創世記』では「夕暮」でなく「日中の」となっている。

三六九11　神父《アベ》――アベ(abbé)はフランス語。特にフランス語圏で教区聖職者の敬称。十八世紀では貴族にかかえられて、教育者、財産管理人、司書の仕事をする者が多かった。

ヴィルヘルム・マイスターの修業時代《しゅぎょうじだい》（中）〔全3冊〕
ゲーテ作

2000年2月16日　第1刷発行
2025年4月15日　第12刷発行

訳　者　山崎章甫《やまさきしょうほ》

発行者　坂本政謙

発行所　株式会社 岩波書店
〒101-8002 東京都千代田区一ツ橋2-5-5

案内 03-5210-4000　営業部 03-5210-4111
文庫編集部 03-5210-4051
https://www.iwanami.co.jp/

印刷・精興社　製本・中永製本

ISBN 978-4-00-324053-3　Printed in Japan

読書子に寄す

――岩波文庫発刊に際して――

岩波茂雄

真理は万人によって求められることを自ら欲し、芸術は万人によって愛されることを自ら望む。かつては民を愚昧ならしめるために学芸が最も狭き堂宇に閉鎖されたことがあった。今や知識と美とを特権階級の独占より奪い返すことはつねに進取的なる民衆の切実なる要求である。岩波文庫はこの要求に応じそれに励まされて生まれた。それは生命ある不朽の書を少数者の書斎と研究室とより解放して街頭にくまなく立たしめ民衆に伍せしめるであろう。近時大量生産予約出版の流行を見る。その広告宣伝の狂態はしばらくおくも、後代にのこすと誇称する全集がその編集に万全の用意をなしたるか。千古の典籍の翻訳企図に敬虔の態度を欠かざりしか。さらに分売を許さず読者を繋縛して数十冊を強うるがごとき、はたしてその揚言する学芸解放のゆえんなりや。吾人は天下の名士の声に和してこれを推挙するに躊躇するものである。このときにあたって、岩波書店は自己の責務のいよいよ重大なるを思い、従来の方針の徹底を期するため、すでに十数年以前より志して来た計画を慎重審議この際断然実行することにした。吾人は範をかのレクラム文庫にとり、古今東西にわたって文芸・哲学・社会科学・自然科学等種類のいかんを問わず、いやしくも万人の必読すべき真に古典的価値ある書をきわめて簡易なる形式において逐次刊行し、あらゆる人間に須要なる生活向上の資料、生活批判の原理を提供せんと欲する。この文庫は予約出版の方法を排したるがゆえに、読者は自己の欲する時に自己の欲する書物を各個に自由に選択することができる。携帯に便にして価格の低きを最主とするがゆえに、外観を顧みざるも内容に至っては厳選最も力を尽くし、従来の岩波出版物の特色をますます発揮せしめようとする。この計画たるや世間の一時の投機的なるものと異なり、永遠の事業として吾人は微力を傾倒し、あらゆる犠牲を忍んで今後永久に継続発展せしめ、もって文庫の使命を遺憾なく果たさしめることを期する。芸術を愛し知識を求むる士の自ら進んでこの挙に参加し、希望と忠言とを寄せられることは吾人の熱望するところである。その性質上経済的には最も困難多きこの事業にあえて当たらんとする吾人の志を諒として、その達成のため世の読書子とのうるわしき共同を期待する。

昭和二年七月

岩波文庫の最新刊

坂元ひろ子・高柳信夫監訳
厳復
天演論
清末の思想家・厳復による翻訳書。そこで示された進化の原理、生存競争と淘汰の過程は、日清戦争敗北後の中国知識人たちに圧倒的な影響力をもった。
〔青二三五-一〕 定価一二一〇円

武田利勝訳
フリードリヒ・シュレーゲル
断章集
「イロニー」「反省」等により既存の価値観を打破し、「共同哲学」の樹立を試みる断章群は、ロマン派のマニフェストとして、近代の批評的精神の幕開けを告げる。
〔赤四七六-一〕 定価一一五五円

永井荷風著／中島国彦・多田蔵人校注
断腸亭日乗(三) 昭和四―七年
永井荷風は、死の前日まで四十一年間、日記『断腸亭日乗』を書き続けた。(三)は、昭和四年から七年まで。昭和初期の東京を描く。（注解・解説＝多田蔵人）（全九冊）
〔緑四二-一六〕 定価一二六五円

太宰治作／安藤宏編
十二月八日・苦悩の年鑑 他十二篇
第二次世界大戦敗戦前後の混乱期、作家はいかに時代と向き合ったか。昭和一七―二一（一九四二―四六）年発表の一四篇を収める。（注＝斎藤理生、解説＝安藤宏）
〔緑九〇-一二〕 定価一〇〇一円

……今月の重版再開……

忍足欣四郎訳
中世イギリス英雄叙事詩
ベーオウルフ
〔赤二七五-一〕 定価一二二一円

プルタルコス／柳沼重剛訳
エジプト神イシスとオシリスの伝説について
〔青六六四-五〕 定価一〇〇一円